KB251830

나그네가 밤에 쓰는 감회
旅夜書懷
언덕의 가녀린 풀 미풍에 나부낄 새
높이 솟은 돛단배에거 홀로 밤을 지샌다
별 드리운 평야 광활하고
달 솟아오른 큰 강물 출렁이누나
細草微風岸
危檣獨夜舟
星垂平野闊
月湧大江流

권오단 新무협 판타지 소설

목룡아

목풍아 5

권오단 新무협 판타지 소설

초판 1쇄 찍은 날 § 2005년 7월 8일
초판 1쇄 펴낸 날 § 2005년 7월 18일

지은이 § 권오단
펴낸이 § 서경석

편집장 § 문혜영
편집책임 § 김민정

펴낸곳 § 도서출판 청어람
등록번호 § 제1081-1-89호
등록일자 § 1999. 5. 31
어람번호 § 제2-0640호

주소 § 경기도 부천시 원미구 심곡1동 350-1 남성B/D 3F (우) 420-011
전화 § 032-656-4452 팩스 § 032-656-4453
http://www.chungeoram.com
E-mail § eoram99@chollian.net

© 권오단, 2005

ISBN 89-5831-620-9 04810
ISBN 89-5831-506-7 (SET)

Fantastic Oriental Heroes

권오단 新무협 판타지 소설

목풍아 5

나는 천하인이다

도서출판 청어람

제 1 장

수난 시대

수난 시대

목풍아가 장강을 거슬러 소호에 도착할 무렵, 하늘에서 흰 눈이 며칠동안 쉴 새 없이 내렸다. 바야흐로 겨울이 찾아온 것이다.

목풍아는 수룡방의 상선을 타고 곧장 연자도로 돌아왔다. 구룡방에서 집사를 보던 영기(英器)가 그동안의 진척 상황을 보고하였다.

"수군감관 곽도 나리의 도움으로 수룡방은 운송상회로서 발판을 마련하였습니다. 수룡방 대다수 장정들이 모두 물길에 능한 사람이고, 구룡방과 관의 도움을 얻은 탓에 장강 하구까지 어렵지 않게 발을 넓힐 수 있었습니다."

"음. 좋군, 좋아. 이곳으로 오면서 듣자 하니 형주와 양양 일대에 농사가 풍작을 거두지 못했다 하더군."

"예. 형주와 양양은 중원의 곡창 지대라 예부터 이곳이 풍년이 들면 천하가 먹고살 만하다 하였습니다만……"

“장사가 되겠군.”

영기가 고개를 굽실거렸다.

“그, 그렇습니다.”

“내년 봄에 형주와 양양 일대에 곡식 값이 껑충 뛰겠지요.”

“유랑민들도 급증하고 말이야.”

“네.”

“삼 년 동안 전란으로 나라가 황폐되었어. 서주 일대도 전쟁의 영향을 받아 곡식의 소출이 줄어들었을 것이다. 세금의 감면 혜택을 받았다지만 곡식 값이 오르게 될 것은 뻔한 일이지. 유랑민도 늘어날 거고 말이야.”

영기는 목풍아의 눈치를 살폈다.

“곡식 장사를 하실 생각이십니까?”

“그래. 오늘부터 수룡방은 쌀을 파는 상회로 변신한다. 가을 동안 열심히 운송에 대한 요령을 터득하였을 테니 문제없을 거다. 오랫동안 장사로 잔뼈가 굵은 구룡방은 상인들의 정보가 많을 테니 함께 궁리해서 곡식을 많이많이 사들이도록 해. 산동 일대와 복건 지역도 곡창 지대가 많으니 미리미리 구입하여 물량을 비축하도록 해. 기일은 내년 이월까지다. 알겠나?”

영기가 얼굴을 찡그리며 말했다.

“대장 대인, 그것이…… 말처럼 쉬운 일이 아닙니다. 기존에 곡식을 거래하는 상단의 반발도 만만치 않을 거고, 눈치 빠른 상단들이 가을에 곡식을 대량 구입하여 저희가 비축할 수 있는 물량이란 큰 기대를 할 수 없을 것입니다.”

“네 말이 맞다. 이재에 밝은 상인들이 벌써 대량으로 곡식을 구입했을 테지……."

"예. 곡식 값은 나라에서 안정화를 추진하고 있지만 실상은 그렇지 못하지요. 삼 년간의 전란과 흉년 때문에 내년에 큰 폭으로 급상승할 것은 명약관화입니다. 상단들은 곡식을 저장하고 때가 오기만 기다리고 있을 겁니다. 때늦게 충분한 물량을 구하는 것이 쉽지는 않을 것입니다."

곽도가 끼어들었다.

"아무리 그래도 상도(商道)가 있지 않은가?"

영기가 웃으며 말했다.

"모르는 소리 마십시오. 상인들에게는 돈이 우선이지요. 몇몇 그러한 상인들도 있었지만 상인들도 각지의 관리들과 유착 관계로 얽매어 있어서 이것저것 뇌물을 빼고 나면 폭리밖에는 이득을 만들 수단이 없습니다."

화가 치솟았다. 헐벗는 백성들의 피땀으로 만든 곡식으로 폭리를 취하는 상단.

"그렇다면 곡창 지대의 관리들 대부분이 곡식 상인들과 유착 관계로 얽매어 있겠군."

"이를 말씀이십니까? 곡식 창고에 있는 곡식을 백성들에게 빌려준다고 보고하곤 곡식 상인과 거래하여 이문을 챙기는 관리들이 허다하지요. 구룡상회도 돈을 보고서라면 진작에 곡식 장사로 나섰을 겁니다. 곡식 장사는 아무리 생각해도 좋지 않습니다."

"좋아. 그렇다면 결정했다. 수룡방은 이제부터 곡식 장사를 한다."

"예?"

"일석삼조의 장사를 보여주지. 곡식 상단을 물 먹이고 백성들도 이롭게 하고 수룡방이 한 푼도 손해 보지 않는 장사를……."

"어, 어떻게 하신단 말씀입니까?"

"믿을 만한 사람들로 하여금 각 성의 세곡 창고에서 곡물을 사오도록 해."

"그, 그게 가능할까요? 안면도 없는 관원들이 제꺽 팔아줄 리도 만무한데요."

"재깍 팔아줄 것이니 내 말대로 하거라. 창고에서 오래 묵은 곡식을 제값을 쳐 준다면 두 말 않고 내어줄 것이다. 곡식을 지키는 관원이 이중 장부로 기록하고 떼어먹기 좋으니 말이야. 사람이란 잇속에 약한 법이거든. 더구나 많이 해먹은 적이 있는 관리라면 더하겠지."

"그렇군요."

영기가 감탄을 하며 고개를 끄덕끄덕하였다.

"그 다음에는……."

목풍아는 영기의 귀에 무어라 소곤거렸다.

한동안 영기에게 임무를 하달한 후 목풍아는 수선과 곽다혜와 며칠 동안 시간을 보내다가 자운곡으로 향하였다.

자운곡에 도착한 목풍아는 백련교도들의 환영을 받으며 정청으로 들어왔다. 여사제 월랑이 정청에서 목풍아가 남경에 가기 전 명령해 놓았던 무림계의 동향을 이야기해 주었다.

"계절이 겨울로 접어들면서 무림계의 움직임이 뜸한 편이었지만 내부적으로 각계 방파가 인원을 증설하며 세를 키우고 있는 실정입니다."

"제갈세가를 중심으로 말이지."

"예. 제갈세가를 중심으로 많은 방파들이 연계하고 있는 것 같습니다만 대부분 이득을 보고 달려드는 작은 방파들이라 숫자만 많을 뿐 큰 효과는 거두지 못하고 있는 것 같습니다."

"무당이나 소림사가 응하지 않는단 말이지."

"그렇습니다. 천하에 이름 높은 두 방파가 쉽게 움직이지는 않겠지요."

"무림의 큰 방파를 움직이기 위해서라면 어떡하겠나?"

"무림맹주가 되는 것이 가장 쉬운 일이지요."

"무림맹주라……."

"예. 명초에는 전란으로 방파들의 크기가 축소되었을 뿐 아니라 홍무제의 억제 정책으로 방파가 활성화되지 못했습니다. 하지만 이제는 전쟁이 끝나서 실력있는 제자들도 돌아왔으니 무림계가 또 한 번 꿈틀거리며 생기를 띠겠지요. 어차피 관군이 맡을 수 있는 치안은 한정되어 있어 그 부분을 대신할 조직도 필요하니 말입니다."

"흠. 전쟁이 끝이 났으니 무림계의 태동은 어쩔 수 없는 수순이군."

"네. 전쟁으로 차출될 사람이 없어졌다는 것과 세를 키울 수 있는 지역을 확보할 수 있다는 것은 무엇보다도 각 지역 방파들이 세를 키우기 좋은 조건이 되니까요."

"그렇군. 좋은 조건이야. 하지만 소림과 무당파는 이득에 연연하지 않는 문파야. 그런 문파들을 움직이지 않고서는 무림맹이 쉽게 조직될 수 없을 텐데……."

"그것도 그렇지만…… 또 다른 변수가 있어서……."

"어떤 변수가 있는가?"

"멸망한 줄 알았던 명교(明教)가 저희처럼 세력을 키우고 있는 모양입니다.”

“명교가?”

“예. 복건 일대에서 은밀하게 세를 키우고 있었던 모양입니다. 제법 큰 교세로 성장하였다는 이야기가 심심찮게 들려오고 있습니다. 얼마 전 합비에서 저희 기루의 자객들이 오괴 장로에게 괴멸된 것이 마교가 관련되었다는 소문으로 와전되어 떠돌고 있습니다. 제갈세가에서 소문을 퍼뜨린 것인지 모르겠습니다만, 제갈세가에서 명교의 부활을 핑계로 삼아 무림대회를 연다면 소림과 무당이 참석하지 않을 수 없겠지요.”

마교가 세력을 키운다면 정파도 그에 대항하기 위해 움직일 것은 뻔한 일이다.

건문제의 탈출, 마교의 부흥, 무림맹주의 추대, 묘하게 일이 돌아가고 있었다. 모든 것이 제갈세가에서 꾸며낸 일이라면 건문제는 제갈세가의 비호를 받고 있는 것이 틀림없다.

명교가 중원으로 세를 넓히고 있다는 것이 사실이라도 그것은 제갈세가를 도와주는 것이 된다.

무림맹이 명교 타도를 걸고 세력을 만들면, 건문제가 찬탈이라는 명분을 내세워 무림맹과 관군을 규합하여 남경으로 쳐들어올 수 있다. 명교는 명나라와 원한이 깊어 혼란한 와중을 노리고 들어올 것이니 천자는 두 가지 적에 직면하게 되는 것이다.

천자는 남경에서 세력이 약하고, 아직 천하 백성들의 인망을 얻기도 전이니, 어찌 되었든 가능성있는 세력이 형성되는 것을 막아야 한다.

목풍아가 여러 가지 생각을 하고 있으니 독돈이 말했다.

“대장, 그렇게 생각할 게 뭐가 있단 말입니까? 내가 독룡대를 데리고 가서 제갈세가를 쓸어버리면 간단하잖아요?"

"바보, 간단한 일이 아니야. 제갈세가를 쓸어버린다면 당장 무림맹이 결성될 게다. 작은 힘이 큰 하나로 만들어지는 것은 우리로서는 바랄 만한 일이 아니야."

"그럼 어떡하죠?"

"산산이 갈라놓아야지."

목풍아는 월랑을 바라보았다.

"확실한 정보가 더 많이 필요하니 알아봐 주세요."

"예."

월랑이 물러나지 않고 서 있다.

"나에게 무슨 볼일이라도 있나?"

"백련교주가 되고서 아직 거치지 않은 관문이 하나 있습니다."

"무슨 관문이 남았다는 거요?"

"생사현관(生死玄關)의 문(門)을 지난다고 하는데 천보환을 복용하는 의식입니다."

목풍아는 자신의 머리를 두드리며 말했다.

"아! 그렇지. 천보환."

"늦었습니다."

목풍아는 씨익 웃었다.

"영약 하나 먹는데 거창하게 의식이라고까지 할 것이 있나?"

"아닙니다. 천보환은 백련교주가 거쳐야 하는 어려운 의식입니다."

그리고 보니 월랑이 생사현관의 문을 지난다고 했던 말이 떠올랐다.

"잘못하다가는 죽을 수도 있다는 말인가?"

"그렇습니다. 하지만 그 어려운 관문을 넘어서게 되면 엄청난 내공을 가지게 되지요."

월랑이 빙그레 웃으며 손뼉을 쳤다.

그러자 왼편 문에서 살결이 비치는 야시시한 얇은 옷을 입은 설연과 뚱뚱한 여자 하나가 금빛이 나는 둥근 환약을 접시에 받치고 나와 목풍아에게 인사를 하였다.

"교주님께 인사드립니다."

하얀 비단옷이 설연의 풍만한 가슴과 매끈한 허리의 굴곡을 그대로 보여주었다. 이국적인 외모에 감탄할 만한 몸매를 보고 목풍아는 대답도 잊고 마른침을 꿀꺽 삼키었다.

하얀 뺨에 홍조가 가득한 설연이 고개를 들어 수줍게 미소를 지었다. 설연의 매끄러운 곡선을 따라가는 목풍아의 눈을 보고 오괴가 살짝 몸을 돌려 콧방귀를 뀌었다.

"흥. 색골 같으니⋯⋯."

독돈이 웃으며 말했다.

"으허허허. 대장 좋겠네."

목풍아가 독돈의 웃음에 얼른 정신을 차리곤 접시의 빛나는 환약을 가리켰다.

"저, 저것이 천보환인가?"

월랑이 말했다.

"그렇습니다."

"저것이 내 머리털을 나게 해주는 약인가?"

월랑이 독돈을 노려보다가 목풍아에게 말했다.

"그것은 장담할 수 없습니다. 천보환은 역대 백련교주들이 복용했던 단약으로 단시일 안에 엄청난 공력을 얻을 수 있습니다."

"죽을 수도 있다면서?"

"예. 그 때문에 설연이 도와드릴 겁니다."

설연이 홍조 띤 얼굴로 고개를 숙여 읍하였다.

월랑이 말했다.

"나머지는 설연이 말씀드릴 것이니 그녀를 따라가십시오."

설연이 인사를 하곤 천천히 정청 앞으로 다가가 미륵석불 앞에서 걸음을 멈추었다.

설연이 미륵석불 하단부의 연꽃 하나를 눌렀다.

크르르르르—

묵직한 굉음을 일으키며 석불 뒷편의 벽에 문이 하나 열리었다.

"이곳은 백련정(白蓮亭)이라는 백련교주님의 비밀 연공실입니다. 저를 따라가시지요."

설연은 뚱뚱한 하녀에게 천보환을 받아 석굴 안으로 들어갔다.

목풍아가 그 뒤를 따라 들어가니 석문이 닫히기 시작한다. 문이 닫히든 말든 눈앞에 아시시한 옷을 입은 설연의 매끈한 엉덩이 선을 바라보는 목풍아의 입이 귓가에 걸리었다.

그야말로 고양이에게 생선을 맡긴 형국이 아니고 무엇이더냐? 목풍아는 콧노래를 홍얼거리며 설연의 뒤를 따라 석굴 아래로 내려갔다.

긴 계단을 따라 내려가니 밝은 야광주가 주위를 밝히는 큰 석실이 나타났다.

좌우 삼 장은 될 것 같은 둥근 석실 한가운데에는 푹신한 침대가 자리하고 있으며, 벽을 빙 둘러 무서운 금강역사와 아름다운 미녀가 정사를 벌이는 석상들이 늘어서 있었다. 돌로 깎아놓은 석상들의 적나라한 모습은 춘화(春畵)보다 더욱 사실적이었다.

“허허…….”

얼굴이 화끈거리는 묘한 분위기에 침대라니, 목구멍에서 피리 소리가 절로 나왔다. 앞서 가던 설연이 침대에 살포시 앉아 빙그레 웃었다. 확 달려들어 덮치고 싶은 마음을 참으며 목풍아가 말했다.

“이 석실 안에는 우리 두 사람밖에 없나?”

조용한 목소리가 석실 안을 울리었다.

“예. 백련정은 교주님과 여사제인 저밖에는 들어올 수 없습니다.”

“분위기가 묘한데? 석굴에 이렇게 야한 석상들이 있고, 설연의 옷도 그렇고, 침대도 그렇고…….”

설연이 수줍게 말했다.

“아시겠지만, 이곳은 교주님의 공력을 성취시키기 위한 방이고, 저는 교주님을 위해 키워진 사람입니다.”

“나를 돕기 위해 키워졌다고?”

“예. 천보환의 영단 흡수를 돕기 위해 어려서부터 교육을 받고 자랐습니다.”

“교육?”

목풍아가 눈으로 석상들을 가리켰다. 설연이 가볍게 고개를 끄덕였다. 목풍아는 얼굴이 화끈거렸다. 은밀한 그 짓을 대놓고 한다니 쑥스럽기도 하려니와 그것이 설연의 임무라니…….

‘아이구. 좋아라.’

소리를 지르고 싶었지만 꾹 참았다. 늘씬하고 이국적인 미인 설연과 비밀스러운 석굴 안에서 좋고도 좋은 시간을 보내야 한다니 생각만 해도 후끈 달아오르는 것 같았다.

‘이 목풍아는 정말로 여복도 많구나. 와하하하.’

마음속으로 희희낙락하며 설연을 바라보니 야광주에 비치는 몸매가 예술이다. 섬세한 목덜미로부터 흘러내리는 우아한 선, 그 끝에 봉긋 솟아오른 원구, 얇은 비단옷이 그 끝에서 흘러내려 날씬한 허리를 살짝 치고 풍요로운 엉덩이를 지나 옥기둥 같은 두 다리에서 끝이 났다. 더 볼 거 있나?

"자! 시작하자구."

목풍아가 훌렁훌렁 옷을 벗었다.

"잠깐, 아직 하실 일이 있습니다."

웃옷을 벗다 말고 멈추었다.

"무슨 일인데?"

"이 방은 교주님의 연공실입니다. 교주께서는 이 방에 있는 석상들의 체위를 모조리 습득하셔야 할 것입니다."

"와하하하. 그거라면 문제없어. 내가 아는 것이고, 또 너와 함께 연구하면 될 테니까 말이야."

목풍아가 씨익 웃었다.

설연이 고개를 저었다.

"그렇지 않습니다. 이 석상들의 체위는 모두 교주님을 지키기 위해 존재하는 것입니다. 천보환의 공력을 제대로 흡수하시기 위해서는 반드시 석상들의 체위를 순서대로 알아야 합니다. 만약 그렇지 않고서는 큰일이 생기게 됩니다."

단호한 설연의 말과 경직된 얼굴을 보고 목풍아는 마른침을 꿀꺽 삼키었다. 뭔가 있는 것이 틀림없었다. 갑자기 월랑의 말이 귓가에 맴돌았다.

'생사현관(生死玄關)의 문(門)을 지나야 합니다.'

뭔가가 있다. 세상에 쉬운 일이 하나 있을까? 목풍아는 그 말의 뜻을 잘 알고 있다. 한 가지 일을 이루기 위해서는 그만한 대가가 따르는 법이다. 세상일이란 녹록한 일이 하나 없는 일임을 목풍아는 자신의 경험을 통해 잘 알고 있다.

천보환 역시 대단환처럼 자신의 몸에 엄청난 괴력을 줄 것이 틀림없었다. 마냥 즐기는 일로써 큰 공력을 받게 된다면 뭔가 말이 되지 않는다. 반드시 어려운 난관이 존재한다는 의미가 되는 것이다.

어려운 난관이 무엇인가? 월랑이 말했던 생사현관의 문일 것이다. 잘못되면 큰일이 날 수도 있는 것이다.

'큰일이란 어떤 것인가? 목숨을 잃을 수도 있단 말인가? 힘을 빼앗길 수도 있단 말인가? 왠지 불안하다. 하지만 머리가 다시 날 수도 있다 하지 않았나?

진퇴의 고민이 머리 속에서 빠르게 교차하였다.

한 가지 분명한 것은 마냥 즐기는 일만은 아니라는 것이다. 그렇지만 물러날 수도 없는 노릇이 아닌가.

목풍아는 고개를 들어 다시금 설연을 바라보았다. 은은한 야광주에 비친 설연의 아름다운 얼굴과 미끈한 몸매를 상상하니 사내대장부의 자존심이 불끈 일어났다.

"와하하하. 좋아, 좋아. 내가 설연의 미모에 눈이 멀어 잠시 냉정하지 못했군. 좋아. 좋다구. 배운다 생각하고 열심히 공부를 해보지."

목풍아는 천천히 설연이 가리키는 첫 번째 석상의 앞으로 다가가 뚫어지게 바라보았다.

"음. 용번이군. 청룡이 용트림을 하면서 날고 있는 형상. 이거야 기본 자세지."

　보통 이런 종류의 그림이라면 머리가 좋지 않은 사람도 금방이면 외울 수 있는 것인데, 머리가 좋은 목풍아가 어찌 쉽게 외우지 않을 수 있겠는가? 더구나 소싯적 춘화에서 한 번쯤 보았던 모양이었으므로 어려울 것이 없었다. 둥글게 둘러선 조각을 모두 둘러보고 나니 모두 아홉 가지 체위이다.

　용번(龍翻), 호보(虎步), 원박(猿博), 선부(蟬附), 구등(龜騰), 봉상(鳳翔), 토연호(兎沈毫), 어접린(魚接鱗), 학교경(鶴交頸).

　목풍아가 말했다.

　"이건 소녀경의 체위가 아닌가?"

　"그렇습니다."

　"백련교에서는 음양으로 내공을 연마하는 모양이지?"

　"네. 저희 백련교가 세상 사람들에게 마교로 불리는 이유의 한 가지이지요. 음양대법이란 이미 황제 이전부터 전해오던 비술(祕術)이었지만 유학(儒學)의 대두로 음지에서 비밀리에 전해 내려오고 있습니다."

　"와하하하. 남녀 상합(男女相合)하면 화화만사성(和和萬事成)이라 하였는데 그 좋은 것이 도덕지사들의 논리에 밑바닥으로 묻혀 버린 모양이군."

　"예. 그렇지만 저희 백련교에서는 예부터 전해 내려오는 비기를 바탕으로 남녀의 자연스러운 화합에 의한 내공을 발달시켜 왔습니다."

　"오! 그것이야말로 내가 바라는 바지. 얼마나 좋은가? 재미도 보고 공력도 얻고. 그렇지 않나? 와하하하."

　목풍아는 고개를 젖혀 웃었다. 웃음소리가 동굴 안을 크게 울렸다.

　설연이 말했다.

　"모두 다 외우셨습니까?"

"그림이야 머리 속에 다 들어가 있지?"

"그림을 외우라는 것이 아닙니다."

"또 뭐가 있나?"

설연이 빙그레 웃으며 말했다.

"금강역사의 몸에 그려진 정혈도(精穴圖)를 기억하셔야 합니다."

"정혈도?"

목풍아가 가만히 금강역사의 몸을 살펴보니 과연 붉은 점과 푸른 줄을 이은 선이 그려져 있다.

"엇? 정말 있네."

"흔히 욕심에 눈이 멀게 되면 눈앞의 것도 보이지 않는다 하지요."

"음. 그렇군. 정말 냉정하지 않으면 보기 힘든 선이군."

석상의 그림이 의미하는 바는 욕심, 욕망을 경계하라는 가르침이었다. 욕심과 욕망에 가려 보지 못하는 참된 것이 세상에는 얼마나 많은가. 석상은 난잡한 성행위 속에서 인간이 추구해 나가야 할 방향을 깨닫게 해주고 있는 것이다.

설연이 침착하게 말했다.

"그렇습니다. 조각상을 자세히 보시면 용번부터 학교경까지 하나의 선으로 이어져 있습니다. 그 시작은 단전에서부터 시작되고 교합과 함께 자연스럽게 온몸을 돌다가 음양대법이 끝이 날 때 역시 단전으로 돌아가게 됩니다. 영약의 기운은 남녀 간의 화합이 진행되면서 교주님의 전신을 돌면서 인체의 막힌 혈과 기경을 뚫게 되는데, 이때를 조심해야 합니다."

"조, 조심해야 한다구?"

"예. 만약 쾌락에 빠져 사정을 하신다거나 의념이 정혈도를 따라가지 않는다면 크게 낭패를 보실 수 있습니다.”

목풍아는 탄성을 질렀다.

“이런 제길. 그것이야말로 고양이 앞에 생선을 놔두고 먹지 말라는 것이나 똑같은 말이잖아. 그게 고문이 아니고 무어란 말이야? 사정을 하면 안 되는 거야?”

“예. 할 수 없습니다. 오직 냉정한 마음을 가질 때 얻을 수 있습니다.”

“빌어먹을…….”

다리에 힘이 빠져 침대에 털썩 쓰러졌다.

‘세상일이란 이런 것인가 보다.’

한숨이 절로 나왔다. 그때 귓가에 설연의 입김이 전해져 왔다.

“교주님, 저를 도와주세요. 교주님께서 천보환의 공력을 모두 흡수하시는 것이 저를 도와주는 것이랍니다. 부디 소녀의 입장을 헤아려주세요.”

목풍아는 자리에서 벌떡 일어났다. 더운 콧김을 뿜으며 주먹을 불끈 쥐었다.

“걱정 말아라. 나는 설연이 실의에 빠진 것을 보지 않겠다.”

설연이 목풍아의 손을 잡아 자신의 앞에 앉히었다. 그녀는 목풍아의 눈을 차분히 바라보며 말했다.

“백련교 천보환의 유래는 석가모니가 보리수 나무 아래에서 깨달음을 얻기 바로 전 여인에게 젖동냥을 받은 것에서 시작합니다. 하늘의 도움을 받은 젖과 같은 존재라는 의미이지요. 그때 석가모니가 금기로 여기는 여자의 젖을 먹고 깨달음을 얻은 것처럼 교주께서도 맑고 깨끗한 정신으로 천보환의 공력을 흡수하시기 바랍니다. 저는 어려서부터 백련교의 여사제로서 영약을 섭취하며 자랐습니다. 교주께서는 제 순음지기를 바탕으로 천보환의 기운을 융화시켜 반드시 음양대법을 이루시기 바랍니다."

"알겠다."

"남녀 간의 사랑은 순수한 것으로 흰색의 연꽃을 상징합니다. 생명이 시작되는 성스러운 행위인만큼 추호도 삿된 마음으로 임해서는 안 될 것입니다."

"알겠다니까."

설연은 정색이 되어 말했다.

"건성으로 듣지 마십시오. 교주께서는 명심하셔야 합니다. 저와 교주님의 생명이 달린 일입니다."

"알았어. 나는 책임을 지는 사람이라구. 살아오면서 여자들을 많이 건드렸지만 한 번도 진심이 아닌 적은 없었다구."

"알겠습니다. 그럼 지금부터 음양대법의 심법을 말씀드리겠습니다. 교주께서 천보환을 복용하시면 잠시 후 몸이 뜨거워지게 됩니다. 제가 충분하게 준비가 되었을 때 음양대법은 시작됩니다. 이때 교주께서는 마음을 냉정하게 가지시고 석상의 순서에 따라 저를 다루어주시되 용번은 팔 천 오 심, 호보는 오 천 삼 심, 원박은 구 천 삼 심, 선부는 십 천 칠 심, 봉상은 육 천 이 심, 구등은 칠 천 오 심, 토연호는 사 천 일 심, 어접린은 이 천 구 심, 학교경은 십 천 칠 심으로 행해야 합니다. 여기서 천(淺)이란 얇게 삽입하는 것을 의미하며, 심(深)이란 깊게 삽입하는 것을 의미합니다. 정혈도의 순서로 기혈을 운용해야 하며 절대 사정을 해서는 안 됩니다."

이야기를 듣는 목풍아는 미치고 팔짝 뛸 노릇이었다. 색을 범하며 색을 벗어나야 하는 일이니 석가모니도 힘든 일일 것이다. 하물며 색을 좋아하는 목풍아에게 이것은 고난이며 시련이었다. 아니, 처음부터 목풍아에게 불가능한 일인지도 몰랐다.

"이, 이건 너무한데……."

"성공하시면 머리가 날지도 모릅니다."

"머리가?"

정신이 번쩍 들었다. 잃어버린 털을 되돌릴 수도 있다는 것은 굉장한 유혹이었다. 하지만 실패했을 때를 생각하지 않을 수 없다. 아홉 가지 체위를 냉정하게 할 수 있을까? 순서에 입각하여 기혈의 흐름을 이끌면서 사정하지 않을 수 있을 것인가? 자신이 없었다.

"만약, 만약에 실패하게 되면 어떻게 되는 거지?"

"저와 교주가 큰 화를 당하게 됩니다. 그동안 수련해 놓았던 순음지체(純陰之體)가 파괴되면서 제가 죽게 될 수도 있습니다. 교주님도 주화입마를 입으시거나 심각한 내상을 입으실 수 있습니다."

"뭐라구?"

이거 생각보다 쉽지 않은 일이다. 차라리 무당파의 대단환이 더 나았다.

"헤헤헤. 미리 연습을 해보면 안 될까?"

설연이 목풍아의 천진한 모습에 웃음을 터뜨렸다가 이내 재빨리 웃음을 감추며 말했다.

"불행하게도 안 됩니다. 저는 아직 한 번도 침범당한 적 없는 처녀입니다. 순음지체가 훼손당하면 그것으로 제가 이곳에 들어온 이유가 없어집니다."

미치고 팔짝 뛸 노릇이다. 미리 말이나 해주었으면 좋았으련만 이거야말로 목풍아 최대의 위기 상황이 아닐 수 없었다.

마교 교주도 아무나 해먹는 것이 아니다. 해도 문제고 하지 않아도 문제. 생사현관의 문을 넘어서지 않으면 안 된다. 사면초가의 위기에 놓인 항우의 심정이 이러했을까?

목풍아는 설연이 들고 있는 접시에 놓여 있는 금빛 환약을 바라보았다.

"저 천보환을 먹으면 나는 어떻게 되는 거요?"

"월랑님께 들은 바로는 천보환은 인체에 극양을 보하여 순양지체를 만들어주는 영단이라 하셨습니다. 그러나 순양지체는 지극히 몸을 뜨겁게 하여 순음지체로 그 성질을 보하지 않는다면 전신의 혈관이 터져 죽음에 이를 수 있다 하셨습니다."

일단 천보환을 먹게 되면 반드시 설연의 도움을 받아야만 살아남을 수 있다는 것이다. 대장부가 한 입으로 두말할 수도 없는 노릇이니 여기서 물러날 수는 없는 노릇이다. 반드시 이 시험에 통과해야만 한다. 그러나 자신이 없다. 젊고 패기만만한 몸이 설연과 같은 여체를 다루면서 흥분하지 않을 수 있겠는가? 여인을 탐닉하는 정신이 진기의 유동을 냉정하게 할 수 있겠는가? 아홉 가지 체위를 번갈아 움직이며 사정하지 않고 버텨낼 수 있을 것인가 생각하면 아득하기만 하다.

"역대 교주들은 이 관문을 어떻게 넘겼지?"

"전대 교주인 한림아는 관군과 무림인의 추격 때문에 천보환을 복용하지 못하였고, 전대 교주님들은 무난하게 통과했다는 이야기를 들었습니다."

"어떻게? 모두 나이가 많았겠지."

설연이 입가에 미소를 띠며 가볍게 고개를 끄덕였다.

“제가 도와드릴 것이니 걱정 마시고 이 약을 드십시오.”

설연이 천천히 금빛 환약을 들어 목풍아에게 바쳤다.

“좋아. 먹는다.”

목풍아는 천보환을 입에 넣고 꿀꺽 삼켰다.

“부디 성공하시길 바라겠습니다.”

설연이 일어나 천천히 옷을 벗었다. 얇은 비단옷이 흘러내리듯 바닥에 떨어졌다. 이내 실오라기 하나 걸치지 않은 설연의 나신이 드러났다. 붉은빛 야광주에 은은하게 비치는 설연의 나신은 돌을 다듬는 명장이 곤륜산의 옥을 깎아 만든 석상처럼 매끈하고 아름다웠다.

수줍게 고개를 숙인 아름다운 설연의 얼굴, 사슴처럼 길고 가는 목선을 따라 아담한 어깨가 수줍게 떨리고 있다.

나긋나긋한 손이 풍만한 가슴을 살짝 가린 것이 육감적이다. 잘록한 허리 아래 조화의 신령이 자리를 잡은 숲. 멍하니 설연의 여체를 바라보던 목풍아는 갑자기 몸이 불처럼 뜨겁게 달아오르는 것을 느꼈다.

이미 아랫도리는 뜨겁게 팽만해져서 그 기세가 옷자락을 뚫을 듯하다.

“모, 몸이 뜨겁군.”

설연이 다가와 목풍아의 옷을 벗겨주었다.

끓어오를 듯한 젊음의 열기를 참다못해 목풍아는 짐승처럼 설연을 침대에 눕히었다.

“침착하십시오. 급하십니다. 침착하지 않으시면 교주님의 목숨이 위태롭습니다.”

미칠 노릇이었다. 어쩌란 말이냐? 이미 목풍아의 철봉은 화끈하게 달아 목적지를 찾고 있건만 참아야 하는 것인가? 목풍아는 울고 싶었다.

"어, 언제……."

목풍아는 울상이 되어 설연을 바라보았다.

"방중(房中)은 정성(情性)의 극(極)이며 지도(至道)의 제(際)라 하였습니다. 건곤생성의 도를 행하는데 급한 마음을 먹어서는 안 될 것입니다."

"알았어, 알았다구."

방중은 남녀의 마음이 화합되었을 때 시작하는 것이라는 말이다. 우주 생성의 이치를 행하는 일이므로 성급해서는 안 된다는 뜻이었다.

목풍아는 눈물이 찔끔 나오도록 끓어오르는 정욕을 질끈 참으며 설연의 입술에 입을 맞추며 애무를 시작하였다.

"아~ 음~"

설연의 입에서 신음 소리가 흘러나왔다. 눈은 무아의 지경에 이른 것처럼 황홀하게 감고 있고, 붉게 벌린 입술에서 교태로운 신음이 흘러나왔다.

다행히 예전에 춘화책을 보아둔 보람이 있었다. 시중에 떠도는 춘화책에는 조잡하지만 소녀경(素女經)과 동현자(同玄子), 옥방지요(玉房指要), 홍련제요(紅蓮提要) 같은 방중술을 빈 지면상에 기록해 놓고 있었다.

바람둥이 목풍아가 그림만 볼 사람이 아니다. 이미 방중술에 대해서는 춘화에 의한 상식이 있던 터이고, 주소천과 그와 관계있는 수많은 여인들과 경험을 가진 터라 능숙하기 이를 데 없었다.

목풍아의 몸 역시 달아오를 대로 달아올라 어느 한 군데라도 찌르면 터질 것만 같은 상태가 되었다.

목풍아는 천천히 설연의 몸을 용번의 자세로 만들었다.

용번이란 청룡이 용트림을 하면서 날고 있는 형상이다. 목풍아의 달아오른 몸이 천천히 설연의 몸 안으로 들어갔다.

설연이 눈을 질끈 감으며 이를 앙물었다. 목풍아는 갑자기 용광로에 들어온 듯한 느낌이 들었다. 설연은 흡반이 있는 낙지처럼 목풍아에 달라붙어 신음을 토하였다.

"아~"

목풍아는 온몸을 물결치듯 황홀함이 밀려오며 숨이 막혀왔다.

"교주님, 숨을 깊게 들이쉬면서 정혈도를 생각하세요."

목풍아는 숨을 깊게 들이쉬며 단전에 기운을 끌어당겼다. 그리고 몸을 움직였다.

용번은 팔 천 오 심. 앞뒤로 몸이 움직이며 목풍아는 흥분을 참기 위해 소리를 질렀다.

"이, 이러면 안 되는데~ 안 돼, 안 돼. 안 돼. 돼, 돼. 돼. 돼."

첫 번째 관문에서 벌써부터 목풍아는 터질 듯한 흥분을 느꼈다.

"되면 안 돼요."

설연의 목소리와 함께 철봉에 찌그러질 듯한 고통이 밀려왔다.

"크헥."

비명이 절로 나왔다. 움직임을 멈춘 목풍아가 핏대를 세운 얼굴로 설연을 바라보았다.

"왜 그러는 거야?"

"숨을 발끝까지 들이마시면서 기운을 명문으로 올리세요. 저와 사랑을 나누는 것이 아니라 건곤(乾坤)의 기운을 돌린다고 생각하세요."

"그게 말처럼 쉬운 건가?"

"말처럼 쉽지 않기 때문에 교주님만 할 수 있는 거라구요."

"알았어, 알았다구."

목풍아는 다시 움직임을 시작하였다. 숨을 깊게 들이마시면서 몸을 움직였다. 약간 흥분이 가시는 것 같았다. 단전에 달아오른 기운을 팔 천 오 심을 행하면서 자연스럽게 명문혈로 끌어올렸다.

일 단계를 통과한 것 같은데 벌써 목풍아의 몸은 땀으로 흥건하게 젖어 있었다.

목풍아는 재빨리 설연을 엎드리게 한 다음 위쪽에 무릎을 꿇고 배를 껴안으며 진행을 시작하였다. 이 차 관문인 호보(虎步)였다. 명문혈을 통과한 기운이 대맥을 지나가도록 해야만 한다.

호보는 오 천 삼 심, 늘씬하고 가는 설연의 허리를 안고 움직임을 하고 있으려니 마음속에서 두 명의 목풍아가 싸우는 듯한 소리가 들리는 것 같았다.

'에이. 모르겠다. 너무 기분이 좋은데 그냥 끝내자.'

'아냐. 이번에 그만두면 큰일이 난다.'

'모두 거짓말이다. 마음 내키는 대로 하자구.'

'그럴까? 기분이 너무 좋은데… 아! 흔들린다.'

'그래. 도저히 못 참겠다. 그냥 끝내 버리자.'

마음속의 목풍아가 마음을 정하는 순간 철봉이 찌그러지는 고통이 밀려들었다.

"커헉."

목풍아는 비명을 지르며 벌떡 목을 쳐들었다.

"아직 여덟 관문이나 남았습니다. 약해지시면 안 돼요. 얕은 것은 빠르게 깊은 것은 느리게 호흡을 하시면서 정신을 집중하세요."

“아, 알았다구.”

음근의 단련을 얼마나 했기에 이런 고통을 줄 수 있는 것일까? 목풍아는 죄던 힘이 풀리자 다시금 이를 앙물고 대맥을 따라 기운이 돌아가게 하면서 몸을 움직였다.

설연의 말대로 호흡과 동작을 행하자 황홀하던 기분이 약간은 가시기 시작하였다.

이 어려운 관문을 역대 교주들은 어떻게 통과했단 말인가? 역대 교주들에 대한 존경심이 무럭무럭 피어올랐다.

흥분을 참아가며 오 천 삼 심을 끝내고 나니 이번에는 원박이다. 원박은 원숭이가 나뭇가지를 어깨에 메치는 모양이다. 원박은 구 천 삼 심, 대맥을 돌아 나온 기운이 척추를 따라 올라갔다.

원박의 관문은 깊은 삽입이 없는 까닭에 흥분한 목풍아가 잠시 쉬어가는 관문이라 해도 좋았다. 어렵잖게 원박을 통과한 목풍아는 자세를 바꾸었다.

이번에는 선부(蟬附). 선부는 매미가 나뭇가지에 달라붙은 모양이다. 선부는 십 천 칠 심, 목풍아는 인내력을 시험하고 있었다.

음양대법. 희노애락애오욕(喜怒哀樂愛惡欲)의 칠정(七情)을 벗어나야 얻을 수 있는 고원한 심법임을 목풍아는 몸으로 체험하고 있는 것이다.

“교주님, 네 번째 관문입니다. 실패하게 되면 온몸의 피가 터져 즉사하게 되니 정신을 바짝 차리셔야 합니다.”

“아~ 알았다구~”

이를 앙문 목풍아의 얼굴은 울상이 되어 있었다. 두 줄기 눈물이 주르르 흘러내렸다.

‘참아야 한다. 크흑. 참아야 한다.’

갈 길은 멀기만 한데 세상에 이런 고난이 있을 줄은 목풍아도 몰랐
다. 황홀감이 깊어갈수록 목풍아는 깊게 숨을 들이마시며 기운을 다른
곳으로 집중시켰다. 차라리 달아오를수록 목풍아의 정신은 더욱 냉정
하게 변할 수밖에 없었다.

십 천 칠 심을 행하고 나자 목풍아는 구등(龜騰)으로 자세를 바꾸었
다. 구등은 거북이가 하늘로 올라가는 모양. 목풍아는 설연의 무릎을
유방 가까이 밀어 올리면서 깊이 진입시켰다.

"아아~"

설연이 두 팔로 목풍아의 몸을 껴안으며 교성을 질렀다. 얼굴이 붉
게 상기된 설연의 몸은 불덩어리가 되어 있었다. 뜨거운 숨결을 내뿜
으며 목풍아의 움직임에 몸을 흔들며 설연이 가쁘게 헐떡거렸다.

"교, 교주님. 이, 이제부터는 도와드릴 수 없을 것 같아요. 아~"

더욱 정열적으로 목풍아를 껴안으며 압박해 들어오는 설연이었다.
환희에 도취된 듯한 설연의 얼굴이 시야에 들어왔다.

음녀(淫女)가 되어버린 것마냥 설연은 냉정을 잃어가고 있는 것 같
았다.

"설연아, 안 돼. 안 돼."

목풍아가 설연의 귀에 대고 소리쳤지만 설연은 쾌락의 나락에 빠진
짐승마냥 교성을 지르며 목풍아의 몸을 비비며 애무에 빠져 있었다.
설연의 몸은 이제 불덩어리가 되어 있었다. 설연의 은밀한 곳은 용광
로가 되어 목풍아를 자극하였다.

설연의 혀와 손가락이 쉴 새 없이 목풍아를 흥분시키기 위해 움직이
고 있었다.

'큰일 났다.'

목풍아는 소름이 돋았다.

설연이 도와준 덕에 여기까지 올 수 있었지만 이제부터는 철저하게 자신과 싸울 수밖에 없었다. 아니, 자신 안의 자신과 설연을 이겨내야 하는 것이다.

"제길. 할 수 없다."

칠 천 오 심을 행한 후 목풍아는 설연의 두 손을 잡아 난폭하게 침대에 내던졌다.

"음란(淫亂)에는 음폭(陰暴)으로 대하고 강음(强陰)에는 강정(强精)으로 대한다."

목풍아는 설연의 머리채를 잡고 봉상의 자세로 바꾸었다. 봉상(鳳翔), 수놈의 봉황새가 나는 모양으로 육 천 이 심, 이 역시 잠시 쉬어가는 자세라고 할 수 있었다. 독맥을 따라 올라가던 기운이 머리를 지나 백회에서 멈추었다. 머리가 띵 하고 울리는 것 같았다. 반쯤 성공한 것이라 할 수 있었으니 이제 조금만 더 고생하면 되는 것이다.

설연은 비명을 지르며 몸을 꿈틀거리고 있었다. 그녀는 음락의 화신이 된 것마냥 목풍아의 정기를 빼앗기 위해 쉴 새 없이 기운을 당기고 있는 것 같았다.

상대방이 이성을 잃어버리자 목풍아는 더욱 정신이 번쩍 들었다.

"여기까지 와서 물러설 수 없다."

목풍아는 설연의 몸을 일으켰다. 이번에는 토연호(兔吮毫). 토끼가 가느다란 터럭을 빨고 있는 모양이다. 목풍아가 침대에 몸을 눕히자 설연이 위로 올라타서 매섭게 움직임을 시작하였다. 토연호는 사 천 일 심. 그러나 음기가 발동한 설연의 몸은 순서를 무시하고 낙지처럼 달라붙어 목풍아를 흥분시키고 있었다.

풀어진 머리를 흔들고 신음을 토하며 움직이는 설연은 태초에 조물주가 부여한 본능에 움직이고 있었지만, 목풍아가 그에 동조할 수 없는 노릇이다.

숨을 깊게 들이마셔 진기를 끌어올리며 정신을 바짝 붙들어 기운을 백회에서 임맥으로 움직였다.

어차피 어접린이 토연호와 비슷한 자세이니 설연의 음기로 자신의 양기를 순화시키면서 대맥을 뚫으면 그만이다. 어접린은 이 천 구 심,

"악~ 악~"

격렬한 동작이 거듭되면서 설연은 몸 전체를 경련하듯 비명을 질렀다. 땀방울이 목풍아의 가슴과 얼굴로 마구 떨어졌다.

"나 죽어. 나 죽어~"

목풍아는 숨을 깊이 들이마셨다. 짜릿한 흥분이 발끝까지 퍼지고 있었다. 몽롱한 느낌. 마치 구름에라도 오르는 듯한 기분에 목풍아는 정신을 차릴 수 없었다.

어려운 관문일수록 유혹은 깊은 법이다. 사정을 하게 되면 목풍아 자신은 물론 설연의 목숨까지 장담할 수 없다.

"빌어먹을 복상사는 안 돼."

목풍아가 소리를 질렀다. 대맥을 지나던 기운들이 흩어지는 것 같았기 때문이다. 정신을 집중하며 흩어진 기운을 한데 모으는 중에도 설연의 움직임은 더욱 세차게 계속되었다.

비단을 찢는 비명 소리가 동굴 안을 울리었다.

목풍아는 자신의 뺨을 때리고 이를 앙물며 대맥을 지나는 기운이 명문에 도착하도록 온 정신을 집중하였다.

쾌락이 더해갈수록 기운은 명문혈을 향해 빠르게 다가오기 시작하

였다.

"빌어먹을, 빌어먹을……."

금방이라도 터져 나올 것 같았다.

"빌어먹을…… 나는 천하 백성들에게 아직 한 것이 없단 말이야."

목풍아는 난폭하게 벌떡 일어나 자세를 바꾸었다. 기운이 명문혈에 도착한 때문이다.

잠시 설연의 옥문을 빠져나온 목풍아의 양근이 일촉즉발의 상황을 약간은 해소시켜 주었다. 그러나 잠시 쉴 틈을 설연이 주지 않았다.

마지막 관문인 학교경(鶴交傾), 학이 서로 긴 목을 얽히게 하는 모양이었다. 설연은 뜨거운 몸으로 목풍아를 공략하였다.

잠시 쉴 틈도 없이 목풍아의 양근이 설연에게 빨려 들어갔다. 흥분이 극에 달하여 설연의 교성은 석굴 안을 울리고 경련이 일어난 몸이 마구 떨리었다.

끝을 향해 나아가는 목풍아도 흥분의 극이 치달아 오르는 것은 마찬가지였다. 불덩어리 같은 설연의 몸이 움직일 때마다 목풍아는 이를 앙물며 참았다.

명문혈의 기운이 단전으로 되돌아갈 때까지 참는 수밖에 없다. 흥분은 전율처럼 목풍아의 온몸을 휘돌았다. 마음과 몸이 따로 놀아야 이 관문을 통과할 수 있는 것이다.

터질 듯한 순간에 목풍아는 천하 백성들을 생각한다.

"아, 아직 한 번도 그들에게 덕을 베푼 적이 없어. 나는 할 일이 많다구."

목풍아는 소리를 지르며 힘차게 몸을 움직였다.

"이따위 작은 쾌락에 질 줄 알고? 목풍아가 이 정도 밖에 안 되는 사람인 줄 아는가?"

목풍아는 힘차게 움직였다. 마치 설연을 부숴 버릴 듯 목풍아는 격렬하게 움직였다. 십 천 칠 심. 마지막 힘을 다하듯 힘껏 움직이며 단전으로 기운을 움직이는 순간 목풍아는 눈앞에 빛나는 섬광을 보았다.

그 섬광들 사이로 어린아이들이 노는 모습, 그리고 사람들의 웃고 있는 얼굴들이 스쳐 지나갔다. 어머니의 모습도, 아버지의 모습도, 그리운 사람들 모두가 그 안에서 밝게 웃고 있었다.

한동안 밝게 빛나던 빛의 잔영은 그렇게 천천히 사라져 갔다. 금강역사 외 미녀의 석상들이 눈에 들어왔다. 방금 보았던 그 모습들이 꿈처럼 아득하게 생각되었다.

방금까지 괴성을 지르던 설연은 목풍아의 품에 안겨 새근거리는 숨을 내쉬고 있었다.

눈시울이 갑자기 뜨거워지며 눈물이 흘러내렸다. 어려운 관문을 푼 것이 기뻐서가 아니다. 목숨을 살린 것이 다행스러워서가 아니다. 목풍아는 섬광처럼 보았던 사람들의 웃는 모습을 생각한다. 그들이 목풍아를 살린 것이라 생각한다. 그들을 위해 무언가를 할 수 있을 것 같다는 안도감 때문인지도 몰랐다. 그때였다.

따뜻한 손이 두 뺨을 쓰다듬었다.

고개를 들어보니 설연이 수줍은 사람처럼 미소를 지으며 말했다. 바로 전까지 불타던 설연은 어디론가 사라지고 없는 것마냥.

"이겨내셨군요."

목풍아는 눈물을 닦으며 고개를 끄덕였다.

"잘하셨습니다."

목풍아는 고개를 들었다.

“이제 다 된 거냐?”

“예. 다 된 겁니다. 이제 기틀이 마련되었으니 백련교의 무공을 익히신다면 천하에 적수가 없는 고수가 되실 겁니다.”

“전쟁은 사람을 위대하게 만들지 못해.”

“네?”

“싸움 잘하는 것이 좋은 것은 아니란 말이다.”

“네.”

“내 질문에 대한 답을 다시 물어보마. 이제 다 된 거지?”

“예? 그게 무슨 말씀이신지?”

목풍아가 좌우의 석상들을 힐끔힐끔 바라보았다.

설연이 수줍게 고개를 끄덕였다.

“정말이지? 나는 시작을 했으면 끝을 보는 체질이라서…….”

“예. 이제는 상관없습니다. 저도 평범한 여자로 돌아왔는걸요.”

“와하하하. 나 정말 괴로워서 죽는 줄 알았다. 네가 이제 되었다면 나는 이제부터 시작이다.”

목풍아는 와락 설연에게 달려들었다.

나는 천하인이다

목풍아는 그해 겨울을 자운곡과 소호를 오가며 분주하게 보내었다. 백련교의 정보망과 수룡방 상단에서 흘러 들어오는 조정과 사회 분위기를 차분하게 종합해 가며 목풍아는 때를 기다렸다.

그동안 수룡방에도 많은 변화가 있었으니 구룡방의 화옥이 찾아와 자리를 잡은 것이다. 목풍아를 찾아온 화옥 덕에 목풍아는 네 명의 여인과 따뜻한 겨울을 보내게 되었으나 사람 일이란 묘한 것이라 바람둥이 목풍아가 여자에 대한 관심이 없어지게 된 것이다.

네 여자를 차례로 상대한다는 것이 무리긴 무리였다. 절륜한 정력이 있고, 음양대법을 통해 방중술까지 배웠으나 어찌 된 일인지 여자들에 대한 흥미가 떨어지는 것이었다. 고기도 많이 먹으면 질리는 것이라 하였던가?

"내가 파놓은 무덤에 내가 들어가는 꼴이 되었다."

목풍아는 앞으로 생겨날 여인들을 생각하고 길게 한숨을 쉬곤 하였다.

오괴는 고소하게 생각하고, 독돈은 드디어 대장이 철이 든 것이라 생각하였으며, 일도는 목풍아가 아픈 것이라 생각하였다.

한편 수룡방은 목풍아의 계책대로 묵은 쌀을 사들였으니 겨울 동안 사들인 곡식이 삼십만 석이나 되었다. 자금 부분은 백련교와 구룡방, 조기가 부담하였으므로 자금 문제로 크게 애를 먹을 일도 없었다. 수룡방은 천금의 돈을 어렵지 않게 가져오는 목풍아의 능력을 놀랍게 생각하였지만 몇몇 사람들은 아전들에게 묵은 곡식을 사오라는 목풍아의 의도에 대해 강한 의문을 품었다.

제값으로 묵은 곡식을 사서 제값으로 팔 수 있을 것인가에 대한 문제가 회의적이었기 때문이다. 그런데도 수장인 목풍아는 손해 볼 일이 없다는 말을 하고 있으니 봄을 기다릴 수밖에 없었다.

이윽고 차가운 겨울이 지나고, 아직 냉기가 가시지 않은 정월 보름 무렵부터 목풍아는 천천히 움직임을 시작하였다.

이제는 천하 백성들에게 무언가를 할 때이다. 보리가 나기 전까지 기근이 들 것이니 봄이 오기 전에 수를 써놓지 않으면 안 된다.

"때가 되었다. 이제 천하인으로서 목풍아의 진면목을 보여주마."

큰소리를 땅땅 치며 수룡방의 상단 책임자 영기에게서 장부를 받은 목풍아는 오괴와 독돈, 일도를 대동하고 가까운 려강현(廬江縣)으로 들어갔다. 손아귀에 비리가 가득한 장부가 있으니 무서울 것이 있겠는가?

려강현은 묵은 쌀 오천 석을 수룡방에 팔았다.

려강현 관아로 성큼성큼 들어가려니 문 앞에서 관군이 길을 막는다.

목풍아는 조용히 천룡패를 보여주며 말했다.

"천룡패주가 납시었다고 현령 나오라고 하거라."

관원이 고개를 갸웃거리며 들어갔다가 사색이 된 현령과 아전과 함께 나왔다.

현령이 목풍아의 손에 있는 용이 새겨진 천룡패를 보고 벌벌 떨면서 요란스럽게 관아 안으로 목풍아를 안내하였다.

천룡패주. 천자를 대신하는 암행 업무를 맡고 있는 관원이기에 말단 현령의 발걸음은 사뭇 무거웠다.

목풍아가 현령의 교의에 털썩 앉았다.

현령이 정청 가운데서 죄인이 된 사람마냥 인사를 하곤 조용히 물었다.

"처, 천룡패주께서 어쩐 일로?"

목풍아가 탁자를 치며 소리를 질렀다.

"몰라서 묻는 게냐? 가서 호조의 장부를 가져오너라."

호조의 관원이 얼른 장부를 가져와 바쳤다. 장부를 훑어보던 목풍아가 힐끔 현령을 노려보며 말했다.

"창고에 곡식은 아무런 이상이 없나?"

"예? 예."

"올해는 기근이 든 백성들이 많을 텐데 그들에게 나눠 줄 구휼미는 풍족하겠지?"

"예? 예."

목풍아는 장부를 현령에게 내던지며 소리쳤다.

"이런 빌어먹을 놈, 천룡패주에게 거짓을 고하는 것이냐? 목이 달아나고 싶은 게냐?"

현령이 바닥에 찰싹 엎드리며 말했다.

"무, 무슨 말씀을 하시는 것인지?"

"흥. 얼마 전 익명의 상소가 천자 폐하께 날아들었다. 묵은 곡식을 팔아 배를 채우는 탐관오리들이 날뛰고 있다고, 이에 천자께서는 나를 보내어 실정을 파악하게 하셨는데, 내가 조사해 보니 려강현에는 무려 오천 석이나 팔아먹었더군. 그런데 장부에는·아무런 이상이 없어."

"그, 그럴 리가……."

"흥. 좋아. 그렇다면 직접 대조해 보는 수밖에 없군. 곡식창으로 안내하거라. 만일 장부와 맞지 않는다면 관련자들은 목을 내놓아야 할 거야."

눈치를 살피던 호조의 아전이 발발 떨면서 바닥에 넙죽 엎드렸다.

"사, 사실은 작년 겨울 오천 석을 쌀 상인들에게 팔았습니다. 하지만 묵은 곡식이라 방치하기가 어려워서……."

"방치하기 어려워서 팔아먹고, 그 후엔?"

"……."

"이런 빌어먹을 작자들이 있나? 나라의 곡식을 팔아먹어 제 뱃속을 챙기고 나를 기만해? 아마 저희끼리 작당을 해서 말아먹었겠지. 이자들을 당장 포박하라. 려강현의 아전들은 모두 포박을 해서 바닥에 무릎 꿇게 하라."

군졸들이 목풍아의 서슬에 놀라 현령과 아전들을 포박하였다. 현령과 아전 십여 명이 포박되어 바닥에 무릎을 꿇었다.

현령이 이마를 땅에 박으며 말했다.

"살려만 주십시오, 대인. 살려만 주십시오."

"너희 같은 탐관오리들은 살려줘선 안 돼. 모조리 효수하여 까마귀

밥으로 만들어줄 테다."

아전들이 한목소리로 하소연을 하였다.

"살려주십시오. 저희가 모두 변상해 낼 터이니 한 번만 살려주십시오, 대인."

"시끄럽다. 이자들을 옥에 가두고 똘똘한 호조의 관원 하나를 데려와라."

현령과 아전들이 굴비 엮이듯 옥에 갇히고 호조의 말단 관원이 불려 들어왔다.

"너는 지금부터 현령과 아전들의 재산에 대해 추호도 틀림없이 조사해 오너라."

관원이 꾸벅 인사를 하곤 군졸들을 데리고 물러갔다.

그날 저녁 관원들이 조사해 온 재산 물목을 보니 실로 어마어마한 돈이다.

"빌어먹을 놈들, 많이도 해먹었구나."

장부를 보고 있는 목풍아의 얼굴에서 미소가 흘러나왔다.

목풍아는 장부를 들고 감옥 안으로 들어갔다.

어둠침침한 감옥의 방 한 칸에 현령과 아전들이 칼을 차고 족쇄를 찬 채 앉아 있었다. 발목을 옥죄이는 고통, 서지도 눕지도 못하는 족쇄와 칼을 차고 있는 그들 중 누구 하나가 이런 처지에 놓일 줄 생각이라도 해보았겠는가?

그들은 감옥 안으로 들어온 목풍아를 보기 무섭게 살려달라고 하소연하기 시작하였다.

"와하하하. 많이도 해먹었더구나."

"살려주십시오, 대인. 한 번만 자비를 베풀어주신다면 개과천선하는 마음으로 열심히 살겠습니다."

"예, 예. 속이지 않고 살겠습니다, 대인. 한 번만 살려주십시오,."

"좋아. 오늘 하루 더 생각해 보마."

목풍아는 두 말 않고 감옥을 나와 내실로 돌아갔다. 너무 빨리 나오게 되면 감옥에 가둔 보람이 없다. 절실하게 고생을 해봐야 깨닫는 것도 있을 것이다.

그날 밤 려강현의 현사에서 하루를 보낸 목풍아는 다음날 아침 식사를 한 후 감옥 안으로 들어갔다.

목풍아가 들어오자 현령과 아전들이 사정을 하기 시작하였다.

"대인, 살려주십시오. 저희 죄를 뉘우치고 있습니다."

"저희가 모두 채워놓을 것이니 한 번만 살려주십시오."

"공문서를 위조한 죄는 어쩌고? 나를 속인 죄는 어쩌고? 도둑질을 해놓고 변상하면 된다는 거냐? 빌어먹을 놈들아."

목풍아는 살짝 고개를 돌렸다.

묵은 곡식으로 만든 형편없는 감옥 밥을 주라고 명해놓았던 터라 감옥 한 켠에는 험한 밥이 그대로 놓여 있었다. 호의호식하던 자들의 입에 맞을 리 없었다.

"밥을 먹지 않았네? 입에 맞지 않아서? 하긴 나라의 곡식으로 배를 채우던 놈들이 묵은 곡식이 입에 맞을 리 없지."

목풍아는 자리에서 일어났다.

"대인, 한 번만 살려주십시오. 뭐든 할 터이니 한 번만 살려주십시오."

"아무래도 너희는 고생을 더 해봐야 할 것 같다."

목풍아는 고개를 돌려 옥리에게 말했다.

“내가 명할 때까지 더 이상 음식물을 주지 마라. 만약 음식물을 준 것이 발각된다면 목을 벨 것이다.”

“예, 예.”

겁에 질린 옥리가 벌벌 떨면서 꾸벅 인사를 하였다.

감옥을 나온 목풍아는 려강현령을 대신해서 공무를 보며 하루를 보내다가 다음날 아침 식사 후 감옥 안으로 들어갔다.

하루를 쫄쫄 굶은 현령과 아전들은 목풍아가 들어오자 울면서 사정을 하였다. 고개를 돌려보니 묵은 밥은 이미 깨끗하게 없어진 후이다. 배가 고파진 현령과 아전들이 묵은 밥을 씹어 삼킨 것을 생각하니 기분이 통쾌하였다.

“대인, 대인의 선처만 기다리겠습니다.”

풀이 죽은 현령의 모습을 보고 자리에서 일어나 옥리에게 말했다.

“모두 결박을 지어 정청으로 데려오너라.”

“예.”

목풍아가 정청으로 가 있으니 옥리에게 결박을 당한 현령과 아전들이 끌려 나왔다.

꾀죄죄한 몰골이 가관이다. 허기지고 고생한 티가 줄줄 흘렀다. 정청에 무릎을 꿇은 현령과 아전들에게 말했다.

“너희 죄를 알겠느냐?”

“예.”

“배고픔도 알겠더냐?”

“예.”

“너희는 려강현의 아버지며 어머니이다. 자식들의 밥 때가 되면 너희는 마땅히 식사를 마련하여 자식들의 배고픔을 해결해 주어야 할 것인데 창고를 열어 자신의 배를 채우고 있었으니 려강현의 아버지와 어머니의 노릇을 했다고 할 수 있겠느냐?"

"……."

"내가 처음에는 너희를 파직시키려고 생각을 하였다."

현령과 아전들이 목풍아를 바라보았다.

"그러나 한 번의 실수는 용서해 주기로 마음을 먹었다."

현령과 아전이 머리를 찧으며 말했다.

"감사합니다, 대인."

"대인의 은혜 하해와 같습니다."

목풍아가 고개를 내저으며 말했다.

"하지만 그냥 용서해 줄 수는 없다. 너희 재산을 일정 부분 압수하여 창고의 물량을 채우고 기근에 대비할 것이니 그리 알라."

"예. 저희가 뭔들 못하겠습니까? 대인께서 좋을 대로 하십시오."

목풍아는 현령과 아전들의 재산 장부에서 뽑아놓은 목록을 추징해 오도록 명하였다.

창고의 손실 부분과 압수한 재산을 합하니 은전 일만 냥이나 되었다. 묵은 쌀 오천 석을 구입하며 든 비용이 이천오백 냥이었으니 네 배가 남는 장사가 되었다.

오괴와 독돈은 그제야 목풍아가 아전들에게 묵은 곡식을 사들이게 한 이유를 짐작할 수 있었다.

묵은 쌀 구매라는 미끼를 던져 관리들을 걸려들게 한 것이다. 확실한 구실이 있으니 천룡패주가 하지 못할 것이 무엇인가? 생각할수록 그 머리 속에 무엇이 들어 있나 궁금하기만 할 따름이다.

그때 목풍아가 말했다.

"작년에 흉년이 들어 올해에는 반드시 기근이 들 것이다. 곡식 값이 오르게 되면 창고에 남은 곡식을 몽땅 풀어 백성들의 구휼미로 충당하도록 하라."

"예? 그렇게 되면 저희는 문책을 받게 됩니다."

"걱정 마라. 너희 창고는 넉넉하게 채워줄 테니 말이다."

"예?"

"천자의 명령이니 그렇게 알고 시행하란 말이다. 구휼미를 비싼 이자를 주고 받았다거나 상인들에게 팔았다는 이상한 소리가 다시 들려온다면 다시는 용서하지 않을 테니 그리 알아라. 알겠느냐?"

"예."

돈도 벌고 관원들의 비리도 막았으며 백성들은 이득이 되게 하는 계책이었다. 언제나 한 가지를 생각하는 법이 없는 목풍아였다. 오괴는 려강현을 나서는 목풍아를 따르며 기분이 흐뭇하였다.

목풍아는 추징한 자금을 수룡방으로 옮겨놓게 하곤 다음 고을로 향하였다.

동릉(銅陵), 동성(桐城), 안경(安慶), 회녕(懷寧), 태호(太湖), 악주(鄂州), 무한(武漢), 감리(監利), 형주(荊州)까지 목풍아는 두 달간을 장강 일대 곡창 지대의 관아에 출몰하여 수천 관의 이득을 챙겼다.

천룡패주의 소문이 돌면서 지역 관아들 역시 바싹 긴장하여 불의한 행위가 일어날 수가 없었다.

목풍아가 안휘성과 호북성 일대를 한차례 돌고 나니 두 달이 훌쩍 지나 어느덧 삼월이 찾아왔다.

삼월은 봄과 함께 중원에 기근이 찾아오는 시기이다. 이 무렵이 되면 중원에는 유랑민이 생겨난다. 그런데 기이하게도 이 해에는 그런 일이 일어나지 않았다. 하늘 높게 오를 것 같던 곡식 값도 잠잠하게 오를 기미가 없었다. 어찌 된 일인가?

안휘성과 호남성 일대의 관아는 천룡패주의 명을 따라 관아의 곡식 대부분을 구휼미로 쏟아놓았다.

이 때문에 때 아닌 곡식 상인들이 큰 낭패를 보게 생겼다. 수요가 많지 않으니 곡식 값이 오를 수가 없었다. 보리가 나게 되면 곡식 값은 더 떨어지게 마련이니 팔지 않으면 손해가 난다.

목풍아는 그동안 관아를 전전하며 벌어들인 돈으로 쌀 상인들에게 대량으로 곡식을 구입하였다. 형편없이 싼 가격으로 구매한 것은 말할 것도 없다.

목풍아는 수룡방의 선단을 이용하여 창고를 비운 고을에 곡식을 채워주었다.

부족한 물량에 묵은 곡식이 덤으로 채워졌으니 관아로서는 손해 날 일이 없었다. 백성들은 배를 두드리며 현령의 덕을 칭송하고, 창고를 채울 걱정으로 전전긍긍하던 현령과 지부들은 안도의 숨을 내쉬게 되었으며, 천룡패주와 천자의 덕을 칭송하였다.

수룡방은 목풍아 덕에 쌀 한 톨 팔지 않고 두 배가 넘는 장사를 하게 되었으며, 덤으로 각 지역 관아의 관원들과 자연스럽게 거래의 선을 트게 되었으니 일석삼조라고 하기에도 부족할 만큼 큰 이익을 얻게 되었다.

목풍아가 천자에게 일의 전말을 보고한 후 얼마 지나지 않아 소환 명령이 떨어졌다.

천자가 갑작스럽게 부른 것이 뜻밖의 일이었지만 황궁으로 돌아가게 된 것은 무엇보다 기쁜 일이 아닐 수 없었다.

하긴 천하가 안정되면 역심을 가진 사람들이 발 붙일 수 없게 마련이니 목풍아가 한 일은 가장 큰일이라 할 수 있었다.

목풍아는 천자의 명을 받고 즉시 황궁으로 돌아갔다. 수룡방의 배에서 내려 일산안경을 쓰고 오괴와 독돈, 일도의 호위를 받으며 남경성으로 들어가자마자 목풍아는 콧구멍을 벌렁거리며 숨을 깊이 들이쉬었다.

"음. 아름답구나. 어찌 이리 좋을꼬?"

오괴와 독돈이 서로의 얼굴을 바라보았다.

목풍아는 고개를 돌려 탐스러운 머리를 쓰다듬으며 말했다.

"빌어먹을 늙은이들아, 내 머리 어떠냐?"

오괴와 독돈은 갑자기 사색이 되어 고개를 조아렸다.

"좋습니다. 윤기가 아주 좋습니다."

"그럼요."

천보환을 복용한 지 석 달이 지났지만 목풍아의 털은 깜깜무소식이었다. 마지막 보루까지 무너지고 나자 목풍아의 분노는 오괴와 독돈 두 사람에게 대한 공격으로 번져 갔고, 두 사람이 당하는 것을 보다 못한 월랑이 목풍아의 머리에 맞는 가발을 만들어주었던 것이다.

한동안 맹렬하게 당했던 두 사람은 목풍아가 머리만 만져도 가슴이 섬뜩하게 내려앉는 것이다.

"좋아, 좋아. 아름다운 황성으로 돌아왔으니 어서 천자를 만나러 가 봐야겠지?"

"그럼요, 그럼요."

오괴와 독돈은 식은땀을 빠직빠직 흘리며 목풍아의 뒤를 따랐다.

황궁에 도착하여 신분을 밝히니 내시 하나가 기다리고 있다가 인사를 건네었다.

"목 상공께서는 세 분 부하와 함께 입조하시라는 분부가 내렸습니다."

"내 부하들과 같이?"

목풍아가 머리를 갸웃거렸다. 갑자기 부하들은 무엇 때문에 입조하라는 것인가? 다소곳이 서 있는 환관을 보니 문득 정화가 계교를 낸 것이 아닌가 하는 의문이 머리 속에서 일어났다.

'천자께서 내 심복 부하가 세 사람이라는 것을 어떻게 안단 말인가?'

왠지 기분이 좋지 않았다. 체한 사람마냥 좋지 않은 기분으로 목풍아는 세 명의 부하와 함께 관복으로 갈아입고 입조를 하였다.

환관을 따라 봉천전으로 들어가니 좌우에 우락부락한 무인들이 늘어서 있다. 봉천전에 무인이 있다니? 어찌 기분이 좋지만은 않았다. 정청을 걸어가다 보니 봉천전 높은 단 위에 영락제가 금빛 곤룡포를 입고 앉아 있었다.

"신 목풍아, 천룡패주의 임무를 마치고 돌아왔습니다."

목풍아가 넙죽 엎드려 인사를 하였다. 그러자 뒤에 서 있던 세 명의 부하가 따라서 절을 하였다.

"오! 목풍아, 그동안 수고가 많았다."

목풍아는 호쾌한 영락제의 말에 고개를 들었다. 영락제 바로 한 걸음 앞에 정화가 시립해 있었다.

"아직 일이 끝나지 않았사온데 불러주시니 송구스럽습니다."

"하하하하. 일전에 네가 보낸 보고문을 잘 보았다. 곡식 값을 안정시켜 유랑민들을 없애고 관리들의 부정부패를 근절하는 큰일을 했어.
좋아, 좋아."

"성은이 망극하옵니다."

"성은이 망극하다구?"

싱글벙글 웃고 있던 천자가 갑자기 목풍아를 노려보았다. 갑자기 분
위기가 썰렁하다. 눈치를 살피던 목풍아가 천자를 흘깃 보곤 머리를
조아렸다.

'방금 전과는 분위기가 다르다. 무엇 때문인가?'

이때 영락제의 벼락같은 호통 소리가 들려왔다.

"이놈, 너는 내가 누구라고 생각하느냐?"

갑자기 무언가가 뒤통수를 사정없이 때리는 것 같았다. 천자가 아무
런 이유도 없이 목풍아를 소환시켰을 리 없다. 무엇 때문인가? 목풍아
는 여러 가지 상황을 머리 속으로 굴리며 대답하였다.

"황제 폐하이십니다."

"그럼 너는 누구냐?"

"저는 폐하의 신하 목풍아입지요."

"내 신하? 내 신하라구?"

"예. 소신은 폐하의 신하이옵니다."

"흥. 천자를 거역하는 자가 짐의 신하라고 할 수 있는가?"

머리 속에서 여러 가지 생각이 맴돌았다. 성불대제 때 황성에 들어
온 사실을 알고 있다는 말인가? 아니면 공주들과 놀아났다는 것을 알
고 있다는 말인가? 만약 진상을 모두 알고 있다면 목풍아는 살아남을
수 없다. 하나 정화가 공주와 자신과의 비밀스러운 일을 알 수 없을 것
이다. 그렇다고 이대로 기세가 꺾일 수도 없는 노릇이다. 원인을 알아

야 대처할 수도 있는 것이다.

"무슨 일로 역정을 내시는지 소신은 궁금할 따름입니다."

"거짓없이 말하라. 천룡패주의 신분으로 황성에 온 적이 있느냐?"

목풍아는 등줄기가 서늘하였다. 천자가 갑자기 소환한 이유가 이 때문이라면 국법을 어긴 죄를 물어 이 자리에서 처형이 될 수도 있는 문제였다.

목풍아는 바닥에 납작 엎드렸다.

"온 적이 있습니다."

천자가 용상에서 벌떡 일어났다.

"뭐라? 국법을 어기고도 나의 신하라 할 수 있단 말인가?"

"폐하의 신하이기에 국법을 어길 수밖에 없었습니다."

"내 신하이기에 국법을 어긴다?"

"예. 천룡패주의 신분으로 황성으로 들어갈 수 없습니다만 제게 맡겨진 임무를 수행하기 위해서 어쩔 수 없이 황성으로 들어올 수밖에 없었습니다. 제가 국법을 어기고 천자를 속일 마음이 있었다면 황성으로 들어올 때 도연 지휘사의 도움을 얻지도 않았을 것입니다."

"도연이 알고 있단 말인가?"

"도연 지휘사뿐 아니라 장앙태감께서 저를 도와주셨는걸요? 마땅히 좋게 말씀을 하셨으리라 생각하였습니다만 당황스럽습니다."

정화의 얼굴이 창백하게 변하였다.

천자가 고개를 갸웃거리며 천천히 자리에 앉았다.

"이유를 들어볼까?"

천자의 노기가 가라앉는 것을 보고 목풍아는 고개를 들었다.

"사람을 물려주십시오. 비밀스러운 일이라……."

천자가 손을 내저었다. 그러자 봉천전에 시립한 무인들과 환관들이 썰물처럼 빠져나가 버렸다.

잠시 후 봉천전에 남은 것은 천자와 정화, 목풍아와 세 명의 부하뿐이다.

"이제 이유를 말해 보라."

"예. 저는 건문제와 무림계가 손을 잡는 것을 막는 임무를 띠고 천룡패주가 되었습니다. 작년 겨울 천하를 떠돌며 건문제의 행방을 수소문하던 끝에 패악한 무리들이 성불대제에 황후마마와 공주님께 위해를 끼치려 한다는 정보를 입수하였습니다."

"뭐라?"

"황후마마께서 천하 백성들의 안녕을 위해 청을 넣으시고, 천자께서 허락하신 일이므로 저는 패악한 무리들이 황실의 안녕을 해쳐서는 안 되겠다 생각하여 남경성으로 돌아오게 되었습니다. 이후의 일은 금의위의 수장인 도연 지휘사께서 잘 아실 것이고, 장앙태감께서도 보고를 받으시고 성불대제의 마지막 날 패악한 무리들을 잡기 위해 황실의 환관 군사들로 하여금 영곡사를 수색하게 한 것이 아닙니까?"

삽시간에 도연과 정화가 한 패가 되어버렸다. 국법을 어긴 것은 목풍아이나 이를 방조한 것은 황제의 두 팔인 도연과 정화이니 목풍아가 벌을 받게 된다면 두 사람도 함께 받아야 하는 것이다.

"저는 부하로 하여금 가시나무 한 짐을 도연 지휘사의 비밀 장원 앞에 가져다 놓았습니다. 염파(廉頗)와 인상여(藺相如)의 고사를 빗대어 황제 폐하에게 충성을 바치자는 양심의 표현이었습니다. 사실인지 아닌지는 도연 지휘사를 불러 따로 물어보셔도 좋습니다."

"음. 그렇다면 성불대제를 무사하게 치른 것이 너 때문인 것이냐?"

"아니옵니다. 저는 정보만 가져다 주었을 뿐 모든 공은 도연 지휘사와 장앙태감에게 있습니다. 저는 털끝만큼의 공도 없사옵니다."

천자의 시선이 정화에게 옮겨갔다.

"뭐냐? 정화, 너는 목풍아가 정보를 주었다는 것을 알고 있지 않았나?"

"저, 저는 다만 도연 지휘사의 이야기를 듣고……."

"정화답지 않군. 일의 선후를 잘 알아본 후에 말을 꺼내야 할 것이 아닌가?"

"송구합니다. 제 생각이 짧았습니다."

천자가 고개를 끄덕이다가 목풍아를 바라보았다.

"목풍아, 내가 잠시 의심을 했었다. 네 죄를 용서해 주마."

"성은이 망극합니다."

목풍아는 바닥에 이마를 박으며 안도의 숨을 내쉬었다. 목풍아의 뒤편에 앉아 있던 세 사람은 목풍아가 세치 혀로 위기에서 벗어나는 것을 보며 서로의 얼굴을 바라보았다.

용상 앞에 시립하고 있던 정화의 얼굴이 일그러졌다.

미꾸라지처럼 함정을 잘도 빠져나가는 목풍아가 정화에겐 목풍아가 더욱 눈엣가시 같을 따름이다.

"하하하. 그렇지 않아도 몇 가지 물어보고 싶은 것이 있었다."

"뭐든 말씀하십시오."

"너는 공주들의 혼례를 어떤 사람으로 하는 것이 좋겠는가? 결정을 내리기 전에 네 이야기를 듣고 싶구나."

목풍아는 가슴이 뜨끔하였지만 안색을 태연히 하여 말했다.

"무슨 말씀이신지?"

“나는 내 딸을 무인의 가족에게 주었으면 싶은데 황후는 아무짝에도 쓸모없는 힘없는 문사의 집으로 하자는구나. 네 생각은 어떠냐?”

무인이라면 정화와 도연이 밀고 있는 공신들일 것이요, 힘없는 문사라 하면 송호와 송경을 말하는 것이리라. 이치대로라면 황자와 공주, 태후가 밀고 있는 후자를 밀어야 되겠지만, 정화에게 조그마한 꼬투리라도 일으키면 안 된다.

“지금의 상황으로는 무인의 집안과 혼례를 올리는 것이 옳습니다. 그러나 천하를 다스리는 천자로서 길게 생각하신다면 힘없는 문인의 집안으로 공주님들을 보내는 것이 가할 듯합니다.”

“어째서 그런가?”

“천자께서 이 나라의 정통을 이으신 지 아직 일 년이 되지 않았습니다. 천하는 아직 안정이 되지 않았고, 불손한 무리들은 눈알을 굴리며 빈틈을 찾아 헤매고 있습니다. 만일 이때 무인의 집안과 혼인을 맺으신다면 간악한 무리들은 천자께서 힘이 없다고 단정하여 간교한 생각을 품게 될 것입니다. 만약 힘없는 문인에게 공주님을 보낸다면 그러한 불신은 자연히 없어지게 될 것이고, 천하는 천자의 위무와 성덕에 자연히 무릎을 꿇게 될 것입니다. 비유하자면 문인과 혼인을 하는 것은 장판교에서 장비 혼자서 조조의 백만대군을 몰아낸 것과 다를 바가 없으며, 무인과 혼인을 한 것은 장판교를 끊어 적을 불러들이는 것과 다름이 없사옵니다.”

“흠.”

천자는 황제 이전에 무인이다. 무인의 사고를 가진 사람에게는 병법과 관계있는 이야기를 꺼내는 것이 가장 설득이 효과적인 것이다.

“고로 상책은 힘없는 문인들에게 공주마마를 보내는 것이옵고, 하책은 무신들의 힘을 얻으려는 것입니다. 그도 저도 하기 싫으시다면 평생 공주마마를 데리고 계시는 것도 좋은 방법입지요."

천자가 크게 웃으며 말했다.

"하하하하. 역시 목풍아다운 명쾌한 결론이군. 좋아, 좋아."

"성은이 망극하옵니다."

"막히는 것이 없어. 나는 이런 점이 마음에 든단 말이야. 목풍아, 네가 공주의 부마가 될 생각은 없는가?"

"……."

목풍아는 등줄기가 서늘하였다. 천자가 모든 것을 알고 있는 것은 아닌가? 그럴 리 없다. 아니, 그럴 수도 있다. 철없는 공주가 모든 것을 말해 버렸다면…… 식은땀이 흘렀다. 상상하기도 싫은 일이었다.

"하하하. 내가 괜한 이야기를 하였군. 목풍아답지 않게 긴장하기는…… 하하하. 어떠냐, 네 생각은?"

목풍아가 고개를 들어 말했다.

"황송하고 과분한 말씀이오나, 사실 부마가 된다는 것은 저에게는 그리 유쾌한 일이 못 되옵니다."

천자가 고개를 갸웃거렸다.

"어째서 그런가? 누구나 부마가 되고 싶은 것이 아닌가?"

"누구나 부마가 되길 원하겠지만 저는 되고 싶지 않습니다. 어째서 그런가 하면 첫째로 공주의 위세에 눌려 평생을 살아야 하기 때문입니다. 사내대장부로 태어나서 아녀자에게 평생 눌려 살아서 될 일입니까?"

"하하하. 처가의 위세에 눌리는 것이 싫다는 말처럼 들리는구나."

"헤헤헤. 사실 그렇습니다. 또 부마가 되면 첩을 둘 수가 없습니다.

저는 천성적으로 여자를 좋아해서 적어도 십여 명의 첩을 두고 싶은데 공주를 부인으로 두게 되면 제 소망이 산산이 부서져 버릴 것이 아닙니까?”

“하하하. 내 앞에서 그렇게 당돌한 소리를 하는 것은 세상에 오직 목풍아뿐이로구나.”

“송구할 따름입니다. 옛말에 성군은 신하를 형제같이 대한다 하였으니 천자께서 보잘것없는 신의 말씀을 역정을 내시지 않고 받아주시니 신은 감읍할 따름입니다.”

“하하하. 너와 이야기를 하고 있으면 내 기분도 좋단 말이다.”

“송구합니다.”

“좋아. 그건 그렇고 무림계의 동향은 어떠하더냐?”

“전쟁이 끝이 나고 무인들이 고향으로 돌아오면서 각 지역의 작은 군소 방파가 늘어나는 분위기입니다. 천하는 넓고 관의 치안 능력은 한정되어 있으므로 방파는 생겨날 수밖에 없는 구조를 가지고 있습니다. 관에서 방파를 없애려 한다면 치안에 문제가 생기고, 힘있는 장사들의 불평불만이 생길 것이니 손대기가 쉽지 않습지요.”

“천하가 안정되면 무림계가 커진다니…… 그렇다고 천하를 혼란 속에 빠뜨릴 수도 없지 않은가? 좋은 수가 없을까?”

“당태종은 소림사의 힘을 빌어 천하를 얻었습니다. 건문제가 살아 있다면 반드시 무림계의 힘을 얻으려 할 것이니 그보다 미리 무림의 큰 방파와 손을 잡아 미연에 그 뿌리를 잘라 버리는 것이 옳을 듯싶습니다.”

“생각해 둔 것이 있나?”

“당태종이 소림사의 힘을 빌어 천하를 얻었다면, 폐하께서는 무당파를 등에 업고 무림계를 평정하십시오.”

목풍아의 뒤에 앉아 있던 오괴는 얼마 전 목풍아가 무당파와 장삼풍에게 뭔가를 해주겠다던 말을 떠올렸다.

“무당파는 장삼풍이라는 도인이 원말에 만든 문파로 천하 사람들에게 명망이 높은 문파입니다. 도교를 믿는 사람들은 장삼풍 조사를 존경하고 있으며 사람들에도 인망이 높은 문파입니다. 듣기에 명이 세워질 때 그 제자들이 홍무제를 도와 큰 공을 세웠다고 하였는데 아무런 보상조차 없었다 들었습니다. 천자께서 장삼풍 진인과 그 제자들을 위해 무당파를 재건하는 데 도움을 주신다면 천하 무림인들의 인심이 천자에게 돌아갈 것입니다. 그렇게 된다면 천하 백성들은 천자의 덕을 칭송하며 전쟁의 위험 없이 살아갈 수 있을 것입니다.”

오괴는 가슴이 찡하였다.

‘이런 것을 말함인가?

오괴는 무당파가 정치적으로 이용되는 것이 내키지 않았으나 기분이 나쁘지는 않았다. 오랫동안 목풍아와 함께 숨 쉬며 살아온 때문인지도 몰랐다.

시비의 구별이 바른 것은 무인의 작은 의(義)일 따름이다. 한 사람의 작은 의를 버려 백만 사람이 싸우지 않고 행복할 수 있다면 그것이야말로 대의(大義)라는 것을 오괴는 어린 목풍아를 통해 배웠다.

무당파의 부흥. 그것에 천하 백성의 안녕이 있다면 오괴는 정치적으로 이용되는 것이 나쁘지 않다 생각하였다. 어쩌면 자신도 모르는 사이에 목풍아처럼 천하인에 가까워지고 있는지도 모름이다.

천자가 고개를 끄덕이며 말했다.

“좋아, 그것 좋은 생각이군. 미연에 세력이 될 만한 수단을 방비한단 말이지."

"그렇습니다. 큰 불이 작은 불에서 시작하듯 미연에 근본을 잡는 것이 무엇보다도 중요하다 생각합니다."

"음. 그렇군. 좋아. 그렇다면 이번에는 네가 칙사의 임무를 띠고 무당파로 가줘야 하겠다."

"성은이 망극할 따름입니다."

"하하하. 그것이 무림계를 안정시키고 민심을 도모할 수 있는 계책이라면 그렇게 해야지. 그렇지 않아도 장삼풍 도사에 대한 이야기는 나도 여러 번 들은 적이 있던 터였어. 천금의 은자를 주겠다. 이번 기회에 무당산을 도교의 성지로 만들어 천하 백성들에게 천자의 성덕을 보이고 오너라."

"성은이 망극하옵니다. 천자 폐하 만만세."

목풍아는 두 손을 높이 들어 만세를 불렀다.

눈치를 살피던 일도가 손을 번쩍 쳐들고 목풍아를 따라 만세를 부르자 두 노괴도 엉성하게 만세를 부르기 시작하였다.

용상에 앉아 탐스러운 수염을 쓸던 천자의 시선이 오괴와 독돈에게 향한다. 오괴와 독돈, 일도는 목풍아의 머리가 나지 않은 관계로 까까머리 중처럼 머리를 민 상태이다.

날카로운 눈빛이 두 사람을 스쳐 지나가기 무섭게 천자가 입을 열었다.

"뒤에 있는 부하들이 목풍아, 네 심복들이라면서?"

드디어 부하들을 입조하게 한 천자의 심중이 드러나는 순간이었다. 목풍아는 마른침을 삼키며 신중하게 말하였다.

"그렇습니다."

"듣기로 네 부하들의 무공이 출중하다 하던데?"

"그, 그렇습니다."

정화에게 들었을 것이다. 사사건건 목풍아의 앞길을 막으려 하는 정화를 생각하니 화가 치밀었다. 왜 그렇게 자신의 앞길을 막으려 하는 것인지 알 길이 없었다. 사타구니가 없는 자라고 비웃은 것 때문에 원한을 산 것일까? 그렇다고 정화의 비위를 맞추기는 죽어도 싫었다. 견원지간처럼 태어날 때부터 숙명적으로 타고난 원수가 아닐까 하는 생각이 문득 들었다.

천자의 호탕한 웃음소리가 들려왔다.

"하하하. 나는 무공이 강한 사람을 좋아한다. 네 부하들의 무공이 얼마나 뛰어난지 시험하고 싶어서 이렇게 불렀다."

용상에서 일어난 천자가 계단을 내려와 목풍아와 부하들을 스쳐 지나갔다.

목풍아가 일어나 천자의 뒤를 따라 봉천전을 나가니 봉천전 앞 넓은 광장에 수천여 명의 군사들이 형형색색의 깃대를 들고 서 있었다. 수천여 개의 창끝에 반사된 은빛과 펄럭이는 깃대가 눈을 어지럽히는 광장 가운데에는 여러 명의 갑옷을 입은 장사들이 미리 대기한 것마냥 서 있었다.

이 정도의 준비라면 사전에 계획된 것이 틀림없었다. 내부적으로 천자와 정화와의 논의가 있었던 것인가? 아니면 무를 숭상하는 천자가 홀로 생각해 낸 일인가? 뜻밖의 상황에 어떻게 대처해야 할지 영민한 목풍아지만 갈피를 잡을 수 없었다.

내시들이 빠르게 움직이더니 봉천전 전각 앞에 용상이 놓였다. 용상에 천자가 자리하자 정화는 천자의 오른편에 시립하고 섰고, 목풍아와 세 심복은 천자의 왼편에 시립하여 섰다.

또 한차례 내시들이 요란스럽게 움직이더니 용상 앞에 술상이 차려졌다. 술을 한 잔 마시고는 탐스러운 수염을 쓸던 천자가 입을 열었다.

"목풍아, 네 부하들이 워낙 대단한 무공을 지녔다고 하기에 전장에서 내가 아끼는 부장 몇 사람을 데려왔다. 모두 용력이 뛰어나고 충성스러운 내 부하들이지. 목풍아, 오늘 네 부하들의 능력을 보여줄 수 있겠는가?"

어찌 거절할 수 있겠는가? 목풍아는 꾸벅 목례를 하며 말했다.

"물론입니다."

"하하하. 자신이 있는 모양이군. 상대는 전장에서 큰 공을 세운 무장들이야. 겁이 나지 않는가?"

"흥. 겁이 나지 않습니다."

오괴가 코웃음을 치며 한 걸음을 내디뎠다.

목풍아의 두 눈이 휘둥그레졌다. 사실 겁이 납니다라고 말을 하려 하였는데 오괴가 불쑥 나서는 바람에 나오던 말이 목구멍으로 들어가고 말았다. 더구나 천자의 면전에서 콧방귀라니…… 평소 오괴의 습관이지만 천자의 앞이라 목풍아는 얼굴이 벌겋게 상기되고 말았다.

"하하하하. 자신이 있는 모양이군."

무인 출신인 영락제는 오괴의 언행에도 개의치 않고 웃었다.

"네 이름이 뭐냐?"

"오괴라 합니다."

"오괴라 이름이 괴상하군."

"이름처럼 성격도 괴상하지요."

"하하하. 너는 내가 무섭지 않나?"

오괴는 가슴을 펴며 말했다.

"무서울 일이 뭐가 있소? 나는 대장 빼고는 무서운 사람이 없습니다."

목풍아의 얼굴이 창백하게 변하였다.

'빌어먹을 오괴. 나를 잡으려고 작정을 했구나.'

천자보다 목풍아가 무섭다니 이 무슨 마른하늘에 날벼락 같은 이야기란 말인가? 목풍아는 정화의 눈치를 살피며 이를 빠드득 갈았다.

"하하하. 천자보다 목풍아가 무섭다."

천자가 빙그레 웃으며 목풍아를 바라보았다. 웃는 얼굴 속에 감추어진 서운함을 느끼고 목풍아는 바닥에 찰싹 달라붙듯이 엎드렸다.

"송구합니다. 빌어먹을 오괴가 노망이 온 듯합니다."

오괴가 목풍아에게 말했다.

"흥. 대장, 내 정신은 말짱하다구."

고개를 쳐들고 소리를 질렀다.

"시끄러워, 빌어먹을 놈아. 입 닥치지 못해?"

"흥."

오괴가 콧방귀를 뀌며 고개를 돌렸다. 목풍아의 등어리에 식은땀이 맺히었다. 오괴, 이 미친 늙은이가 대형 사고를 치고 말았다. 천자 앞에서 목풍아가 더 잘났다고 말을 하다니 이보다 기가 막힐 일이 어디 있을까?

영락제가 상기된 얼굴로 말했다.

"오괴, 자신이 있는가?"

"떠들 일도 없습니다. 무인은 오직 실력으로 보여 드릴 뿐……."

오괴는 망설임없이 계단을 내려갔다.

“빌어먹을……. 내가 먼저 발을 내디뎌야 하는 건데…… 오괴 놈에게 선수를 빼앗겼구나.”

덩달아 옆에 있던 독돈이 손뼉을 치며 아쉬워하였다. 목풍아는 간이 오그라들었다. 천자 앞에서 이렇게 안하무인일 수가 있는가?

‘이 빌어먹을 늙은이들이 쌍으로 나를 잡으려 하는 거냐구?’

너무나 기가 막혀 눈물이 나올 것 같았다.

영락제의 시선이 말을 꺼낸 독돈에게 향하였다.

“네 이름은 무엇이냐?”

“독돈이외다.”

‘빌어먹을 독돈.’

목풍아는 바닥에 이마를 부딪쳤다. 천자에게 예대를 하지 않고 천연덕스럽게 대답하고 있는 것이다. 목풍아로서는 미치고 팔짝 뛸 노릇이었다.

“독돈? 독 돼지란 말인가?”

“으허허허. 잘 아시네요.”

독돈이 재미있다는 듯 목을 젖혀 웃었다. 오괴에 이어 안하무인의 극치를 달리고 있는 것이다.

정화는 멍한 얼굴로 독돈과 목풍아를 보고 있다.

멍하게 독돈을 보던 천자가 호탕하게 웃으며 말했다.

“하하하하. 과연 목풍아의 부하답군.”

호탕하게 웃던 천자의 시선이 이번에는 일도에게 향하였다. 일도는 천자의 시선을 피하여 딴청을 피우고 있었다. 이미 온몸은 경직이 된 상태이다.

“얼굴이 험악하게 생겼구나. 네 이름이 무엇이냐?”

천자의 물음에 일도가 털썩 무릎을 꿇으며 납작 머리를 조아렸다.

"이… 이… 일도입니다."

오괴와는 딴 판이라 고개를 갸웃거리며 물었다.

"너도 나보다 목풍아가 무섭느냐?"

"아, 아닙니다요. 저, 저는 천자 폐하가 더 무섭습니다요."

"어째서?"

"다, 당연한 걸 물어보십니까요. 처, 천자 폐하는 손가락 하나만 가지고 대장의 머리를 날려 버릴 수 있는데 대장이 상대가 되겠습니까요?"

"하하하하. 그거 참 재미있는 대답이구나."

천자가 유쾌하게 웃으며 술잔을 비웠다.

광장 가운데는 오괴와 갑옷을 입은 장사 하나가 비무를 준비하고 천자의 명령을 기다리고 있었다. 상대는 왕탕이라는 부장이었다. 상장군의 휘하에서 가장 용력이 센 무사로 적수가 없다고 소문이 난 정난군에서 공을 세운 돌격 장수이다.

술잔을 내려놓고 천자는 흐뭇한 미소를 지으며 손을 쳐들었다.

"어디, 얼마나 대단한 자인이 한번 확인해 볼까?"

천자가 손을 내렸다. 순간, 천자의 두 눈이 휘둥그레졌다.

손을 내리기 무섭게 검은 오괴의 신형이 화살처럼 다가가 왕탕의 가슴에 부딪쳤을 뿐이었다. 왕탕의 신형이 허공으로 솟구쳐 바닥에 떨어진 후 몇 번 꿈틀거릴 뿐 더 이상 움직이지 않았다.

왕탕의 진영에서 무장 하나가 백기를 크게 휘둘러 왕탕이 졌다고 수신호를 올렸다.

"오! 대단한 자로군. 단 한 수에 왕탕을 이기다니……."

"으허허허. 그것 가지고 대단하다 하시면 곤란한데……."

목풍아가 독돈의 허벅지를 꼬집으며 소곤거렸다.

"잠자코 있지 못해?"

"으허허허. 대장, 왜 계집애처럼 꼬집어요? 으허허허."

목풍아의 얼굴이 붉어졌다. 식은땀이 가득한 얼굴로 목풍아는 천자를 보고 배시시 웃었다.

천자는 머리를 갸웃거렸다. 아무리 생각해도 오괴와 독돈, 그리고 목풍아의 관계가 이해되지 않는다.

내시 하나가 계단 위로 올라와 천자에게 무릎을 꿇고 말했다.

"오괴란 자가 한 사람으로는 성이 차지 않다고 다섯 사람과 비무를 하고 싶다고 합니다."

"다섯 사람과?"

천자가 목풍아를 보며 물었다.

"허허허. 그것 지나친 과신 아닌가?"

"헤헤헤. 그러게 말입니다."

천자가 정색이 되어 고개를 돌렸다.

"좋아. 오괴가 하자는 대로 하라."

환관이 내려가기 무섭게 갑옷을 입은 다섯 명의 무관이 광장 가운데로 들어갔다.

천자가 손을 쳐들자 다섯 명의 무관이 오괴를 둘러싸면서 싸움이 시작되었다. 그러나 싸움이 시작되었다는 말이 무색할 정도로 비무는 빨리 끝이 나고 말았다. 일초식에 한 사람씩 모두 다섯 사람이 다섯 번의 움직임에 끝이 나고 말았다.

천하를 장악한 정난군의 위용이 무색해지는 순간이었다. 찬물을 끼

엎은 듯한 분위기 속에 느닷없는 독돈의 웃음소리가 들려왔다.

"으허허허. 빌어먹을 까마귀, 구더기 앞에서 주름잡고 있구면. 으허허허."

정색이 된 천자가 고개를 돌려 성이 난 듯한 어조로 독돈에게 말했다.

"네가 오괴를 이길 수 있다는 말인가?"

"으허허허. 오괴 정도야 한주먹감도 안 되죠."

"좋아. 그렇다면 한번 상대해 보라."

"대장에게 허락을 맡아야 하는데 어쩌죠?"

천자가 목풍아를 바라보았다.

'빌어먹을 독돈 놈. 나를 이렇게 궁지에 몰 수 있는 거냐구?

목풍아는 땀투성이가 된 얼굴로 독돈에게 말했다.

"독돈, 뭐 하는 거냐? 천자 폐하의 명이 떨어졌잖느냐? 어서 나가 실력을 보여 드려라."

"예, 대장."

엉덩이를 실룩거리며 독돈이 계단을 차고 바람처럼 광장 가운데로 들이닥쳤다. 광장 가운데서 실랑이를 하던 두 사람은 천자의 비무 시작을 기다리지도 않고 다짜고짜 싸움을 하기 시작하는 것이다.

'아이구 두야.'

목풍아는 자신의 머리를 쳤다. 이것보다도 미치고 팔짝 뛸 노릇이 어디에 있단 말인가? 빈대 똥구멍이라도 있다면 들어가서 숨고 싶을 따름이었다.

흔히들 여자의 적은 여자라고 하던가? 목풍아의 적은 먼 데 있는 것이 아니라 가까운 곳에 있었다. 심복이라던 두 사람이 목풍아를 궁지에 몰고 있는 것이다. 두 사람이 딴생각이 있어 그러는 것이 아니라는 것을 목풍아는 잘 알고 있지만 그들의 행동은 정화와 같은 정적에게 좋은 꼬투리가 될 수 있었다.

아니, 목풍아는 순간적으로 한신(韓信)의 고사를 생각한다. 천자보다 월등한 재주를 가졌기에 한신은 죽임을 당하게 된다. 측근인 정화가 이런 일을 꼬투리로 잡아 목풍아를 참소한다면, 그리하여 천자가 목풍아를 두렵게 생각한다면 목풍아는 곤경에 처할 수도 있는 것이다.

목풍아가 천자에게 비굴할 정도로 몸을 숙이는 것이 바로 그 때문이다. 군신의 예의보다 그 안에 숨어 있는 질투와 시기심을 목풍아는 두려워한다. 예부터 처세에 능한 사람의 처사가 무엇이었나? 있어도 없는 듯 없어도 있는 듯, 바람처럼 물처럼 막힘없는 처세의 도는 중(中)에 있었다. 그러나 사람마다 모두 그 가운데를 이룰 수 있겠는가?

뜻밖에 오괴와 독돈이라는 역풍에 목풍아는 바닥에 찰싹 엎드려 고민에 빠졌다. 어떻게 이 난관을 타계할 것인가? 오괴와 독돈으로부터 시작되었으니 이제 목풍아가 나서기에는 너무나 빤하다.

'할 수 없다.'

목풍아는 천천히 몸을 일으켜 천자의 용안을 살폈다.

영락제는 정신없이 두 사람의 싸움을 보고 있었다. 목풍아 따윈 관심도 없다는 듯 몸을 움찔거리며 비무를 관람하고 있었다.

목풍아는 수십 번도 넘게 본 싸움이라 승부가 나지 않는다는 것도 잘 알고 있다. 치고 받는 싸움에 질린 목풍아라 보기만 하여도 하품이 나오는 것을 천자는 저렇게도 열심히 보고 있다.

천자가 고개를 돌렸다.

목풍아는 찰싹 엎드려 고개를 숙였다.

“고양이 앞의 쥐 같군. 목풍아답지 않으니까 고개를 들어봐.”

“헤헤헤. 그렇게 보였습니까?”

목풍아가 고개를 들었다.

“연왕부에서 칠보시를 지을 때는 그렇게 당당하던 목풍아가 너무 고개를 숙이는 것 아닌가?”

“저는 그저 송구해서 그렇습니다.”

“하하하. 무인들이란 저 정도의 호기는 있어야지. 더구나 저 정도의 무인이라면 말이야.”

천자는 고개를 돌렸다. 수천여 명의 무사들이 창칼을 들고 둘러선 광장 가운데에서는 물을 만난 고기처럼 오괴와 독돈이 비무를 겨루고 있었다. 강한 경풍을 일으키며 어울린 지 벌써 이백여 합이 넘었으나 지친 기색은커녕 원수진 사람처럼 더욱 맹렬하게 싸우고 있었다.

돌연 오괴가 창가에 걸린 청룡도를 빼내어 달려들기 시작하였다. 독돈도 지지 않고 반대편 창가에서 철창을 꺼내어 또다시 싸움이 벌어졌다. 장력이 교차하는 권술과 다르게 장병기를 휘두르는 싸움이 시작되자 더욱 비무가 흉흉해졌다.

창과 창이 맞부딪칠 때마다 불꽃이 튀고 서슬 푸른 기세에 저도 모르게 손이 불끈 쥐어졌다. 목풍아는 두 사람의 권술만 보다가 병장기로 싸우는 것을 보니 한 사람이 큰일 나지 않을까 하는 두려움에 입이 바짝바짝 말랐다.

감탄을 하며 바라보던 천자가 고개를 돌려 목풍아에게 말했다.

“이거 정말 굉장한데? 저런 부하를 둘씩이나 두다니 괜히 부러운데?”

“에구, 저는 그저 송구스러울 따름입니다.”

목풍아는 정화의 눈치를 살피며 찰싹 엎드려 읍하였다. 천자가 부럽다는 것이 무슨 뜻인가? 저런 무장이 천자보다 목풍아의 명령을 듣는다는 것이 자존심 상한다는 말인가? 아니면 진정으로 부럽다는 말인가? 목풍아는 입이 바짝바짝 말랐다.

천자의 목소리가 들렸다.

"아무래도 승부가 나지 않을 것 같은데 그만 해야 되겠어."

천자는 손을 번쩍 들었다. 비무장 가운데 흰 깃발이 펄럭이며 비무의 중지를 알렸다.

"두 사람을 올라오라 하라."

천자의 명이 떨어지자 환관들이 부산하게 움직여 천자의 명령을 두 사람에게 전달하였다.

오괴와 독돈은 청룡도와 철창을 바닥에 내던지고 당당하게 계단을 따라 올라와 천자에게 고개를 숙여 읍하였다.

"대단한 실력이다."

"뭘 그 정도를 가지고⋯⋯."

"으허허허. 아직 멀었는데⋯⋯ 으허허허."

목풍아는 또다시 가슴이 콩닥거리며 뛰었다. 두 사람이 또다시 무례를 범한다면 목풍아는 갈 데가 없다.

"오랜만에 비무 같은 비무를 보았어."

천자가 술잔에 술을 따라 두 사람에게 주었다. 두 사람이 천자의 술을 환관에게서 받아 한입에 털어 넣었다.

"⋯⋯."

"아! 주우다. 으허허허."

정화가 한 걸음 나서며 말했다.

“이놈, 무례하다. 천자의 앞에서 무슨 망발이냐?”

목풍아가 대뜸 고개를 들며 무서운 얼굴로 소리쳤다.

“두 사람, 한마디만 더 나불거리면 알아서 해.”

오괴와 독돈이 서로의 얼굴을 바라보다가 슬그머니 고개를 돌려 슬금슬금 목풍아의 옆으로 물러났다. 그 하는 짓이 또한 고양이 앞의 쥐 꼴이다. 절세의 고수 두 사람이 목풍아의 말에만 복종하는 것이 천자는 부럽기도 하거니와 기이하기도 하였다.

천자가 말을 걸었다.

“독돈이라 하였던가? 너도 나보다 목풍아가 무서운가?”

독돈이 목풍아를 바라보며 눈치를 살폈다.

‘빌어먹을 늙은이들, 도대체 왜 그러는 거냐구?

목풍아는 가슴을 치고 싶었으나 재빨리 말했다.

“황제 폐하의 말에만 대답하란 말이야.”

“으허허허. 당연하죠.”

천자의 얼굴이 일그러졌다.

목풍아는 사지에 힘이 쪼옥 빠졌다.

“어째서 나보다 목풍아가 무섭다는 거지? 이유를 말해 보라.”

“으허허허. 대장의 세 치 혀는 정말 당해낼 수 없습지요. 이건 뭐 대장이 한번 입을 열면 지옥의 무간지옥에 온 듯하니 저 같은 사람이 당해낼 수 있습니까?”

오괴가 콧방귀를 뀌며 중얼거렸다.

“계집애도 아니고 이건 뭐 당해낼 수가 있어야죠.”

천자가 용상을 치며 화통하게 웃었다.

“푸하하하하. 과연……”

천자는 그제야 이해가 갔다. 목풍아의 말발을 누가 당할 수 있겠는가? 계집애처럼 나불나불거리며 약점을 찾아 공격을 해댄다면 누구도 견뎌낼 수 없을 것이다.

목풍아는 뜻밖의 말에 바닥을 향해 안도의 한숨을 내쉬었다. 자신을 깔아뭉개는 말이었지만 차라리 이런 말이 목풍아에게는 좋다.

그때 천자가 웃다가 고개를 갸웃거렸다. 계집애 같은 목풍아가 굉장한 무인 두 사람을 심복으로 거느릴 수 있단 말인가? 말도 안 되는 말이다. 분명 자신이 모르는 무언가를 목풍아가 가지고 있다는 말이 되는 것이다.

"너희는 무엇 때문에 목풍아를 따르는 것이지?"

독돈의 얼굴이 굳어졌다.

"천하 백성들의 안녕 때문입니다."

천자가 고개를 갸웃거렸다.

"그거라면 천자인 나도 해줄 수 있다."

"천자 폐하와 대장이 할 수 있는 것은 다릅니다. 저는 대장이 천하 백성들의 안녕을 위해 무언가를 할 것이라는 확신이 있기 때문에 대장을 대장으로 모십니다."

"오괴, 너도 그런가?"

"그렇습니다."

"너희 두 사람은 천자인 나보다 목풍아가 천하 백성들에게 더 유익함을 줄 것이라고 생각하는가? 나보다 목풍아가 더 낫다고 생각하는 것인가?"

오괴가 말했다.

"옛말에 임금은 임금처럼, 신하는 신하처럼, 아버지는 아버지처럼,

자식은 자식처럼이라 하였습니다. 각자 처한 바에 맞게 행동하라는 거지요. 한 가지 분명한 것은 대장은 천자 폐하의 신하로서 최선을 다하고 있으며, 우리는 대장의 부하로서 최선을 다하고 있다는 겁니다."

독돈이 고개를 끄덕였다.

천자는 굳은 얼굴로 목풍아에게 고개를 돌렸다.

"목풍아, 네 부하들을 나에게 줄 수 있겠나?"

목풍아가 한숨을 쉬며 말했다.

"폐하께서 천하 백성들을 위해 제 부하들이 반드시 필요하다시면 저는 마땅히 부하들을 넘길 수 있습니다. 그렇지만 지금은 아닌 것 같습니다."

"거절하겠다는 말인가?"

"황제 폐하께서는 황제 폐하답게 행동하시기 바랍니다. 무엇이 천하 백성들에게 이로울 것인가를 먼저 생각하소서. 신은 수족 같은 부하들을 넘겨 드릴 수 없습니다."

"호호호. 내가 만약 네 벼슬을 몰수하고 서인으로 강등시킨다면 네 할 일이 없어질 것이 아니냐? 그때 내가 네 부하들을 데려가면 되겠느냐?"

오괴가 말했다.

"그땐 제가 거부할 것입니다."

독돈이 옆에서 거들었다.

"당연한 말이지. 우리가 물건인가? 마음대로 주고받게."

정화가 한 걸음 나오며 소리쳤다.

"이런 망할 놈들, 모두 죽고 싶은 거냐? 뉘 앞에서 망발인 게냐?"

독돈이 주먹을 불끈 쥐며 말했다.

"사타구니 허전한 놈은 빠져라."

삽시간에 병사들이 오괴와 독돈, 목풍아의 주위를 둘러싸기 시작하였다.

오괴가 천자에게 말했다.

"천하 백성을 구렁으로 빠뜨리는 자는 천자의 적이요, 나의 적이라고 대장은 항상 말씀하셨습니다. 욕심 때문에 배신을 일삼는 소인을 저희가 설마 섬기리라고는 생각하지 않으시겠지요?"

독돈이 말했다.

"우린 하늘 아래 부끄러운 것이 없기 때문에 천자 폐하 앞에서 당당할 수 있는 거요. 천하 폐하는 황제 이전에 무인으로 들어왔소. 무인의 긍지를 잘 알고 있다면 우리를 부끄러운 사람으로 만들지 않았으면 좋겠습니다."

목풍아는 다소곳하게 읍을 하며 서 있을 뿐이다.

"흐흐흐흐. 역시……."

천자는 용상을 치며 호탕하게 웃었다.

"그 대장에 그 부하들이로군. 하하하하. 좋아, 좋아. 믿음이 가는군. 믿음이 가."

천자 앞에 당당할 수 있다는 것. 천자는 무엇보다도 그것이 좋았던 것이다. 목풍아의 진면목은 바로 여기에 있는 것이다.

"좋아. 목풍아, 나에 대한 너의 마음은 어떤 것이냐? 나는 그것이 알고 싶다."

천자의 의도가 이것이라면 이번에도 목풍아를 시험한 것이다. 목풍아는 빠르게 머리를 굴렸다.

처음에 부하들을 데리고 입조하게 한 것이라면, 그것이 정화의 의도

라면 정화는 목풍아의 양팔과 같은 부하들을 떼어놓을 속셈이었을 것
이다.

오랫동안 천자의 측근으로 천자를 섬긴 정화는 천자의 성향까지 파
악하고 있었을 것이다. 훌륭한 무인을 보면 부하로 삼고 싶어하는 마
음을 파악하고, 만에 하나 목풍아가 위기를 벗어나게 되면 부하들을 빼
앗으려는 간계를 판 것이리라. 오괴와 독돈이라는 두 날개가 없는 목
풍아는 생각할 수도 없다.

'천자는 무인이다.'

목풍아는 천자가 천자 이전에 무인임을 떠올렸다. 천자가 무인을 사
랑한다는 것을 안다. 그 거만함까지도…….

목풍아는 옛 고사를 떠올렸다. 항우는 무인이기에 번쾌의 무례를 아
무렇지도 않게 생각하였다. 관우는 무인이기에 황충의 눈빛만 보고도
그 마음을 알았지 않은가? 이런 시험을 내고, 오괴와 독돈의 무례에도
아무렇지 않게 반응하는 천자의 모습을 보자 순간적으로 목풍아의 머
리에 섬광처럼 스쳐 가는 생각이 있었다.

'이런 바보. 천자는 이전의 내 모습과 달라졌다 생각하기 때문에 나
를 경계하는 것이구나.'

다행스러운 것은 오괴와 독돈이 무인으로서의 모습을 보여주었다는
것이다. 천자는 무인이다. 무인은 의리에 죽고 사는 사람들이다. 의리
있는 자는 배신을 하지 않는다. 이런 간단한 사실을 어째서 잊어버렸
단 말인가.

목풍아는 눈을 번쩍 뜨고 천자를 똑바로 보다가 고개를 젖혀 웃으며
말했다.

"와하하하. 천하에 무서울 것 없는 목풍아에게 유일한 대장은 천자

폐하뿐일 겁니다, 대장 폐하.”

“하하하. 대장 폐하라. 그거 듣기 싫은 소리는 아닌데 그래?”

“제 부하들은 성질이 개떡 같아서 가끔씩 헛소리는 하지만 충성심은 변함이 없습지요. 저 역시 마찬가집니다, 대장 폐하.”

“하하하하. 이제 목풍아가 제정신을 찾은 것 같구나.”

“헤헤헤. 다음부터는 정신이 온전한 부하들을 데리고 다니겠습니다.”

“하하하. 내가 보기에는 그 대장에 그 부하라고 너희 네 사람이 딱 어울리는 것 같구나.”

“그렇습니까? 송구합니다.”

“목풍아, 잊지 마라. 너는 그 모습일 때가 목풍아 같은 거야. 네 모습을 잊지 마라.”

“예, 폐하에 대한 충성심도 잊어버리지 않겠습니다.”

“녀석, 여전히 입만 살았구나. 좋아. 물러가도 좋다.”

천자는 오괴와 독돈에게 은전 백 냥과 비단 열 필을 상으로 하사하고 목풍아를 돌려보내었다.

목풍아는 오괴와 독돈을 힐끔 바라보았다.

전화위복(轉禍爲福)이라 했던가? 오괴와 독돈의 무인다운 성격이 목풍아를 위험에서 구한 것이라 할 수 있었다. 만일 두 사람이 고분고분하였다면 두 사람은 목풍아에게서 떨어져 나갈 수도 있었다. 양팔이 없는 목풍아가 될 뻔하였으니 운이 좋았다 할 수 있었다.

‘정화, 이 환관 놈. 불알도 없는 것이 천하인 목풍아를 감히 건드려? 어디 두고 보자. 이제부터는 정말로 이판사판이다.’

목풍아는 이를 갈며 걸음을 옮겼다.

멀어져 가는 목풍아 일행을 바라보며 정화가 말했다.

"폐하, 목풍아를 조심하셔야 합니다."

"시끄럽다, 정화. 이제 그 이야기는 그만 해."

"목풍아는 한신(韓信)처럼 능력이 출중한 자입니다. 폐하께서도 직접 보셨지 않습니까? 천하의 상계를 제 마음대로 움직이고, 부하들은 천자 폐하의 말조차 우습게 생각합니다."

"관의 힘은 그런 것이다. 또한 진정한 무인들은 그런 거다. 무인들은 잔머리가 없어. 오괴와 독돈 같은 무인들이 목풍아를 대장으로 삼은 이유가 무엇일 것 같나? 잔머리로 그런 무인들이 부하가 될 수 있을 것 같나? 그들은 무인의 자긍심이 있는 사람이다. 그런 자들이 부하로 목풍아를 섬기는 것은 목풍아의 마음에 천하 백성들을 사랑하는 진심이 있기 때문인 거야. 목풍아가 경망스럽기는 하지만 나는 그 부하들을 통해 목풍아를 믿는다. 아니, 믿고 싶은 거다. 알겠나? 이제 더는 목풍아의 험담을 내 앞에서 하지 않도록 해. 추해 보이니까."

천자가 혀를 차며 용상에서 내려와 봉천전으로 걸어 들어갔다. 정화는 한숨을 내쉬다가 고개를 숙인 채 천자의 뒤를 따랐다.

다음날 목풍아는 황후의 부름을 받고 부랴부랴 조정으로 들어갔다. 황후가 거처하는 전각인 자미궁으로 들어가니 황후 서씨와 황자 주고치, 주소천과 주소희가 앉아 있었는데, 주소천과 주소희의 안색이 좋지 않다.

"신 목풍아. 서태후마마께 문안드리옵니다."

"오! 목 공, 그동안 고생이 많았소."

"아닙니다. 신이 해야 할 바를 했을 뿐입니다."

“아니오. 나도 귀가 있어 목 공의 노고를 듣고 있으니 너무 겸손해할 것까지는 없소.”

그녀 역시 들어온 바가 있었으므로 목풍아가 남경에서 얼마나 치열한 공작을 펼쳐 정난군이 남경성에 입성했는지 잘 알고 있을 것이다.

“성은이 망극하옵니다.”

목풍아가 다시금 인사를 올렸다.

“하하하. 그동안 키가 많이 컸군.”

고개를 들어보니 주고치가 웃고 있었다. 주고치는 비대한 몸집에 온화하고 순한 인상 그대로였다.

“황자 전하는 그대로이십니다.”

“하하하. 그런가? 그렇지 않아도 어제 천자께서 네 부하들에게 상을 내리셨다는 이야기를 들었다.”

목풍아가 고개를 들어 주고치를 바라보았다. 능구렁이 같은 주고치는 내막을 다 알고 있으면서도 안색 하나 변함이 없다.

“이번에 안휘 일대의 기근을 해결하는 데 큰 공을 세웠다 들었다. 천하가 안정되는 데 매번 네 도움을 받는구나.”

황후 앞에서 칭찬을 하는 것을 보면 확실하게 목풍아를 띄워주려는 것이 틀림없었다. 의도가 그렇다면 주고치와 장단을 맞춰주는 것도 나쁘지는 않다.

“송구합니다. 저는 그저 천룡패주로서의 임무에 충실했을 뿐입니다. 천하인 목풍아로서 마땅히 해야 할 일입지요.”

서 황후가 웃으며 말했다.

“천하인이라…… 목 공다운 말이군.”

“송구합니다.”

슬쩍 고개를 들어 황후 옆에 앉아 있는 두 공주의 눈치를 살피니 주소천은 도끼눈을 뜨고 노려보고 있고, 주소희는 눈도 마주치지 않는다.

'저것들이 갑자기 왜 저래?

서 황후가 입을 열었다.

"그렇잖아도 황제 폐하께서 두 공주의 혼인 문제를 목 공에게 물어보았다 하더군요. 나도 목 공에게 그 문제에 대해 물어보고 싶었는데 목 공의 생각은 어떻소?"

두 공주의 마음을 상하게 한 것이 어쩌면 송경과 송호와의 혼인 문제 때문에 신경이 곤두서서 그런 것인지 모름이다. 하지만 그것은 이미 영곡사의 적연당에서 계책을 모두 말해 놓은 것인데 공주들의 태도에 왠지 마음이 놓이지 않는다.

"혼인이란 부모님들이 결정하는 것이지만 무엇보다도 공주님께서 좋다고 하시는 곳에 보내시는 것이 가장 현명한 판단이 아닐까 생각됩니다."

주소천이 말했다.

"나는 송호에게 가지 않을 거야."

주소희도 고개를 끄덕이며 말했다.

"나도 송경에게 가지 않을 거야."

목풍아의 두 눈이 휘둥그레졌다.

'저것들이 도대체 왜 저러는 거지?

적연당에서 신신당부해 놓았건만 갑자기 말을 돌리는 것은 무엇 때문이란 말인가? 미치고 팔짝 뛸 노릇이었다.

서 황후가 고개를 갸웃거리며 말했다.

"너희는 어제까지 송호와 송경 형제를 선택하지 않았느냐? 황제 폐하께서 그들을 선택하려는 마당에 갑자기 왜 이러는 것이지? 이상하구나. 나는 너희 생각이 갑자기 바뀐 이유를 모르겠구나.”

주소천이 말했다.

“그건 바람 같은 목 공이 잘 알고 있을 거예요.”

가슴이 콱 막혔다.

‘저런 새대가리 같은 계집.’

잘못하면 그동안의 일을 모두 그르칠 수도 있다. 주소천은 목풍아와 주소희와의 관계를 모르고 주소희는 주소천과의 관계를 모른다. 만약 두 사람이 서로 알게 되고, 가례나 법도에 엄격한 서 황후가 전말을 알게 되는 날이면 목풍아의 목숨은 그대로 끝장이 날 수도 있었다.

천하 백성들을 향한 모든 일이 물거품이 될 수도 있었기에 목풍아는 침을 꿀꺽 삼키며 재빨리 머리를 굴렸다.

‘내가 잘 알고 있다면 내가 무슨 실수를 했단 말인가? 내가 무슨 실수를 했다구? 어제까지 괜찮았다면 어제 오늘 사이에 내 행실에 문제가 있었다는 말인데 무슨 실수를 했던가? 공주들이 꼬투리를 잡을 일이라면 황실에서 벌어진 일 가운데 실수가 있다는 말인데 무엇일까?’

찬찬히 어제 일을 되돌리던 중 머리를 스쳐 가는 것이 있었다.

목풍아는 천자 앞에서 공주와 혼인을 하지 않고 자유롭게 사는 것이 좋다는 말을 한 적이 있다. 황실에서 일어난 일이므로 두 공주의 귀에 들어갔을 것이다. 전날 목풍아의 이야기를 듣고 질투심에 눈이 멀어 주소천과 주소희가 계획을 틀어버린 것이 틀림없었다.

‘이런 빌어먹을……’

목풍아는 다 된 밥에 재를 뿌리려 하는 두 공주의 언행에 화가 났다.

성인이 여자를 멀리하라는 이유가 다 있다.

공주들이 화난 이유를 알 것 같았지만 이 자리에서 변명을 할 수도 없는 노릇이니 난감하기 그지없었다.

하지만 가만있다가는 화가 난 주소천과 주소희의 말에 모든 일이 들통이 날 수도 있는 노릇이라 목풍아가 입을 열었다.

"장자에 뱁새는 대붕의 큰 뜻을 알지 못한다 하였습니다. 공주께서 무슨 이유로 마음을 돌리셨는지 모르겠습니다만 공주님이 좋다면 좋은 대로 하십시오. 하지만 저를 다시 보실 수는 없으실 겁니다."

주소천이 도끼눈을 뜨며 말했다.

"그게 무슨 말이지?"

서 황후가 머리를 갸웃거리며 말했다.

"목 공이 무슨 말을 하는 것인지 나는 모르겠는데? 공주가 어째서 목 공을 보지 못한다는 말인가? 무슨 의미가 있는지 말해 줄 수 있나?"

"아! 이건 기밀 사항이니 사람들을 물려주시면 좋겠습니다."

서 황후가 손을 저어 사람들을 물렸다.

"자! 이야기를 해보라."

"어제 황제 폐하께도 이야기를 드렸지만 황실 밖의 사정은 그리 좋은 것이 못 됩니다. 나라는 완전히 안정된 것이 아니고 불손한 무리들은 이 나라의 빈틈을 노리고 있습니다. 그런 때에 공주께서 무인들의 집으로 혼례를 올리신다면 스스로 힘이 없다는 것을 보여주는 것이나 다름이 없습니다. 실제 정난군이 남경을 함락한 것은 병사들의 힘이 아니라, 건문제의 나약함과 저의 반간계로 인한 어부지리로 희생없이 천하를 얻을 수 있었던 것입니다. 천하 인심은 천자께서 막북의 몽고군을 끌어들이신 것을 좋게 보지 않고, 부유한 자들은 옛날을 그리워합니다. 이럴 때에 공주들께서 무인들에게 시집을 가신다면 천하는 걷잡을 수 없게 될 것입니다. 천하가 불안하면 저 같은 관원은 정처없이 천하 백성들을 위해 주유할 수밖에 없게 됩니다. 이제 공주께서 그런 깊은 뜻을 모르고 생각을 바꾸신다면 공주께서는 행복을 찾으실지 모르나 저와 천하 백성들은 도탄에 빠져 다시 돌아오지 못하는 길을 가게 될지도 모른다는 의미로 그런 말을 한 것입니다.”

서 황후가 고개를 끄덕끄덕하였다.

“슬프구나. 여자의 인생이 가련하구나. 황실 여자의 운명이란 천하 백성을 위한 희생물이 될 수밖에 없는 것이니 가련하구나.”

목풍아가 재빨리 시 한 수를 읊었다.

오랑캐 땅에 꽃과 풀이 없으니[胡地無花草]

봄이 와도 봄 같지 않구나[春來不似春].

자연히 옷 띠가 느슨해지니[自然衣帶緩]

이는 허리 몸매 위함이 아니었도다[非是爲腰身].

중국 전한 원조 때의 궁녀 왕소군(王昭君)이 지은 시임을 서 황후는 잘 알고 있다. 황실의 여자로 화친의 볼모가 되어 오랑캐 땅으로 끌려간 왕소군을 생각함에 감정이 풍부한 서 황후의 눈가에 눈물이 어린다.

“춘래불사춘(春來不似春)이라…… 여자의 운명이란 기구하구나.”

서 황후는 옆에 앉은 주소천과 주소희를 바라보다가 손수건으로 눈물을 닦으며 일어났다.

“목 공, 그대의 시를 들으니 마음이 울적하여 견딜 수가 없군요. 나는 그만 들어가서 쉬겠으니 이야기를 나누시오.”

어머니의 마음이란 이런 것이리라. 딸이 출가하여 곁을 떠나는 것도 슬픈 일일진대 정략결혼의 희생양이 될 것을 생각하니 가슴이 찢어지는 것 같았다.

주소희가 재빨리 일어나 서 황후를 부축하였다. 주소천도 자리에서 일어났다.

그러자 주고치가 손을 저으며 말했다.

"내가 부축할 테니 너희는 움직일 것 없다."

주소희가 말했다.

"아니에요. 나는 어머니를 따라가겠어요."

주소희는 목풍아에게 고개를 돌렸다.

"목 공, 나는 뱁새가 아니랍니다. 그럼 다음에 봐요."

소희가 생긋 웃으며 서 황후를 부축하였다.

"그럼 할 수 없군. 주소천은 잠시 기다리거라."

주고치는 목풍아에게 눈을 찡긋하곤 서 황후의 한 팔을 부축하여 자미궁을 나갔다. 주소천을 설득하라는 뜻이리라.

자미궁에는 이제 주소천밖에 남지 않았다. 고개를 이리저리 돌려 사람이 있나 확인하였다. 궁녀들이 들어오지 않는 것으로 보아 따라 나간 주고치가 손을 써놓은 것 같았다.

'정말 능구렁이 같은 황자님이란 말이야.'

목풍아는 삐친 사람처럼 고개를 돌리고 있는 주소천에게 다가가 말했다.

"빌어먹을 계집 같으니라구. 너는 내 말을 믿지 못하는 거냐?"

주소천이 지지 않고 대들었다.

"나와 혼인하기 싫다면서?"

목풍아는 주소천의 이마를 두드렸다.

"계십니까? 거기 계십니까?"

주소천이 이마를 돌리며 말했다.

"이러지 마. 내가 바본 줄 알아?"

목풍아는 주소천을 노려보며 말했다.

"바보 계집아, 머리가 있으면 생각을 해보란 말이다. 그 말은 천자께서 나를 떠보려고 물어본 것일 뿐이야. 너는 이 나라의 공주로서 어쩜 이렇게 단순하냐?"

"피."

"만약 내가 천자에게 부마가 되겠다고 승낙을 한 후에 일어날 상황을 생각해 보란 말이다. 천자께서 네가 아니라 네 동생을 내게 주겠다면 어떡할 테냐?"

"나를 달라고 하면 되잖아."

"그것이 말처럼 쉬운 것이 아니니까 문제지. 정화가 호시탐탐 우리의 비밀을 캐고 있고 천자의 옆에서 쥐새끼처럼 말이 많은데 네 마음처럼 될 것 같냐구? 설사 너와 내가 혼인을 했다 치자. 황후마마께서는 외척의 힘이 커지는 것을 좋아하지 않으시니 나는 꼼짝없이 정치에서 소외될 수밖에 없는 거라구."

"그럼 좋잖아. 나와 함께 행복한 생활을 누리면 좋잖아."

"이런 빌어먹을… 네가 그래서 욕을 얻어먹는 거야. 내가 방구석에 처박혀 너와 놀아주는 사람이냐? 나는 천하인이란 말이다. 천하 백성들을 위해 나 목풍아가 존재하는 거라구. 그런 나를 집 안에 가둬놓겠다구? 빌어먹을, 차라리 칼을 물고 자살하는 것이 낫겠다. 퉤, 퉤."

노발대발 방방 뛰니 주소천도 기가 죽었다.

“미안해. 나는 그저…….”

목풍아는 주소천의 얼굴을 바라보다가 길게 한숨을 쉬었다.

“소천아, 아직 이 나라는 안정되지 않았어. 이 나라가 안정되기 위해서는 네 노력이 필요하다는 것을 알아줬으면 좋겠다.”

“알았어. 이제부터는 서방님의 계책대로 할게.”

“좋아. 나를 만나고 싶으면 내가 시킨 대로만 하거라. 송호는 허수아비일 뿐이니까 너를 건들지 못할 거야. 내 말대로만 하면 첫날밤 침실에서 나를 만날 수 있을 테니 두고 보라구.”

주소천은 얼굴을 붉히며 고개를 끄덕거렸다. 생각만 해도 황홀하기 그지없었다.

“둘이서 무슨 얘기를 그렇게 정답게 하는 거냐?”

등 뒤에서 들리는 소리에 놀라 고개를 돌려보니 자미궁 입구에서 덩치가 비대한 주고치가 웃고 있다.

“아, 아무것도 아니야.”

주소천은 아무렇지도 않은 듯, 하지만 허둥지둥 자미궁을 나가고 말았다.

목풍아가 꾸벅 인사를 하였다.

“황자님 도움이 없이는 아무것도 할 수 없겠습니다.”

“하하하. 나야말로 네 머리를 빌리지 않으면 아무것도 할 수 없으니 피장파장이다. 소천은 잘 설득했느냐?”

“예. 그거야 식은 죽 먹기죠.”

“하하하. 그 말발은 정말 배우고 싶군 그래.”

“송구합니다.”

순한 인상이지만 웃으며 말할 때를 보면 천자를 그대로 닮은 듯하다. 핏줄이란 할 수 없는 것이다, 생각하고 있으려니 주고치가 말했다.

"소희는 어떡하면 좋겠느냐? 내가 소희를 부를까?"

"그럴 것까지는 없습니다. 함녕 공주님은 머리가 좋아서 제 말을 듣고 이미 의중을 간파했을 겁니다."

"함녕이 그 정도인가?"

"예. 생각보다 더 똑똑합지요. 하지만 황자님에 비할 수는 없겠죠."

"그건 너무 과찬 같군."

"절대 과찬이 아닙니다. 천자 폐하는 역시 대단하신 분이더군요. 저 같은 것은 감히 견줄 수 없을 만큼 대단하신 분이라는 것을 어제 다시 한 번 확인했습니다. 황자님도 저에게는 그렇습니다."

"고맙다, 풍아. 네가 있어 든든하구나."

주고치는 목풍아의 어깨를 두드리다가 고개를 들어 자미궁의 커다란 대들보를 바라보며 한숨을 내쉬었다.

"천하를 품고 산다는 것은 생각보다 힘들다."

많은 생각들이 그 안에 숨어 있으리라. 황제의 아들이기 때문에 보이지 않는 치열한 암투 속에 던져진 운명이 쉽지만은 않으리라.

"사람 사는 것이 쉽지만은 않은 것이죠."

주고치는 목풍아의 어깨를 두드렸다.

"그래. 어려워도 이겨내자. 네가 있으니 힘이 불끈불끈 나는구나. 나는 천하의 대들보가 될 테니 너는 천하의 기둥이 되어다오. 알겠느냐?"

"예. 당연히 그래야지요. 기꺼이 천하의 기둥이 되겠습니다. 왜냐하면 저는 천하인이거든요."

"녀석."

주고치는 목풍아의 손을 굳게 잡았다.

"천하인 목풍아, 나는 너를 믿는다."

"와하하하. 천하인 목풍아, 실망시켜 드리지 않겠습니다. 믿어보시라구요. 와하하하."

목풍아의 웃음소리가 자미궁을 쩌렁쩌렁하게 울리고 있었다.

천자에게 입시한 다음날 천자의 성은이 내렸다. 그동안의 공을 생각하여 목풍아에게 남경성 안에 저택을 마련해 주고 지낭부(智囊府)라는 현판을 친히 하사하여 목풍아의 공이 적지 않음을 대내외에 인식시켰다.

목풍아는 겉으로는 한량없는 성은에 감사하면서도 대외적으로 표면에 나타나게 된 것을 불만스럽게 생각하였다. 사람들의 관심이 쏠린다는 것은 그만큼 보는 눈이 많아지는 것이다. 금의위의 제기들과 정화의 감시망에 항상 들어갈 수 있는 거리에 있으므로 몸을 더욱 조심할 수밖에 없었다.

천자로서는 목풍아의 지배력을 강화시키기 위한 결단이었다고 생각할 수도 있었다.

반대로 목풍아는 천자의 총애를 받고 있다는 장점을 풍부하게 살려 성은을 입었다는 명목으로 조정의 대신들을 불러들여 연회를 가지었다.

천자의 신임을 받아 지낭부라는 현판까지 하사받을 정도이니, 목풍아의 환심을 사기 위해 조정대신들은 물론이거니와 황제의 인척까지 지낭부로 몰려들었다.

한때 북평을 함께 방어했던 주능과 장보 등 무신들을 비롯하여 조국공(曹國公) 이경륭(李景隆)과 같은 인척들과 조정의 대소 신료들이 목풍아의 초대를 받아 지낭부로 들어왔다.

지낭부 정청에서 한껏 분위기가 무르익을 무렵, 일도가 얼굴에 미소를 지으며 다가와 선물의 목록 장부를 목풍아에게 보여주었다.

"대장, 많이도 들어왔습니다. 히히히. 이거 대장이 벼슬했다는 것이 실감이 나는데요?"

"보자. 얼마나 들어왔는지 보자."

목풍아가 장부를 보다가 눈이 휘둥그레져서 말했다.

"청홍검이 있어?"

뒤편에 서 있던 오괴와 독돈이 말했다.

"그것은 삼국시대 조자룡이 가지고 있던 명검이 아닙니까?"

"그러게요?"

"어디어디, 누가 이런 보검을 나에게 주었나 보자."

목풍아가 장부를 바라보았다. 장부에는 조국공 이경륭이 보내었다고 쓰여져 있었다. 고개를 들었다. 사람들 사이에서 이경륭의 웃는 얼굴이 보였다.

목풍아가 일도에게 말했다.

"일도야, 조국공에게 가서 진짜 청홍검이 맞는지 알아보고 오너라."

일도가 재빨리 이경륭에게 다가가 물어보니 이경륭이 자랑스러운 듯 고개를 두세 번 *끄덕끄덕*거렸다.

'이것은 보통 일이 아니다.'

명검을 선물로 준 것은 고마우나 상대가 조국공 이경륭이다. 조정 대소 신료들의 신망을 얻기 위해 마련한 연회에서 천하 사람들에게 인심을 잃은 조국공의 선물을 받을 수는 없는 일이다.

목풍아는 갑자기 얼굴을 일그러뜨리며 술잔을 내던져 깨뜨렸다.

"이런 빌어먹을 일이 있나."

정청 가운데 있던 목풍아의 목소리에 연회가 찬물을 끼얹은 듯 조용하게 변하였다.

목풍아는 취한 척 탁자 위로 올라가 술과 안주들을 발로 차 엎으며 소란을 부리다가 말했다.

"일개 벼슬아치의 연회에 청홍검이 들어왔소이다. 돈으로는 환산할 수 없는 선물을 일개 벼슬아치에게 갖다 바치다니 이게 무슨 개떡 같은 일이란 말이오."

목풍아는 고개를 돌려 가까이에 있던 조국공 이경륭을 노려보며 소리쳤다.

"너."

이경륭의 두 눈이 휘둥그레졌다.

"너 말이야. 조국공인지, 조팔공인지 너."

이경륭의 얼굴이 울그락불그락하게 변하였다. 감히 천자의 사촌인 이경륭을 너라고 부르다니…… 기가 막혀 화가 머리끝까지 치솟았다. 머리끝까지 치솟는 화를 억누르며 이경륭이 말했다.

"목 공이 취한 모양이군."

"나 취하지 않았어. 망할 노인네야."

이경륭의 얼굴이 붉게 변하였다. 그와 함께 정청에 모인 사람들이 숨을 죽였다. 천자의 인척에게 상소리를 한다는 것은 보통 일이 아니다. 미친 것이 아니면 머리가 돌아버린 것이 틀림없었다.

뒤편에 서 있던 오괴와 독돈 역시 때 아닌 목풍아의 행동에 어리둥절하기는 마찬가지였다. 분위기 좋은 연회가 망가져 버린 것이 문제가 아니라 천자의 인척에게 모욕을 주었다는 것이 앞으로 목풍아에게 어떤 화근으로 다가올지 모를 문제였기 때문이다.

"네, 네놈이 나를 망할 노인네라 하였나?"

"그래. 망할 노인네라 하였다. 세 명의 황제를 모시면서도 낯짝도 두껍게 나다니는 네 얼굴을 보니 구역질이 절로 난다."

"끄응."

이경륭은 이를 앙물었다. 이것은 이경륭이 가장 싫어하는 이야기이다. 건문제를 모시다가 그를 배신하고 이번에는 영락제의 그늘에서 호의호식하는 것은 천하 사람들에게 자랑할 만한 것은 아니었다.

"부끄러움도 모르는 망할 노인네. 노망이 들었으면 집에 처박혀 있을 것이지 여긴 왜 찾아와서 여흥을 망친단 말이야."

이경륭은 주위를 둘러보았다. 이 문제만큼은 아무도 그의 편이 돼줄 사람이 없다.

천자의 인척이라는 이유로 아무도 시비를 걸지 못하던 조정의 대신들은 속으로 고소를 금치 못하며 목풍아를 바라보았다.

"황제 폐하는 속도 좋으시지. 배신을 일삼는 무리를 말없이 포용하시고 호의호식하게 해주는 것을 보면 참 대단하시단 말이야. 나 같으면 그런 것이 뭐야? 저따위 노망든 노친네를 변방으로 보내 버리거나 서인으로 강등시켜 버릴 텐데 말이야. 조정 신하들이 죽이라고 하는 것을 이유도 묻지 않고 살려준 은혜를 저버린 배신자를 말이야."

"……."

이경륭은 부들부들 떨면서 목풍아를 노려보았다. 처음에 이경륭에게 배신을 강요한 것은 목풍아였다. 영락제가 천자가 되고 공신으로 남부러울 것이 없이 살게 되었지만 배신자의 꼬리표 때문에 발목이 잡

혀 있던 이경륭이었다. 의지할 것 없이 천자의 인척이라는 이유로 손
가락질 받으며 살아온 이경륭은 그 때문에 목풍아가 성은을 입어 남경
성 안에 저택을 마련한 것을 자신의 일처럼 기뻐하였다.

고립무원의 이경륭에게 있어서 천자의 심복인 목풍아는 자신의 든
든한 세력이라고 할 수 있었다. 그 때문에 집안의 보물인 청홍검(靑鴻
劍)을 선뜻 들고 찾아온 것이었는데, 돌아온 것은 목풍아의 처절한 배
신이었다.

이경륭이 부들부들 떨고 있으려니 목풍아가 말했다.

"가시오. 나는 천자의 충성스런 신하. 청렴한 관리인 나는 일체의
선물을 받지 않겠소."

목풍아는 고개를 돌려 대소 신료들에게 말했다.

"미안하지만 오늘의 연회는 이것으로 끝을 내겠소. 각자 가지고 온
선물은 가져가시길 바랍니다."

목풍아는 탁자에서 내려와 설렁설렁 정청 안으로 들어가 버리고 말
았다.

연회에 모인 사람들은 판을 깬 이경륭을 노려보며 하나둘 가지고 온
선물을 들고 가버렸다.

이경륭은 후들거리는 발걸음으로 청홍검을 받아 자신의 집으로 돌
아가 칭병하고 자리에 누워버렸다.

다음날 남경성 안에 이날의 연회 이야기가 떠돌더니 급기야 이런 동
요가 유행하기 시작하였다.

푸른 나무에 빈 바람 일어나니[靑木出空風]

맑고 깨끗한 벼슬아치 생겨난다[淸官生白吏].

앞 구절의 목과 풍은 목풍아를 의미하는 것이니, 목풍아로 인해 조정이 깨끗해진다는 뜻이다.

이 동요와 함께 조정 내부에서도 천자의 인척인 이경륭에게 바른 말을 마구 해대는 목풍아를 대쪽 같은 사람으로 평가하였으므로, 목풍아의 인기는 삽시간에 문무관원 사이에서 드높았다.

천자는 이 이야기를 전해 듣고 목풍아를 불러들였다.

"신 목풍아, 부름 받잡고 왔사옵니다."

봉천전에 입시하여 고개를 숙이고 있으려니 용상에 앉아 있던 천자가 사람들을 물리더니 입가에 미소를 지으며 물었다.

"흐흐흐. 목풍아, 그 동요를 네놈이 퍼뜨린 것이냐?"

"헤헤헤. 역시 황제 폐하의 눈은 속일 수 없네요."

"대소 신료들 앞에서 조국공을 망신 주었다면서?"

"헤헤헤. 모두 황제 폐하를 위한 것입지요. 이해해 주십시오."

"나를 위한 것이라? 짐의 인척을 욕보였는데 어째서 나를 위한 것이라 할 수 있는가?"

"첫째로 조정의 관리들이 부패하지 않으면 백성들이 득을 보게 됩니다."

"쌀 장사로 톡톡히 한몫 잡은 것은 네놈이니, 부패하기로는 네놈을 따라잡을 수 있겠느냐?"

"와하하하. 그 이득은 부패한 관리들과 상인들에게서 취한 것일 뿐, 힘없는 백성들에게 취한 것이 아니니 부패하다고 말씀하시면 저는 죽고 싶을 따름입니다."

"좋아. 부패하지 않았다 치자. 그렇다면 남은 돈은 창고에 귀속시켜야 하는 것이 아니냐?"

목풍아는 두 손을 펼쳤다.

"귀속시킬 돈이 있어야지요. 도적들을 양민으로 귀속시키느라고 남은 돈을 몽땅 써버렸습니다. 그런데 저에게 무슨 돈이 있겠습니까?"

이럴 때는 잡아떼는 것이 상책이다.

천자가 웃으며 말했다.

"좋아. 보지 않은 다음에야 알 수 없는 일이니 넘어가기로 하자. 그러하면 다음 이유를 말해 보거라."

"둘째로 제 이름이 높아지면 무당파와 손을 잡는 일이 쉬워집니다. 한마디로 무당 도사들을 끌어들이기 위한 사전 작업이라 하고, 협상을 하기 전 흔들기라고나 할까요?"

"흔들기라……."

"무당산 도사들은 자부심이 강한 사람들이라 관의 힘으로 무당파의 전각을 짓겠다고 하더라도 쉽게 응하지는 않을 겁니다. 저처럼 청렴하고 결백한 관리가 천하의 대의를 들어 설득할 때 가능한 것이지요."

"하하하. 역시 치밀하구나, 목풍아는……."

"송구합니다요. 한 가지 이유가 더 있기는 합니다만 그것은 비밀이라 말씀드리기가 뭐하네요."

"그 비밀을 나에게도 말해 줄 수 없겠나?"

"헤헤헤. 이건 천자 폐하께도 말씀드릴 수가 없는 비밀입니다. 잠시 기다려 주시면 알 수 있을 것이니 참고 기다려 주십시오."

"알겠다. 하지만 조국공은 나와 오촌숙질지간이다. 마땅히 조국공에게 찾아가 사죄를 청해야 할 것이다."

“알겠습니다요.”

“좋다. 내일 무당산에 대한 조서를 보낼 것이니 오늘 저녁이라도 조국공부에 찾아가 사죄토록 하라.”

“예.”

목풍아가 머리를 조아렸다.

그날 밤, 목풍아는 심복 세 사람과 함께 조국공의 집으로 찾아갔다.

“조국공께서는 몸이 불편하여 아무도 만나고 싶지 않답니다.”

하인이 좀처럼 문을 열어주지 않자 목풍아는 오괴와 독돈에게 말했다.

“부숴라.”

두 사람이 서로의 얼굴을 바라보다가 팔을 걷고 동시에 일장을 휘둘렀다.

쾅—

무서운 장력이 격출되며 커다란 문짝이 종잇장처럼 부서졌다.

“가자.”

목풍아를 선두로 하여 좌우로 오괴와 독돈이, 뒤편에 일도가 뒤를 따랐다.

조국공부에 때 아닌 난리가 났다. 조국공부의 하인들이 칼과 창을 들고 뛰어나왔으나 천자의 신임을 얻고 있는 목풍아를 건들 수는 없는 노릇이라 빙 둘러서서 구경만 할 따름이다.

정청으로 들어선 목풍아는 탁자에 앉아 소리쳤다.

“목풍아가 정청에 있으니 조국공을 모셔오너라. 조국공이 오시지 않겠다면 내가 침실로 찾아간다고 전하라.”

안하무인이었다.

눈치를 살피던 하인들이 허둥거리며 뛰어다녔다. 잠시 후 목풍아는 하인의 부축을 받으며 들어오는 이경륭을 발견할 수 있었다.

창백한 안색으로 정청으로 들어와 의자에 앉기 무섭게 이경륭이 찡 그린 얼굴로 말했다.

"도대체 오늘은 무슨 일로 나를 찾아왔단 말이오?"

모든 것이 귀찮은 듯한 얼굴이었다. 며칠 사이에 팍삭 늙어버린 이 경륭의 모습을 보자 목풍아의 마음에도 죄책감이 일었다.

"사람을 물려라."

오괴와 독돈, 일도가 정청에서 사람들을 몰아내었다.

문이 일제히 닫히며 정청에 목풍아와 이경륭 두 사람이 남았다.

"도대체 무슨 일이오?"

이경륭이 힘없이 물었다.

"나는 아무것도 관심이 없으니 나를 가만히 놔둘 수 없겠소?"

목풍아는 털썩 무릎을 꿇었다.

이경륭의 두 눈이 휘둥그레졌다.

"도, 도대체 무슨 일이오?"

"제가 조국공께 큰 죄를 지었습니다."

"죄, 죄라니요."

"그날 연회 때 조국공께 지은 죄를 용서받으러 왔습니다. 저의 무례 를 용서하십시오."

"갑자기 왜 이러시는지 모르겠소."

"사실대로 말씀드리겠습니다. 전날 황제 폐하의 명을 받았습니다."

"화, 황제 폐하의 명을 받았단 말이오?"

“예. 앞으로 제게 맡겨질 일이 중대하여 천자께서 조국공을 상대로 고육지계(苦肉之計)를 벌인 것입니다.”

“나, 나를 상대로 고육지계를 벌였단 말이오?”

이경륭의 얼굴이 서서히 밝아지고 있었다.

“예. 천자께서는 조국공이 믿을 만하다 하시며 일부러 사람들이 많은 연회에게 조국공을 망신 주라고 하셨습니다. 당장에라도 찾아와 조국공께 말씀을 드리고 싶었습니다만 사안이 비밀스러운 일이라 이제야 찾아뵙게 되었습니다. 문짝을 부수며 행패를 부린 것도 사실은 그 때문이라는 것을 알아주십시오.”

“아!”

이경륭의 쪼글쪼글한 두 뺨에 눈물이 흘러내렸다. 황제가 신임하고 있다는 말 한마디보다 이경륭에게 힘이 되는 말이 있을까?

이경륭은 목풍아의 손을 잡아 일으키며 말했다.

“이 늙은이가 소견이 좁아 천자의 깊은 속내도 모른 채 마음을 졸였나 봅니다.”

“내일 조서를 받고 떠나기 전에 반드시 알려 드려야 할 것 같아서 이렇게 찾아왔습니다. 고육지계가 성공하기 위해서 조국공께서는 불편하시더라도 제가 돌아올 때까지 근신하셔야 합니다.”

“불편할 것이 뭐가 있겠소. 황개(黃蓋)는 조조를 속이기 위해 무수한 매를 맞았소. 나는 목 공에게 몇 마디 모욕을 들었을 뿐인데 불편이랄 것이 있겠소? 걱정 마시고 공무 잘 다녀오시오.”

“감사합니다.”

이경륭은 부드러운 미소를 지으며 고개를 끄덕거리다가 정청 벽에 걸린 검을 내려 목풍아에게 건네주었다.

"이것은 청홍검이외다. 우리 집안의 보물인데 그대가 맡아주시오."

"그럴 수 없습니다."

"아니오. 큰일을 하는 그대야말로 이 검의 임자요. 내가 벌써 그대에게 주려고 마음을 먹었었소. 이 검을 가지고 가시오."

"그럴 수는 없습니다."

"받으시오. 이렇게 그냥 보낼 수가 없소. 내 마음을 받아주시오."

"정히 그러시다면 할 수 없군요."

목풍아는 한숨을 쉬곤 슬그머니 청홍검을 건네받았다.

"이렇게 찾아왔는데 술도 한잔하지 못하겠구려."

"예."

"잘 다녀오시오. 황제 폐하께는 은혜 잊지 않겠다고 말씀 전해주시오."

"예. 그럼."

목풍아는 절을 꾸벅하곤 정청을 나갔다.

정청 앞에 횃불을 든 조국공부의 하인들이 빼곡하게 앞을 막아서고 있었다.

"이놈, 우리 대감에게 무슨 짓을 한 거냐?"

"저놈, 저놈이 청홍검을 빼앗았다."

성난 하인들이 소리를 지르며 무기를 들고 달려나왔다.

"그만두지 못하겠느냐?"

조국공 이경륭이 정청 앞에서 소리를 질렀다.

하인들이 주춤거리며 물러났다.

"나를 역적으로 만들 작정이냐? 무기를 버리고 길을 비켜주거라."

하인들이 겁을 먹고 길을 만들어주었다.

목풍아는 앙천대소를 하며 말했다.

"와하하하. 고맙소, 조국공. 나는 그만 가보겠소."

"잘 가시오."

이경륭이 힘없이 손을 내저었다. 목풍아는 이것이 연기임을 잘 안다.

"나는 가보겠소. 얼마 남지 않은 목숨 잘 보존하시오."

목풍아는 성큼성큼 걸음을 옮겼다. 몇 사람이 달려들다가 오괴와 독돈에게 잡혀 내던져졌다.

성난 하인들이 달려들다가 이경륭의 호통에 다시는 움직이는 사람이 없었다.

조국공의 집을 나서 얼마쯤 지났을 때 오괴가 말했다.

"흥. 잘도 속여 넘기는군, 대장."

"그러게. 허허허. 고육지계라… 사람을 아예 가지고 놀더군. 허허허."

청각이 발달한 두 사람이 정청에서 나누는 이야기를 들은 모양이었다.

허리에 찬 청홍검을 뚫어지게 바라보던 일도가 끼어들었다.

"정말 대장의 재주는 놀랍다니까. 어떻게 청홍검을 빼앗았을까? 고육지계로 빼앗았습니까?"

일도는 두 사람 같은 능력이 없기에 목풍아가 말 몇 마디로 청홍검을 빼앗았다고 생각하는 모양이었다.

목풍아가 대꾸도 하지 않고 콧노래를 부르고 걸어가니 오괴가 일도에게 물었다.

"일도 너, 고육지계가 뭔지 아느냐?"

"그야 저는 모르죠."

말이 떨어지기 무섭게 오괴의 억센 손이 일도의 멱살을 움켜잡았다.

"오괴 형님, 왜 그러세요? 제가 어쨌다구요."

"이 자식, 사사건건 끼어들지 말라 그랬지?"

"형님들은 할 말 다 하면서 왜 저만 그러세요."

"너 인상 썼냐?"

일도가 인상을 찌푸리면 길게 난 흉터가 더욱 흉악하게 보이는 까닭이다.

"아뇨."

그 모습이 더욱 흉악해 보인다.

"이 자식, 개기는 거냐?"

"아뇨."

오괴가 눈을 부라리며 말했다.

"너, 너 이 자식, 고, 고육지계가 뭔지 말해 봐."

"고육지계가 고육지계죠. 저육지계일까 봐요. 중육지계는 아니니까 염려 마세요."

서당개 삼 년이면 풍월을 읊는다고 목풍아를 따라다니던 일도는 입만 살았다.

"뭐, 뭐라구?"

"오괴 형님, 가뜩이나 힘이 없어 서러운데 이제는 일자무식이라고 무시하는 겁니까?"

그 인상이 더욱 흉악하다.

"이 자식 이젠 반항까지 하네."

"어쩔 건데요? 제발 평화롭게 말로 하자구요."

그 모습이 더 더욱 흉악하다.

오괴는 기가 막혀 콧방귀를 뀌며 일도를 바라보았다.

"이 자식, 완전히 간이 배 밖으로 나왔네."

오괴가 일도의 멱살을 잡았다.

"오늘 네놈을 고육지계로 만들어주마."

목풍아가 손을 저으며 말했다.

"놔둬라. 애만 잡으면 어쩌자구 그러냐? 불쌍한 일도 좀 봐줘라."

손을 놓은 틈을 타서 일도가 바람처럼 달려와 목풍아의 뒤편에 착 달라붙었다.

"힉, 힉. 대장, 오괴 형님은 틈만 나면 저를 괴롭한다구요."

오괴가 소리쳤다.

"이 자식, 너 나중에 두고 보자."

"두고 보자는 사람 무섭지 않더라. 오괴, 너 등 뒤를 조심해."

"뭐야?"

"뭐긴 뭐야? 일도지."

일도가 부리나케 사람들 사이로 도망을 쳤다.

"너, 잡히면 죽었어."

오괴가 화가 머리끝까지 치솟아 그 뒤를 따라 달렸다.

목풍아가 멀어지는 두 사람을 바라보다가 독돈에게 고개를 돌렸다.

"오괴답지 않은데?"

"으허허허. 이유가 있지요."

"이유라고?"

"요즘 들어 오괴가 일도를 더 괴롭힙니다. 아마 제자로 삼고 싶은 마음이 생겼나 봅니다."

“정말이야?”

“예. 일도, 그 녀석, 알아갈수록 재미있는 놈이던데요?”

“그건 그렇지.”

“오괴가 일도에게 정이 들어서 그런 겁니다. 알게 모르게 일도가 오괴에게 무공을 많이 전수받았어요. 일도는 모르겠지만. 허허허허.”

“그거 다행한 일이군.”

목풍아는 사람들 사이를 누비며 달음질을 하는 두 사람을 바라보았다.

“대장, 저희가 마구 지껄이는 이야기에 너무 신경 쓰지 마세요. 우린 대장을 믿으니까요. 지옥 끝까지 가는 한이 있어도 우린 대장을 믿어요.”

독돈이 미소 짓고 있었다.

“알고 있어.”

목풍아는 독돈을 바라보며 빙그레 미소를 지었다. 고개를 들었다. 중천에 걸린 둥근 달이 포근하게 느껴지는 밤이었다.

제 3 장
바쁘다 바빠

다음날 목풍아에게 천자의 조서가 내렸다. 무당산을 도교의 성지로 만들고 오라는 조서와 은자 오십만 냥, 그리고 목풍아에게는 정삼품 대명흠차출사대신(大明欽差出使大臣)이라는 관직을 수여하였다.

조서를 받은 다음날 목풍아는 요란하게 차려입고, 수백여 명의 부하들을 대동하고 남경성을 나가 강을 거슬러 무당산으로 향하였다.

황제의 선물과 은자를 실은 수십여 척의 관선에 타고 장강을 거슬러 올라가던 목풍아는 엿새 후 무한(武漢)에서 배를 내려 육로로 갈 것을 오괴와 일도에게 명령하고는 화현(和縣)에서 슬그머니 배에서 내려 독돈과 함께 변장을 하고 육로로 남경성으로 돌아갔다.

이유인즉 다름 아닌 두 공주의 혼례 날이 가까워오기 때문이었다. 목풍아로서는 똥줄이 탈 노릇이었다.

일을 벌였으니 사내답게 책임을 져야 하겠는데, 벌여놓은 일은 많아서 수습하려니 몸이 두 개라도 부족할 노릇이다.

형주에서 육로로 가도 될 것을 굳이 무한에서 육로로 가라고 명령을 내린 것도 그 때문이었다. 물론 목풍아가 생각하는 노름수 때문에 일부러 명령한 것이지만 그 덕에 목풍아는 시간을 벌 수 있게 되어 남경으로 돌아갈 수 있는 것이다.

목풍아는 반짝이는 대머리를 훤하게 드러내 놓고 나흘 밤낮을 마차를 달려 남경에 도착하였다.

수염을 붙인 독돈과 행자승처럼 꾸민 목풍아는 사람들 사이로 무리 없이 들어갈 수 있었다.

도연과 정화는 목풍아가 황제의 명을 받아 무당산으로 간 것이라 생각할 것이므로 목풍아가 남경에 되돌아왔다는 것은 상상할 수 없을 것이다. 항상 생각지 못하는 허점을 비집고 들어가는 목풍아였다.

대로 가운데에서 목풍아는 누런 황궁의 지붕을 바라보며 미소를 지었다.

"흐흐흐. 사흘 후면 공주와 강민은 내 거다."

목풍아는 설렁설렁 걸음을 옮겨 하소선의 집으로 찾아갔다. 남경 서쪽 끝 동네 은밀한 곳에 살던 하소선은 황궁의 동쪽 편에 있는 큰 저택으로 집을 옮겼다. 커다란 기와 지붕들이 거인처럼 웅크리며 세를 자랑하는 이곳은 남경의 귀족들과 벼슬아치들이 살고 있는 이른바 부자 동네이다.

"빌어먹을 놈들. 돈도 벌지 못하는 놈들이 집은 크기도 하다."

목풍아는 저 혼자 중얼거리며 커다란 저택 앞에 섰다.

주위를 살피던 목풍아는 목탁을 두드리며 염불을 시작하였다.

"문 열어라. 문 열어라. 문을 활짝 열어라. 빨리 열면 상을 주고 늦게 열면 벌을 준다. 문 열어라. 문 열어라. 어서 빨리 문 열어라……."

독돈은 되지도 않는 염불을 중얼중얼 외고 있는 목풍아가 우스울 따름이다.

천자를 속이는 일을 아무렇지 않게 하는 목풍아의 머리 구조가 독돈은 신기할 뿐이다. 평범한 사람으로는 상상할 수 없는 일을 어렵지 않게 해버리는 목풍아, 그 그릇이 얼마나 되는지 헤아리는 것을 독돈도 이제는 포기해 버린 지 오래다.

시끄러운 목탁 소리에 문이 열리었다.

집사가 한눈에 목풍아와 독돈을 알아보고 고개를 굽실거리며 인사를 하였다.

"아이구, 오셨습니까?"

"오냐."

목풍아가 성큼성큼 문 안으로 들어갔다.

"소선이에게 안내하거라."

"예."

기암괴석과 온갖 화초들로 가득한 정원을 지나 집사를 따라가니 연꽃이 가득한 연못 가운데 섬이 하나 있고, 그 섬 가운데에 정자가 있는데 그 정자 안에 하소선이 앉아 있었다.

연못에 놓인 구름다리를 지나 정자 안으로 들어가니 하소선이 풀 죽은 얼굴로 목풍아를 본 척도 하지 않는다.

목풍아가 얼른 정자 아래로 내려가 연꽃 한 송이를 따서 올라왔다.

"소선이, 내 마음이야. 받아달라구."

"흥. 내가 이런 것에 마음이 움직일 것 같아요?"

필시 공주와의 혼인 때문에 돌아온 것이 질투가 난 것이 틀림없었다.

"와하하하. 질투하는 거냐?"

"흥. 내가 그깟 일로 질투나 할 사람처럼 보이나요?"

고개를 돌린 소선이 목풍아의 손에 든 하얀 연꽃을 힐끔 보더니 입을 열었다.

"그 꽃이 예쁜가요? 제가 더 예쁜가요?"

"와하하하. 당연히 이 연꽃이 더 예쁘지."

"흥. 그럼 그 꽃과 사시구려."

소선이 홱 고개를 돌렸다.

"와하하하. 삐친 거냐? 넌 나한데 안 된다니까. 와하하하."

"쳇."

구름다리에 서 있던 독돈은 입맛을 다셨다. 처음 만날 때부터 아웅다웅거리며 항상 다투는 것이 일과가 되어버린 두 사람이었다.

목풍아는 하소선이 원하는 대로 한마디를 해주는 법이 없고, 하소선은 목풍아의 마음을 항상 시험한다. 자연히 티격태격 다툴 수밖에 없는 것이다. 하도 보아온 터라 이제는 별로 신경도 쓰이지 않는다. 하품이 절로 나왔다.

"아함. 이제 풀어줄 때가 됐는데……."

독돈이 입맛을 다시며 목풍아를 힐끔 보았다.

"삐쳤냐? 그것 가지고 삐쳤냐?"

"말하지 않겠어요."

"와하하하. 소선을 보니 재미있는 시 한 수가 생각이 나는군. 소선을 위해 한 수 지어줄까?"

뾰로통한 얼굴에 콧방귀를 뀌는 것을 보니 싫지가 않은 모양이다.

목풍아는 정자 가운데 있는 필묵을 잡아 글을 쓰기 시작하였다. 휘갈기듯 종이에 글을 쓴 목풍아가 소선에게 종이를 건네었다.

하소선의 손이 목풍아가 쓴 종이를 낚아채었다. 글을 읽던 하소선의
얼굴에 미소가 피어올랐다. 그 시가 이러하였다.

모란꽃 이슬 머금어 진주 같은데[牡丹含露眞珠顆]

미인이 그 꽃 꺾어 창가로 와서[美人折得窓前過]

빙긋이 웃으면서 임께 하는 말[含笑問檀郎]

꽃이 어여쁜가요? 제가 어여쁜가요[花强妾貌强]?

신랑은 일부러 장난치느라[檀郎故相戲]

꽃이 훨씬 당신보다 어여쁘구려[强道花枝好].

그 말에 미인은 뾰로통해서[美人妬花勝]

꽃가지 내던져 짓뭉개더니[踏破花枝道]

꽃이 진정 저보다 좋으시거든[花若勝於妾]

오늘밤은 꽃과 함께 주무시구려[今宵花與宿].

방금 전 자신과 목풍아의 이야기와 모습이 그림처럼 그려졌다. 달콤
한 사랑의 속삭임 같은 시에는 하소선도 당해낼 수가 없었다.

하소선이 밝게 웃으며 말했다.

"호호호. 그대는 정말 사람을 웃게 만드는 재주가 있군요."

"와하하하. 소선, 그대는 오늘밤 내가 꽃과 함께 자면 좋겠나?"

"흥. 그대는 이틀 후에 천자의 두 꽃과 잘 것 아니에요."

"질투하지 말라구. 나를 좋아하고 사모하는 것은 알지만 나는 책임
을 지는 남자. 두 공주를 정략의 희생물로 만들 수 없단 말이야."

"피. 궤변 늘어놓지 말아요. 그딴 궤변이 나한테 통하리라 생각해요."

목풍아가 하소선을 덥석 껴안았다.

"우헤헤헤. 말이 안 되면 몸으로 설득하지. 이히히히."

"어맛. 이 스님이 왜 이래?"

하소선은 얼굴이 붉게 변하여 얼른 목풍아의 품에서 빠져나왔다.

"와하하하. 나는 파계승이지. 하소선이 절색이라는 소문을 듣고 멀리에서 찾아온 파계승 목존자라네."

목풍아가 너스레를 떨면서 하소선의 뒤를 쫓았다. 하소선이 비명을 지르며 정자를 돌고, 그 뒤를 목풍아가 따라다니는데 정자 기둥에서는 독돈이 하품을 연신하며 중얼거렸다.

"아! 청춘이란 좋은 것이로고. 아함."

정자를 빙글빙글 돌던 목풍아는 하소선을 쫓아 구름다리를 건너더니 하소선의 허리를 붙잡아 너스레를 떨며 집 안으로 들어가 버리고 말았다. 집 안에서 하소선의 웃음소리가 들려왔다.

정자에 기대어 요염한 여인의 허리처럼 흐느적거리며 흔들리는 능수버들을 바라보던 독돈이 히쭉거리며 말했다.

"대장은 정말 재주도 좋아. 어쩌면 저렇게 여자들을 잘 다룰 수 있을까? 으허허허. 백련교에서 방중술도 배웠겠다. 소선이는 죽었네, 죽었어. 으허허허."

싱글거리며 웃음을 짓던 독돈의 시선이 문득 허리춤에 찬 광목으로 옮겨졌다.

목풍아가 이경륜에게 받았던 청홍검이 이 안에 감겨 있다. 명검을 앞에 두고 무인인 독돈이 호기심이 도는 것은 어쩔 수 없는 일이다. 대장은 하소선과 재미있는 시간을 보낼 것이고, 혼자 심심하게 보낼 수도 없는 노릇이니 더욱 호기심이 솟았다.

“어디 한번 구경이나 해볼까?”

삼국시대 상산 조자룡이 천하를 진동시켰던 명검. 의천검과 함께 조조의 두 자루 명검으로 이름이 높았던 명검에 어찌 호기심이 동하지 않을 수 있겠는가?

독돈은 둘둘 만 천을 돌렸다. 잠시 만에 검을 싸던 천이 모두 벗겨지고 비취가 붙은 화려한 검집이 나타났다.

검집의 아름다운 모양으로도 가치를 따질 수 없어 보였다. 독돈은 청홍검을 들고 정자에서 일어났다.

독돈은 삼십여 년 전 흑면독왕 석달개였던 자신을 생각한다.

하늘을 뒤덮은 화살들, 뿔피리 소리, 전흉을 일으키는 북소리, 지축을 흔드는 군마의 말발굽, 수백만 군사들이 노도 같은 함성을 떠올린다. 그리고 그 선두에서 호령하는 자신을 떠올린다.

피가 끓어오른다. 호흡이 가빠진다. 온몸의 피가 거꾸로 도는 듯, 뜨겁게 불타오른다.

독돈은 청홍검을 움켜잡았다.

“공격 앞으로……”

일갈하며 청홍검을 빼 들었다.

스르릉―

경쾌한 쇳소리와 함께 빼 든 청홍검의 무게가 생각보다 가볍다는 것을 깨달았을 때 독돈은 청홍검의 검신을 바라보며 무안함을 느꼈다.

칼날의 길이가 겨우 한 뼘 정도? 과일을 깎아 먹는 과도 정도의 길이였다. 손잡이가 칼날보다 길었으니 배보다 배꼽이 크다고 할까?

구름다리 위로 차를 내오던 하녀 하나가 정자 가운데서 장군처럼 시

능을 하고 있는 독돈의 모습을 보고 킥킥거리며 웃고 있었다.

'이런 빌어먹을……'

개망신이 따로 없었다.

독돈은 슬그머니 청홍검을 집어넣으며 자리에 앉았다. 얼굴이 화끈거렸다.

하녀가 눈치를 살피며 조심스럽게 차를 정자에 가져다 놓았다. 물러가는 하녀가 킥킥거리고 웃었다.

얼굴이 불에 덴 듯 화끈거렸다.

"빌어먹을 청홍검. 빌어먹을 이경륭."

천하에 이름 높은 명검이 이 모양으로 변했을 줄은 독돈도 예상하지 못했다.

차 한 잔을 마시면서 검집에서 다시금 칼을 뽑았다. 길이는 짧지만 시퍼런 칼날에서 범상찮은 검기가 느껴졌다. 명검은 틀림없는 명검이었다. 그러나 세월은 명검도 피해갈 수 없는지 세월의 흐름 속에 닳고 닳아 이렇게 볼품없이 변해 버렸는지도 모름이다.

볼품없는 청홍검을 보니 자신의 신세와 비슷하다는 생각이 들었다. 퇴물이 되어버린 자신과 오괴가 목풍아를 만나 보람을 느끼며 살게 된 것처럼, 청홍검도 그러한 것이 아닐까 하는 생각이 문득 들었다.

"으허허허. 어쩌면 너도 우리와 같은 길을 가게 될 것 같구나."

햇살이 청홍검에 반사되어 독돈의 눈에 비치었다.

"으허허허. 내 말에 대답하는 거냐?"

독돈은 청홍검을 들었다. 예리한 칼날이 이상하게도 정겨운 느낌을 주었다.

"한번 시험해 볼까?"

찻잔을 던지기 무섭게 청홍검을 휘둘렀다.

타탁탁탁—

자기로 만든 찻잔이 네 조각이 되어 바닥에 떨어졌다.

"으허허허. 생긴 것은 볼품없는데 볼수록 마음에 드는군. 과연 이름이 허명이 아니로구나."

자기를 두부처럼 자르는 청홍검의 예기가 놀라울 따름이었다.

"기가 막히구나. 기가 막혀. 내 생전에 너 같은 명검은 처음이다. 으허허허."

청홍검에게 중얼거리고 있으려니 멀리에서 목풍아의 목소리가 들려왔다.

"빌어먹을 독돈, 어서 이리 오너라. 갈 데가 있다."

"예. 예. 빌어먹을 독돈 갑니다."

독돈은 마시던 차를 내던지고 허겁지겁 청홍검을 천에다 둘둘 만 후 구름다리를 건너 목풍아에게 달려갔다.

정청 안에서 목풍아는 가발을 쓰고 있었다. 하소선이 그 옆에서 시중을 들고 있었는데, 발그스레한 얼굴에 방긋방긋 미소를 흘리고 있었다.

"대장, 어디 가시려구요?"

"응. 송호와 송경 형제를 만나러 가야지."

"예? 뜬금없이 부마 될 사람을 만나러 가신다니요? 대장, 두 사람이 어디 사는지는 아십니까?"

"와하하하. 우리 집 옆에 사는데 그걸 모를까 봐?"

목풍아는 엄지손가락으로 좌측 집을 가리켰다.

"예?"

"와하하하. 그리 놀랄 것까지 없어. 나만 따라오라구."

가발이 써진 것을 확인하곤 목풍아는 정청 정면에 있는 화로 앞으로 다가갔다. 화로 앞에 화려한 페르시아 양탄자가 깔려 있었는데, 목풍아는 양탄자 바닥을 발로 몇 번 밟으며 말했다.

"뭐 해? 열어보라구."

독돈이 바닥을 살펴보니 양탄자 사이가 교묘하게 갈라져 있다. 갈라진 틈으로 손을 집어넣어 보니 걸리는 홈이 하나 있었다. 양탄자 아래편은 마루로 되어 있어 무언가 비밀 통로가 있는 것이 틀림없었다. 독돈은 마루를 잡아당겼다. 양탄자와 마루가 번쩍 들리며 바닥에 뻐끔한 구멍이 드러났다. 짐작 그대로였다.

"과연…… 대장, 이 구멍으로 들어가면 부마를 만날 수 있는 겁니까?"

"두말하면 잔소리. 한쪽은 주소천이 살게 될 집으로 통하고, 또 한쪽은 주소희가 살게 될 집으로 통하지. 공주들 때문에 이렇게 비싼 세 채의 집을 사고 이 작업을 하느라 조기가 고생 많았지."

생각할수록 기가 막히는 독돈이었다. 그러고 보니 쌀 장사로 남은 이문의 반을 조기에게 보낸 것이 바로 이 저택들을 구입하느라 충당된 것이 틀림없었다.

사용하면 할수록 능력은 커진다고 들었는데 목풍아의 사고 능력은 도대체 어디에까지 미치고 있는 것인지 알 수가 없었다.

"자, 자. 가자구. 황자 전하께서 기다리고 계시겠다."

"황자 전하께서 기다리고 계시다구요?"

"그래. 잔말 말고 나를 따라와라."

목풍아는 사다리를 타고 구멍 속으로 들어갔다. 그 뒤를 독돈이 따라 들어가니 생각보다 큰 굴이 만들어져 있다.

입구에 있는 횃불에 불을 붙이니 동굴 입구에 다시 두 개의 통로가 있는데 송경과 송호의 집으로 통하는 길일 것이다.

과연 통로의 입구에 흰 회벽으로 천(天)과 희(熹)라는 글자가 쓰여져 있었다.

"조기 녀석, 제법 신경을 썼군 그래."

천이란 주소천을 말하는 것이요, 희란 주소희를 말하는 것이다. 영민한 조기답게 안내판까지 만들어 목풍아의 환심을 산 것이리라.

"대장, 어디로 갈까요?"

"당연히 언니인 주소천의 집으로."

독돈이 성큼성큼 앞서 걸었다. 긴 굴을 따라 얼마쯤 가다 보니 벌써 막다른 끝이 보였다.

그 끝에 돌로 만든 계단이 있었다.

"다 왔는 모양이군."

횃불을 벽에 걸치고 계단을 따라 올라가니 껌껌한 나무 문이 앞을 막아섰다. 손잡이를 당겨 문을 열고 나가니 수십여 벌의 옷이 걸려 있었다. 옷장과 연결된 통로인 모양이었다.

옷장 바깥을 살펴보던 목풍아는 옷장을 열고 바깥으로 나갔다.

둥근 월문(月門)에 햇살이 비치었다. 좌우를 둘러보니 큰 침대와 큰 거울이 한눈에 여인들이 거처하는 내실임을 알 수 있었다.

월문 바깥에는 잘 꾸민 정원과 아름다운 작은 연못이 고적한 정취를 더해주었다.

"와하하하. 정말 신경 잘 썼군."

"으허허허. 대장, 이래도 되는 겁니까? 천자를 속이고 공주들을 모두 대장이 가져도 되는 겁니까?"

"그럼 어떡해? 공주들을 건드린 이상 책임을 져야지. 천자를 속인 것은 할 수 없지만 어떡하냐구? 내가 이렇게라도 수를 쓰지 않으면 두 공주가 가만히 있을 것 같나?"

"그건 그렇군요. 대장은 선택의 여지가 없군요."

"에휴. 내 팔자야……. 여자 때문에 천자를 속이는 대담한 사기나 치는 신세가 되다니……."

"으허허허. 그 부분에 대해서는 저는 정말 대장이 존경스럽습니다."

목풍아는 침대에 걸터앉았다.

"여자란 말이야. 참 이상한 존재란 말이야. 싫증이 난다 싶다가도 하고 싶고, 하고 싶다가도 싫증이 날 때가 많으니 어쩜 좋으냐?"

"으허허허. 그건 대장이 아직 젊고 혈기가 많아서 그런 거죠. 뭐든 심하면 싫증이 나기 마련이지요. 그렇다고 너무 하지 않아도 문제가 있으니 뭐든 적당히 하는 게 좋죠."

"그건 그렇지."

갑자기 독돈이 손을 번쩍 들었다.

"대장, 사람이 옵니다."

청각이 발달한 것은 잘 아는 바다. 침대에서 일어난 목풍아가 재빨리 독돈과 함께 옷장 속으로 숨었다.

잠시 후 세 사람이 방 안으로 들어왔다.

옷장 틈 사이로 바라보니 누런 황포를 입은 황자 주고치와 키가 크고 잘생긴 두 사람이 좌우에 서 있었다. 공주의 부마가 될 송호와 송경일 것이다.

세 사람이 옷장 앞으로 다가왔다.

“비밀 통로가 여기에 있나?”

물어보는 것은 주고치이다.

“예.”

“오늘 만나기로 했는데 이상하군. 옷장 문을 열어보라.”

사내가 옷장 문을 열었다.

“헉.”

옷장 문을 열던 사내가 기겁을 하며 물러났다. 옷장 안에 목풍아와 독돈이 귀신처럼 혀를 빼물고 서 있었기 때문이다.

“와 있었군. 장난치지 말고 나오라.”

주고치가 미소를 지으며 손짓을 하였다.

목풍아가 옷장에서 걸어나와 꾸벅 인사를 하였다.

“와하하하. 소신 목풍아 주군을 뵙습니다.”

주고치는 땀을 뻘뻘 흘리며 좌우에 있는 두 사람을 소개시켰다.

“부마가 될 송호와 송경이다. 인사하거라.”

두 사나이가 재빨리 목풍아에게 인사를 하였다.

“목 대인님의 이야기는 많이 들었습니다. 송호와 송경이 인사드립니다.”

“아, 반갑소이다.”

목풍아도 답례를 하였다.

인사를 하며 찬찬히 바라보니 두 사람 모두 인물이 좋고, 키가 큰 미남이다. 털 없는 자신이 초라해 보일 정도로 두 사람은 잘생기고 기품이 있어 보였다.

‘이거 두 공주가 저놈들에게 홀딱 넘어가는 거 아니야?

일말의 불안감이 마음속에서 생겨났다. 그리 보자면 세상일이란 무한히 중첩된 고개를 넘어가는 일인지도 모른다.

고생 끝에 고개 하나를 넘어가면 또 하나의 고개가 기다리고 있다. 사람의 일생이란 죽을 때까지 인생의 무한한 고개를 넘는 것이 아닐까? 생각 밖의 미남 형제를 만나고 나니 괜히 불안한 마음이 들었다. 어릴 적 잘생긴 남자를 쫓아 자신을 배신했던 여자들에 대한 기억이 아스라이 떠올랐기 때문이다.

송경이 침대 옆에 있는 탁자로 사람들을 안내하였다.

비대한 황자 주고치와 목풍아, 송호, 송경이 둥근 탁자 주위로 앉고 독돈이 목풍아의 뒤에서 팔짱을 끼고 근엄하게 서 있었다.

손수건으로 비 오듯 흐르는 땀을 닦던 주고치가 목풍아에게 말했다.

"송호와 송경은 나와 육촌 형제지간으로 막역한 사이다. 내가 이들을 선택한 것은 모두 너를 위한 것임을 너는 잘 알고 있겠지?"

"신은 송구할 따름입니다."

목풍아는 주고치가 오래전부터 목풍아를 위해 허수아비 부마로 적당한 사람을 찾아다녔다는 것을 알게 되었다. 이미 연경에서 주소천과의 관계가 들통이 났으니 아마 그 이후부터 주고치가 준비한 것이 분명하였다.

그 마음 씀씀이를 생각하면 목풍아는 감읍할 따름이다. 신임하는 부하를 위해 천자와 황후를 속이는 일은 아무나 할 수 있는 일이 아니다. 부하를 위해 모든 것을 버릴 수 있다는 말이 되는 것이다.

조기에게 들은 정보로는 송호와 송경의 집안은 건문제의 시대가 무너질 때 함께 무너져 걸식으로 연명하는 신세였다 하였다. 그것을 주고치가 돌봐주어 오늘에 이른 것이다. 주고치가 은밀하게 송호의 집안을 다시 일으켜 세워준 것이 목풍아를 위한 것임을 알기에 목풍아의 어깨는 무겁다. 차기 황제의 보위를 주고치에게 넘겨주어야 하는 막중한 임무가 목풍아를 내리누르는 것이다.

말없는 신뢰로 목풍아를 압박하는 능력으로 그리 보자면 주고치 역시 보통 인물이 아니다.

이런 인물을 알아보지 못하는 영락제가 안타까울 뿐이다. 그는 주고치가 비대한 것을 마음에 들어하지 않는다. 타고난 무인이라 날렵하지 못한 주고치가 눈에 차지 않을 것이다.

천자가 천하를 수중에 넣고도 아직까지 주고치를 황태자로 삼지 않은 것은 바로 그런 이유에서다.

목풍아는 주고치를 위해 무언가 하지 않으면 안 될 것 같았다.

"황자 전하, 아드님께서 올해 몇 살이십니까?"

"음. 주첨기(朱瞻基)가 올해 네 살이지."

"황제께서 좋아하십니까?"

"첫째 손자이니 아주 좋아하시지. 영민한 것이 폐하를 닮았다고 여간 좋아하시는 것이 아니야. 그런데 그건 왜 묻는 거지?"

"전하, 천하가 안정되었다는 것을 대내외에 보여주기 위해서는 황태자가 있어야만 합니다."

주고치는 손수건으로 이마를 닦으며 말했다.

"폐하께서 쉽게 정하지 않으시는군. 둘째 고후를 생각하고 계시는가?"

"그럴 수는 없습니다. 황실 법도가 그렇지 않으니, 조만간 좋은 소식이 있을 겁니다. 이 목풍아가 확신하겠습니다."

"그렇게 된다면 좋겠지."

주고치가 빙그레 미소를 지었다.

“반드시 그렇게 됩니다. 천자께서도 마음을 정한 것 같았습니다.”

“그래?”

“예. 조금만 기다려 보십시오.”

목풍아는 송호와 송경을 의식하지 않을 수 없었다. 천자를 속이는 도박에 조금이라도 마음이 흔들려서는 일을 시작하기도 전에 끝이 나는 것이다. 두 사람에게 희망과 환상을 심어주지 않고서는 어림없는 일이기에 목풍아는 확신을 하듯 말하였다.

목풍아는 정책에 관해서는 천자가 가장 신뢰하는 사람이니 그 말은 자체로 신빙성이 있는 것이다.

목풍아는 고개를 돌려 송호와 송경에게 말했다.

“너희 두 사람, 내 말을 잘 듣거라.”

“예.”

“우리는 지금 천하를 건 도박을 하고 있다. 만약 이번 일이 잘못된다면 나는 물론이지만 너희도 살아남지 못해. 거지처럼 살았던 지난날을 생각하거라. 또 취보문 앞에서 방효유의 구족이 몰살되는 광경을 보았다면 앞으로 너희 행동에 신중에 신중을 기해야 할 것이다. 알겠느냐?”

“예.”

“나중에 황자 전하께서 보위를 이어받는다면 너희에게 충분한 보상을 하실 것이다. 나 역시 너희에게 보답을 할 것이니 맡은바 임무를 잘 수행하기 바란다.”

“예.”

“공주들의 부마라고 껄떡거리고 다니지 말란 말이다. 알겠느냐?”

“예.”

"좋아."

고개를 돌려보니 월문 저편으로 노을이 지고 있었다.

목풍아는 고개를 돌려 말했다.

"전하, 저는 바쁜 일이 있어서 그만 가봐야 할 것 같습니다."

"무엇이 그리 바쁜 거야? 차도 한잔하지 못하지 않았나."

"와하하하. 전하, 일찍 일어나는 새가 먹이를 많이 잡는다는 옛말이 있습니다. 전하를 위해서 할 일이 얼마나 많은지 아십니까? 마음 같아서는 몸이 여러 개라도 되었으면 좋겠습니다만 현실이 그렇지 않으니 열심히 뛰어다니는 수밖에요."

"하하하. 무슨 일을 하기에 그렇게 바쁜 거냐?"

"그냥 전하를 위한 일이라고 알아주십시오."

"좋아. 그렇다면 할 수 없지."

주고치가 손을 내밀었다.

"나는 언제나 너를 믿고 있다. 수고해다오."

"저를 믿으십시오."

목풍아는 주고치의 손을 굳게 잡고 꾸벅 인사를 하곤 자리에서 일어나 옷장 안으로 들어갔다.

동굴 속으로 내려와 부랴부랴 하소선의 집으로 돌아온 목풍아는 날이 저물기를 기다려 바깥으로 나갔다.

목풍아가 찾아간 곳은 남문 근처에 살고 있는 하원길의 집이었다.

"대장, 기다리고 있었습니다."

집 바깥에서 하원길이 기다리고 있다가 목풍아를 맞아 집 안으로 데리고 들어갔다.

정청 안으로 들어가니 의관을 정제한 사람들이 모여 있다가 목풍아에게 인사를 하였다.

'도대체 어떻게 되어가는 거야?'

독돈은 어리둥절할 따름이다. 자신도 모르는 사이에 여기저기서 무언가가 벌어지고 있는 것이다.

하원길은 정청의 제일 상석에 있는 의자에 목풍아를 자리하게 한 후 꾸벅 인사를 하며 말했다.

"일전에 말씀하신 유생들을 모아왔습니다."

"음. 좋아."

하원길은 고개를 돌려 유생들에게 말했다.

"여기 있는 대인께서 여러분의 생활비며 학비를 지원해 주신 대인님이시오."

말이 떨어지기 무섭게 유생들이 인사를 하였다. 이곳에 모인 대부분의 유생들은 가문이 불우한 유생들이다. 목풍아는 세상의 쓴맛을 아는 사람들 중에 재주가 있는 자들을 모아 공부에 필요한 비용을 지불하였던 것이다. 사람을 뽑는 것은 하원길과 조기가 전담하였으며 비용은 구룡방과 조기가 부담하여 어느덧 오십여 명이 넘는 인재가 모여 있었다.

목풍아는 사람들을 둘러보다가 자리에서 일어나 말했다.

"하원길에게 들었겠지만 다시 한 번 말씀드리겠소. 나는 세상을 바꿔 나갈 인재를 구하고 있소. 세상은 바뀌었으나 여전히 구태의연한 발상과 사고를 가진 관리들이 세상을 지배하고 있소. 천자만 바뀌었을 뿐 세상은 바뀌지 않았단 말이오. 바로 이 시기야말로 백성들과 이 나라에 가장 효과적인 정책으로 나라를 이끌어 나갈 동량이 필요할 때요. 이제 머지않아 과거가 있을 거요. 내가 여러분에게 공부에 필요한 비용을 지불한 것은 여러분과 함께 세상을 바꾸기 위해서요. 백성들이 편안할 수 있는 세상으로 말이오. 여러분은 나만 믿고 따라오시오. 그렇다면 나 역시 여러분을 든든하게 받쳐 줄 것이오."

하원길이 박수를 쳤다. 그러자 정청에 모인 사람들이 따라서 박수를 쳤다. 이어 성대한 주안이 들어왔다.

유생 하나가 자리에서 일어나 물었다.

"상공, 과거가 언제쯤 열리겠습니까? 작년에 과거가 있었으므로 삼 년은 기다려야 될 줄로 압니다만……."

"걱정 마시오. 내년 봄에 진사 시험을 칠 생각이오."

"진사 시험에 붙어야 문과를 볼 수 있는 자격이 생길 뿐이지 않습니까?"

"와하하하. 내년에 과거를 보느냐 마느냐는 그대들에게 달려 있소."

"무슨 뜻인지 잘 모르겠습니다."

"아직 황태자를 정하지 않았소. 진사에 붙은 후 황태자가 정해진다면 과거가 행해질 것은 불 보듯 뻔한 일이 아니겠소? 그러니 먼저 진사 시험에 붙도록 하시오. 내년 시험에는 일체의 부정을 용납하지 않을 것이니 여러분이 마음껏 자신의 실력을 뽐낼 수 있을 거요."

유생들이 서로의 얼굴을 바라보았다. 그들의 얼굴에서 밝은 표정이 역력하였다.

하원길이 눈치를 살피며 말했다.

"상공께서는 생각하시는 황자님이 계십니까?"

'하원길, 장사물을 먹더니 눈치가 빨라졌군.'

목풍아는 흡족하게 생각하면서도 무심한 얼굴로 말했다.

"생각하는 황자님이라니? 장자에게 태자의 위가 돌아가는 것이 마땅한데 어찌 그런 생각을 하는가? 마땅히 주고치 첫째 황자께서 황태자가 되어야지."

"소인은 그냥 상공께 물어본다는 것이……."

하원길이 술 한 잔을 따라 목풍아에게 바쳤다. 술잔을 받으며 목풍아는 흡족한 미소를 지었다. 이 정도라면 유생들도 눈치를 차렸을 것이다. 차근차근 생각한 바대로 되어가고 있다.

적어도 목풍아가 무당산을 다녀오는 데 일 년의 시간이 걸린다는 것을 생각하면, 도연과 정화의 감시망을 피하기 쉬운 이때가 가장 목풍아가 일을 벌이기에 적합하였다.

목풍아가 천자에게 흠차대신의 명을 받고 떠났다가 돌아온 것은 후일의 포석을 깔아놓기 위함이다.

한참 술자리가 진행되는 도중에 목풍아가 말했다.

"자, 자. 홍도 오르고 이렇게 재주있는 유생들이 한데 모였으니 이 자리에서 시험이나 한번 할까요?"

유생들이 모두 좋다고 승낙하였다.

목풍아가 말했다.

"오행시를 한번 지어볼까 합니다. 짓는 방법은 일, 이구 첫 자에 목(木) 자를 넣고 끝 자는 토(土)로 맺으며, 삼, 사구 첫 자는 수(水) 자로 열어 끝 자는 화(火) 자로 닫으며, 그 가운데에 금(金) 자를 넣어 오행의 구색을 갖추는 것이오."

유생들의 얼굴이 창백하게 변하여 장내가 술렁거렸다.

"내가 먼저 시를 지어 보이겠소이다. 모두 오랫동안 공부를 하였겠지만 쉽지는 않을 거요. 내 시에 대구를 쓸 수 있는 사람에게는 큰 상을 주겠소."

목풍아는 빙그레 웃으며 하인이 준비한 종이에다 시를 쓰기 시작하였다.

부평 같은 자취 어디에 이르렀나[萍蹤何處至]
꽃 달만 빈집에 가득하구나[花月滿虛堂].

정청에 걸린 시를 보고 유생들이 서로의 얼굴을 바라보며 중얼거렸다. 두 구절의 첫 자 평(萍)과 화(花)는 머리에 초(艸)를 얹었으니 목(木)에 속하고 지(至)와 당(堂)은 파자하여 아래를 취하면 토(土)가 된다. 절묘한 시라고 할 수 있었다.

일시에 정청이 침묵 속에 잠기었다. 유생들이 전전긍긍하며 대구를 궁리하였다. 머리를 두드리는 자, 수염을 꼬는 자, 콧구멍을 후비는 자, 눈을 감는 자, 붓을 두드리는 자 등 정청에 모인 유생들이 대구를 궁리하느라 여념이 없었다. 그러나 어려운 문제에 대구를 다는 자는 한 사람도 없었다.

'너무 어려운 문제를 내었나?'

홍무제가 과거 시험을 바꾼 까닭에 시와 문학에 대해서는 과거에 비할 데 없이 수준이 떨어진 것은 사실이었다. 더구나 이런 절묘한 문제를 풀어볼 시간이 있었겠는가? 막막할 것은 분명하였다. 그때였다. 유생 하나가 주저하며 종이를 들었다.

대구가 되는 두 수가 아니라 반밖에 되지 않는 시 한 수가 쓰여져 있을 뿐이었다.

흐르는 그림자 금 술잔에 어린다[流影金樽照].

“잘 쓴 글이오.”

목풍아는 손뼉을 치며 유생들을 돌아보았다.

“마지막 대구를 맞출 시를 쓴 사람이 없소?”

정청은 조용할 따름이다.

“와하하하. 종이를 가져와라.”

하인이 유생에게 종이를 받아오자 목풍아가 그 아래에 시 한 수를 덧붙였다.

찬란한 **흰** 빛을 **마시는도다**[澄然飮白光].

“오! 절묘하다.”

유생들이 엄지손가락을 치켜들며 감탄해 마지않았다.

조정 대신의 실력이 유생들을 능가할 정도라는 것을 실력으로 입증하였으니 일말의 불만을 가지고 있던 유생들이 진심으로 머리를 숙이지 않을 수 없는 노릇이었다.

목풍아는 주소희와 주고받던 시 문제로 유생들과 시회를 열어 흥을 돋우었다.

몇몇 뛰어난 시를 지은 유생들에게 상을 주어 흥이 올랐을 때 목풍아는 정청을 나와 하원길의 방으로 들어갔다.

하원길이 책 한 권을 들고 들어와 목풍아에게 바쳤다. 조정 내부와 호조에서 돌아가고 있는 상황을 일목요연하게 적은 책이었다.

책을 펼쳐 보던 목풍아가 말했다.

“꼼꼼하게 잘 적어놓았군. 일전에 말한 천도건은 점점 구체화되기 시작하는 것 같은데?"

"예. 어제 천자께서 북평(北平)을 북경(北京)으로 개칭한다는 조서를 내리셨습니다."

"음."

목풍아는 턱을 괴고 생각에 잠기었다. 황궁을 북경으로 옮기는 수순이 분명하였다.

천자의 기질을 생각할 때에 홍무제가 만들어놓은 기업을 더욱 넓히려 할 것이 분명하였다.

영토의 확장을 꾀하려는 속셈. 그렇다면 전쟁은 당연한 수순. 전쟁이 시작되면 백성들의 희생이 필연적으로 따르게 되는 것이니 그것은 목풍아가 바라는 바가 아니다. 하지만 당장 북경으로 천도하는 것은 불가능한 것이 사실이었다. 천도에 드는 천문학적인 비용만 하더라도 나라가 안정되기 전까지는 불가능한 것이다.

"일단 천자의 마음을 알았으니 더 지켜보자구. 당장 천도를 감행할 수는 없으니 말이야. 주변국들의 상황도 살펴야 하니 말이다. 무엇보다 지금은 주고치 황자님을 황태자로 만드는 것이 첫 번째 중요한 과제다. 내가 자리를 비운 동안 네가 수고를 좀 해다오."

"예, 대장."

"참, 그리고 천자께서 황손인 주첨기를 좋아하신다는 점과 연관시켜 봐."

"예, 대장."

"좋아. 믿고 간다."

목풍아는 하원길의 어깨를 툭 치곤 방문을 나왔다.

주연으로 떠들썩한 하원길의 집을 나와 목풍아는 하늘을 바라보았다. 별들이 쏟아질 것처럼 반짝거리고 있었다.

"밤이 되니 날씨가 차군."

독돈이 말했다.

"대장, 어디로 갈 겁니까?"

"술이 먹고 싶구나. 오랜만에 소요루로 가볼까?"

"소요루요?"

목풍아는 걸음을 옮겼다. 두 사람은 남문 근처에 있는 소요루(逍遙樓)에 도착하였다. 목풍아가 남경으로 와서 처음 자리를 잡았던 팔각 삼층 누각. 목풍아의 명을 받은 조기가 남경으로 와서 이 누각에서 자리를 잡고 남경성의 무혈 입성 공을 세우게 한 누각이었다.

목풍아는 아직도 홍등이 밝은 소요루를 성큼성큼 들어와 언제나 앉았던 이층 난간에 자리를 잡았다.

"독돈, 너도 앉아라."

"그래도 되겠습니까?"

"넌 내 부하이기 전에 내 동료다. 나와 한자리에 앉는 것은 흉이 되지 않아."

독돈은 흐뭇한 기분으로 목풍아의 맞은편에 앉았다. 목풍아와 사 년이 넘는 기간 동안 함께 지내왔지만 목풍아는 대장 이전에 한 배를 탄 동료요, 가족과 같은 정이 든 사람이었다. 목풍아도 같은 생각을 한다는 것이 독돈은 무엇보다 기분 좋은 것이다.

목풍아는 이곳에서 언제나 즐겨 마시는 황주와 수육을 시키고 불빛이 휘황찬란한 황성을 바라보았다.

수많은 암투와 흉계가 가득한 황성은 어둠 속에서 불빛만을 깜박이고 있을 뿐이다. 한 가지 뜻을 이룬다는 것이 어렵다는 것은 목풍아가 항상 느끼는 것이지만 때때로 모든 것을 버리고 사라지고 싶다는 생각이 들 때도 있었다. 십만 장이 넘는 벼랑 가운데에서 외줄을 타는 것 같은 이런 생활에 염증이 들기 때문이다.

그럴 때 목풍아는 난간에 앉아 사람들의 모습을 바라보며 마음을 다잡는다.

'대장부 한세상에 태어나서 마음속에 한 가지 큰 뜻을 이룬다면 그것으로 가치가 있는 것이 아니겠는가?'

고개를 돌리다가 독돈과 눈이 마주쳤다. 독돈이 빙그레 웃는다. 포대화상 같은 외모, 푸근한 얼굴에 비치는 미소는 목풍아의 마음에 한줄기 위안이 된다. 푼수 같은 짓도 하지만 목풍아는 독돈이라는 사내가 있어 무엇보다 든든하다. 시 한 수가 절로 떠오른다.

마음은 말없는 가운데 있어[意在不言中]
소박한 웃음에 마음은 스스로 한가해지네[素笑心自閑].

목풍아는 잔을 들었다.

"자, 빌어먹을 독돈, 한잔하자구."

독돈은 가슴이 찡하였다. 소박한 웃음이 아니라 독돈 때문에 마음이 한가하다는 말임을 아는 까닭이다. 입으로는 온갖 욕을 하고 구박을 하지만 마음은 누구보다 자신을 의지하고 있음을 누구보다 잘 아는 독돈이었다.

"으허허허. 좋지요."

웃으며 술잔을 받았지만 독돈은 갑자기 눈시울이 뜨거워지는 것을 느꼈다. 어째서 이런 현상이 일어나는 것인지는 알 수 없었다. 대장의 말마따나 말없는 마음이 거짓없는 목풍아의 진심을 느낀 것인지도 모른다.

팔순이 넘은 나이에 약관인 목풍아의 시에 감동하여 눈물을 흘리기는 부끄러웠다.

술잔을 한입에 털어 마시고는 자리에서 벌떡 일어나 말했다.

"이걸로는 안 되겠어. 대접을 가져와야겠어."

독돈은 재빨리 걸음을 옮겨 일층으로 내려갔다. 기둥 아래에서 소매로 눈물을 닦으며 독돈이 중얼거렸다.

"빌어먹을 대장, 독돈을 망신 주려고 작정을 했어."

독돈은 소매로 눈시울을 닦고는 큰 대접과 항아리 술을 들고 올라왔다.

"대장, 이 독돈은 오늘 기분이 좋아서 대접째로 마실 테다."

"좋다. 나도 오늘 까무러칠 때까지 마신다. 자신있나?"

"으허허허. 대장이 나와 상대가 될까?"

"자신이 있고 없고는 문제가 아니지. 자, 세상일 잊고 한번 마셔보자구."

목풍아와 독돈은 대접에 술을 마시기 시작하였다. 대단환과 천보환을 먹은 탓인지 일곱 잔째까지 마실 수 있었지만 여덟 잔째를 마시고 나니 독돈의 얼굴이 두세 개로 보이기 시작하였다.

"독돈, 빌어먹을 독돈. 분신술을 쓰기 시작하는군."

목풍아가 풀린 눈으로 독돈을 바라보았다.

"으허허허. 대장, 벌써 취했나?"

"아니, 나 아직 안 취했어."

목풍아는 아홉 번째 술잔을 들어 마셨다.

"아! 술 맛 좋다."

대접을 바닥에 탁 놓았다.

"어? 어? 세상이 돌아가네."

목풍아의 머리가 기울어지더니 대접 속에 머리를 처박았다.

"으허허허. 술 대접에 코 박고 죽을 일 있습니까, 대장?"

독돈이 얼른 목풍아의 머리채를 당기니 가발이 벗겨지며 대머리가 드러났다. 술이 확 깨는 것 같았다. 얼른 머리채를 놓았다. 다시금 대접에 머리를 처박았다.

"독돈, 거기 있지?"

"빌어먹을 독돈, 여기 있어요."

"흐흐흐. 좋아, 좋아."

술 대접에 얼굴을 처박은 목풍아가 희미하게 실눈을 뜬 채 웃다가 스스르 눈을 감았다.

술값을 지불하고 독돈은 목풍아를 등에 업고 걸었다. 축 처진 몸이 물 먹인 솜처럼 무거웠다. 쉴 새 없이 쫓아다녔으니 힘들 만도 하리라.

"힘내시라, 대장. 내가 있잖아."

독돈은 어깨에 머리를 늘어뜨린 목풍아를 힐끔 바라보았다. 잠이 든 목풍아의 모습이 귀여워 보였다.

"짜식, 어린 자식이 하는 짓을 보면 귀엽단 말이야."

빙그레 웃으며 걸음을 옮겼다.

등 뒤가 따뜻하였다. 흐뭇한 미소를 짓던 독돈의 얼굴이 일그러졌다. 손바닥에 흐르는 따뜻한 액체의 촉감이 엉덩이를 따라 다리 아래로 내려가는 것이 느껴졌다.

지릿한 냄새가 코끝을 스쳐 지나갔다. 독돈은 일그러진 얼굴로 걸음을 멈추었다. 등에 업힌 목풍아가 몸을 부르르 떨었다. 그리고 잠시 후 잠이 든 목풍아가 입맛을 다시며 중얼거렸다.

"아! 시원하다."

독돈은 일그러진 얼굴로 고개를 들었다. 수만 개의 별빛이 쏟아질 듯 반짝이고 있었다.

"빌어먹을 대장……."

하늘을 바라보던 독돈은 천천히 걸음을 옮겼다. 지나가는 사람들이 독돈을 힐끔힐끔 바라보았다. 젖은 발자국이 바닥에 점점이 찍힌 채 길게 이어지고 있었다.

목풍아는 눈을 번쩍 떴다. 머리가 지끈지끈하였다. 옆에서 하소선이 새근새근 잠을 자고 있었다.

'어떻게 된 거지?'

소요루에서 독돈과 술을 대접째로 마셨던 기억이 났다. 갈증이 몰려왔다. 탁자 위에 물병이 보였다. 천천히 침대에서 내려와 물을 벌컥벌컥 마셨다.

"아! 시원하다."

이불보가 들썩이는 소리가 났다.

"대인, 일어나셨어요?"

고개를 돌려보니 하소선이 침대에서 눈을 뜨고 있었다.

"무슨 일이 있었나?"

"무슨 일이 있긴 있었죠."

"기억이 나지 않는데?"

"술을 먹었으면 제대로 먹을 것이지 만취가 된 몸으로 연못 속에 뛰어 들어가 놀다니 말이에요. 하인들 보기 부끄럽지도 않나 보지요?"

"그 밤에 연못에는 왜 뛰어 들어갔을까? 기억이 없는데?"

목풍아는 머리를 긁적거리다가 옷을 추슬러 입고 바깥으로 나갔다.

아직 날이 밝지 않아 바깥은 어슴푸레하였다. 이른 아침부터 소쩍새가 부지런하게 울어대고 있었다.

정청 앞 넓은 마당에 나아간 목풍아는 길게 호흡을 들이쉬다가 추룡보를 밟았다.

매일매일 연마하지 않으면 심각한 부작용이 목풍아를 괴롭히므로 싫어도 하지 않을 수 없다.

작년 가을부터 연마한 보법이라 이제는 눈을 감고도 할 수 있을 정도로 능숙하였다. 그 덕에 다리에 힘이 붙어서인지 이제는 살짝 힘을 주기만 하여도 바닥에 깔린 전돌을 부서뜨릴 정도로 강한 위력이 되어 있었다.

목풍아의 신형은 날랜 제비와 같았다. 전후좌우 사방팔방을 바람처럼 누비는 목풍아의 신형은 자유롭게 방향을 전환하는 잠자리와도 비슷하였다.

한동안 땀이 날 정도로 추룡보를 밟던 목풍아는 마침내 동작을 멈추고 길게 숨을 들이쉬었다. 온몸이 날아갈 듯 상쾌하였다.

휴~

길게 숨을 내쉬었다. 사지에 기운이 불끈불끈 솟아나는 것 같았다.

"으허허허. 대장, 잘 주무셨습니까?"

등 뒤편에 들리는 독돈의 목소리에 고개를 돌렸다.

"독돈, 일찍 일어났구나."

"으허허허. 대장, 하도 마셔서 기억이 가물가물하죠?"

목풍아가 머리를 긁적이며 말했다.

"나는 통 기억이 없는데? 옛말에 사람이 술을 먹으면 개가 된다더니 연못 속에는 무엇 때문에 들어간 거야?"

"으허허허. 대장은 술을 마시면 물개가 되는 모양이죠. 으허허허."

독돈은 다 큰 목풍아가 오줌을 쌌다는 것을 다른 이들이 알아차리지 못하게 하기 위해 집으로 돌아오기 무섭게 연못으로 들어갔던 것이다. 때문에 하소선은 물론 누구도 목풍아가 오줌을 싼 것을 모른다.

독돈은 그것이 자신을 신뢰하는 사랑스러운 목풍아에게 할 수 있는 일이라 생각한다.

목풍아가 코웃음을 치며 말했다.

"물개가 된다고? 그것도 개는 개군. 다음부터는 조심해야지. 이거 잘못하면 개망신당하겠는걸."

"으허허허. 다음부터는 조심하쇼. 주량도 모르고 마시면 물개가 될 수 있으니 말이에요. 으허허허."

목을 젖혀 크게 웃던 독돈이 목풍아에게 말했다.

"대장, 가만히 보고 있자니 대장의 추룡본가 추풍신법인가가 제법 위력이 있던데 발만 쓰는 무공만 하지 말고 손을 쓰는 무공도 한번 배워보는 것은 어떻습니까?"

"손을 쓰는 무공? 내가 무슨 재주로…… 추룡보도 아랫도리의 부작용 때문에 할 수 없이 하는 건데 말이야."

독돈이 고개를 내저었다.

"대장, 대장이 추룡보를 배운 것이 이제 반년이 넘었습니다만 매일 매일 반복을 한 덕분에 내가 보기에도 제법 성취가 있는 것 같은걸요? 제가 간단한 무공을 가르쳐 줄 테니 한번 배워보세요. 이건 순수하게

손을 사용하는 무공인데 움직임이 없어서 굉장한 위력을 가지고 있음
에도 불구하고 백련교에서 배우는 이가 없습니다. 웃긴 것은 이것이
백련교 장법의 기초이자 마지막이라는 거죠. 저도 예전에 배웠다가 오
괴와 뒤섞여 동굴 속에 살다가 하는 수 없이 완성한 무공인데 대장이
추룡보와 섞어 사용한다면 제법 위력이 있을 것 같은데요.”

두 귀가 솔깃하였다.

“정말? 그런데 그 무공 이름이 뭔데?”

“천수관음장(千手觀音掌)입니다.”

“아! 기마 자세 하나만 배우면 된다는 바로 그것?”

목풍아가 일도에게 무공을 가르쳐 주기 위해 구룡방에서 배운 적이
있던 무공이었다.

“으허허허. 기억력은 좋으셔. 하지만 기마 자세만 배워서 되는 무공
은 없습니다. 천수관음장은 굉장히 체력 소모가 심하고 위력적인 무공
이라구요. 다만 실전에서 써먹기가 어려워서 그렇지.”

“좋아. 그렇다면 한번 보여줘 봐.”

“으허허허. 좋아요. 예전에 한번 가르쳐 준 적이 있지만 이번에 제
가 제대로 시범을 보여 드리겠습니다.”

독돈은 마당 가운데로 걸어나가 길게 호흡을 하다가 기마 자세를 하
였다. 길게 호흡을 들이쉬어 진기를 끌어올리던 독돈이 천천히 쌍장을
휘두르기 시작하였다.

단순하게도 좌우를 교차하며 뻗어가던 양손이 천천히 둥글게 돌아
가는 듯하더니 서서히 빠르게 움직이기 시작하였다.

팡— 팡— 팡— 팡— 팡—

갑자기 세찬 바람이 일어나기 시작하였다.

　빠르게 움직이던 두 개의 손이 흔들리며 네 개로, 다시 여덟 개로, 다시 여러 개로 나뉘어지기 시작하였다. 그리고 마침내는 수백여 개의 손이 둥글게 돌아가며 빽빽하게 사방을 메우기 시작하였다. 천수관음의 모습처럼, 아니, 연꽃이 빙글빙글 돌아가는 것처럼 두 개의 손은 수백여 개로 나뉘어 빠르게 움직이기 시작하였다.

　목풍아는 보고도 믿을 수 없어서 자신의 눈을 비볐다.

　한 치의 틈도 보이지 않을 만큼 빠른 손놀림이었다. 멀리에 있건만 불어오는 장풍은 스치기만 하여도 볼이 따끔할 만큼 위력이 있었다.

　"와! 대단하군."

　말이 끝나기 무섭게 독돈이 손을 멈추었다.

　얼굴이 붉게 상기된 독돈은 숨을 헉헉거리며 얼굴에서 땀을 씻어 내렸다. 내공이 심후하여 웬만해서는 숨도 차지 않고 땀을 흘리지 않던 독돈이 이 정도이니 굉장히 체력 소모가 심한 무공이 틀림없었다.

　'에이, 너무 어렵다.'

　문득 과거에 구룡방에서 오괴가 했던 이야기가 떠올랐다.

　"흥, 천수관음장이야말로 무용지물의 무공이지. 움직임은 없고 체력 소모만 심하니 피할 수 없는 공간이 아니고서는 어디에 써먹는단 말이야."

　목풍아는 생각에 잠겼다. 단점이 있지만 만들어졌다는 것은 반드시 쓸모가 있고 이치가 있기 때문이다.

　흔히 공부를 잘하는 사람은 시험 문제를 보기만 하여도 시험 문제를 낸 시험관의 의도까지 파악하는 법이다. 무엇을 시험하기 위해 이런 시험 문제를 내는지 알아내기 때문에 백발백중의 정답을 풀 수 있는 것이다.

목풍아는 그런 부분에 관해서는 타의 추종을 불허할 정도로 재주가 있었다.

세상에 쓸모없는 것이 없는 것처럼, 천수관음장이 쓸모없다 하여도 반드시 쓸모있는 구석이 있을 것이다.

천수관음장을 창안한 이가 쓸모없는 무공을 만든 이유가 없었을 것이다. 쓸모있는 그것을 찾아내는 것이 중요한 것이다.

고개를 들어 독돈에게 물었다.

"천수관음장을 누가 만들었지?"

"백련교 삼대 교주인 육상산(陸翔山)이 만들었지요. 육상산은 송(宋)대에 무림에서 이름을 크게 날렸는데, 당대에 적수가 없어서 교주 직을 그만둔 후 어디론가 은거해 버린 인물이죠."

"호. 대단한 인물이군. 어디로 갔는지는 모르고?"

"워낙 비밀이 많은 사람이라 저희도 그에 대해 아는 바가 얼마 되지 않아요."

"너는 그에 대해서 얼마나 알고 있는데?"

"육상산의 별명이나 별호 정도?"

"별명과 별호가 뭔데?"

"신광화상(身光和尙)이라는 별호로 불리었다더군요. 무림에서는 광혼마(光混魔)라는 별명이 있었다 하고요."

"두 가지 글에 공통적으로 빛광(光) 자가 붙는군."

"그렇네요. 화상이라 부르는 것을 보면 대장이나 나처럼 스님과 같은 외모를 지니고 있지 않았을까요?"

독돈이 아침 햇살에 반짝거리는 자신의 머리를 가리켰다.

“시끄러워. 누가 그딴 것을 짐작하라 한 거야?”

목풍아가 눈을 흘기자 독돈이 찔끔하며 말했다.

“아니면 말고요. 사실 백련교 내에서도 육상산 교주에 대해 아는 바가 별로 없어요. 그가 만든 무공도 별로 알려지지 않았고 말이에요.”

“천수관음장은 어떻게 배우게 된 건데?”

“으허허허. 천수관음장은 백련교 모든 장법의 기본이 되는 장법이라구요. 혼천장이나 천마구음장 같은 상승의 장법도 따지고 보면 천수관음장의 수법에서 하나씩 따 가지고 후세의 교주들이 만들어낸 거라구요.”

“백련교의 기본이 되는 장법이군 그래.”

“그렇다고 할 수 있죠. 하지만 천수관음장 그대로는 싸움에서 무의미하다고 할까요? 내력의 소모가 심해서 문제가 있지만 천수관음장만 열심히 연마하면 장법의 원리는 쉽게 깨우칠 수가 있지요. 무림문파의 장법은 천수관음장 하나에 다 있다고 해도 과언이 아니죠.”

“과연.”

흥미가 돌았다.

신광화상 육상산은 천수관음장으로 천하에 적수가 없었을 것이다. 광혼마, 신광화상에 빛이라는 글자가 붙었다는 것은 아마 육상산이 빛처럼 빠른 신법을 가지고 있었다는 뜻일 것이다.

“이봐, 독돈. 천수관음장에 빠른 신법이 가미된다면 어찌 되겠나?”

“그야 천하무적이겠죠. 그런데 일반적인 신법으로는 천수관음장을 사용할 수 없다는 단점이 있으니 문제죠.”

“만약 천수관음장에 맞는 신법이 가미된다면 어떻게 되는 거지?”

“그야 당연히 천하무적이죠. 어떤 놈이라도 천수관음장의 반경에 들

어오게 되면 무서운 장력에 피떡이 되어버릴 테니 적수가 있을 수 있
겠습니까?"

목풍아는 자신의 생각이 맞아떨어짐을 느끼고 웃으며 말했다.

"독돈, 네가 천수관음장을 나에게 권한 의도가 뭐지?"

"으허허허. 눈치도 빠르시네. 천수관음장과 추룡보가 궁합이 맞을
것처럼 보여서죠."

"어떤 의미에서 그렇게 생각하는 거지?"

"으허허허. 생각해 보시라구요. 추룡보를 매일매일 연마하지 않으면
상기가 되어 기운이 마구 솟구친다면 추룡보는 보법 이전에 축기법(蓄
氣法)이라구요."

"축기법이라면 내공을 쌓는다는 말이야?"

"그렇죠. 추룡보를 연마하면 상기된 기운이 가라앉고 온몸이 깃털처
럼 상쾌해지죠. 그렇지 않나요?"

"맞아."

"으허허허. 내공을 많이 소모하는 천수관음장과 내공이 생겨나게 하
는 추룡보가 만나면 어떻게 되겠어요. 궁합이 맞잖아요."

"오!"

목풍아는 무릎을 쳤다. 일리있는 말이었다. 순간 떠오르는 것이 있
었다.

'뭐, 뭐야? 책에서는 장삼풍이 석굴의 벽에서 그림을 베껴왔다고 쓰
여 있던데 그럼, 그림에 있던 승려가 혹시 육상산 아냐?

추룡보 다음에 있던 추풍신권의 손 모습이 어딘가 천수관음장과 비
슷하다는 느낌이 들었다. 그리고 육상산이 적수를 만나지 못하여 어디
론가 은거해 버렸다는 것도 그랬다. 뭔가 일치점이 있었다.

가슴을 뒤적거렸다. 언제나 가슴팍에 넣어 다니던 추풍신권의 책자가 없었다.

어젯밤 연못에서 놀았다는 하소선의 말이 생각났다.

"이런 빌어먹을……."

목풍아는 부랴부랴 하소선의 방으로 뛰어 들어갔다. 하소선이 하녀 하나와 함께 머리를 다듬고 있었다.

"소선아, 혹시 내 옷에서 책 한 권을 보지 못하였느냐?"

"호호호. 있었죠. 저것 말이죠."

소선이 가리키는 창가에 책 한 권이 있었다. 목풍아가 추풍신권이라고 적어놓은 바로 그 책이었다. 안도의 한숨을 내쉬었다. 하소선의 목소리가 들려왔다.

"흠뻑 젖어 알아볼 수도 없게 되었지만 혹시 몰라서 말려놓았어요."

"이런 빌어먹을……."

창가로 달려가 책을 펼쳐 보았다.

기름을 먹인 책이 아니라서 목풍아가 잡기 무섭게 뚝뚝 떨어져 나갔다. 아직도 물이 마르지 않아 젖은 물이 뚝뚝 떨어졌다. 조심조심 책장을 넘겨보니 그림의 먹물이 퍼져서 알아볼 수가 없었다.

더구나 이 책은 빠르게 넘겨야 그 안에 담긴 진의를 알 수 있는 책이 아닌가?

"빌어먹을…… 빌어먹을…… 내가 왜 그랬을꼬? 내가 왜 물개가 되었을꼬?"

목풍아는 머리를 부여잡으며 발을 동동 굴렀다.

무공을 처음 익히는 목풍아에게 추룡신권까지 익히는 것은 무리가 있었다. 글을 암기하는 것도 아니고, 몸으로 익숙하게 따라 하는 것이었기에 더욱 그러하였다. 목풍아가 대단환을 먹지 않았다면 추룡보를 따라 하는 것도 무리가 있었다.

일반인 같으면 십여 년을 연마하여야 가능할 일을 목풍아는 대단환을 먹었기 때문에 할 수 있었던 것이다. 물론 목풍아는 이런 사정을 모르고 있지만.

어찌 되었거나 목풍아에게는 아깝기 그지없는 일이었다. 독돈에게 천수관음장을 배우면서 책자를 연구한다면 쉽게 해답을 찾을 수 있는 문제였는데, 간밤의 술버릇이 좋은 기회를 놓쳐 버린 것이다.

무당산으로 가는 길은 진정한 고수들을 대면할 수 있는 길이다. 독돈과 오괴가 있지만 자신의 안전을 지키기 위해서는 최소한의 무공을 익히는 것이 필요하다 생각하던 목풍아는 자신의 머리를 쥐어박았다.

"제길. 안 하던 짓을 하더니 꼴 좋다."

할 수 없는 일이다. 체념은 빠를수록 좋은 법. 목풍아는 지나간 일에 미련을 두지 않는다. 지나간 과거의 잘못된 점을 후일에 반복하지 않으면 그뿐이니까.

"대장, 왜 그러시는 겁니까?"

문 앞에서 독돈이 동글동글한 머리를 삐죽 내밀고 있었다.

"아냐. 별거 아냐."

목풍아는 먹물이 뚝뚝 떨어지는 책을 던져 버리고는 다시금 마당으로 나갔다.

"나에게 가르쳐다오."

"대장, 배우시겠습니까?"

"응. 네 말이 일리가 있는 것 같아. 천수관음장과 추룡보는 궁합이 잘 맞아. 일단 배워놔야 활용이라도 할 것 아니야. 활용은 다음 문제라도 일단 익숙하게 배워놓는 것은 필요할 것 같군."

"으허허허. 좋아요, 좋아."

독돈은 마당에서 목풍아에게 천수관음장을 가르치기 시작하였다. 천수관음장은 하체의 힘을 바탕으로 하여 무한한 장력을 격출하는 장법으로 내공의 소모가 대단히 빨랐다.

목풍아가 대단히 명석한 관계로 그 원리는 빠르게 알아내었지만 한 차례 장법을 시전하고는 힘이 빠져 버렸다.

목풍아는 바닥에 털썩 주저앉아 숨을 몰아쉬며 말했다.

"헉, 헉. 이거 정말 힘 빠지는 무공이군."

"으허허허. 그렇죠? 일설에 육상산이 무공을 연마할 때 산동 바닷가에서 노도 같은 파도를 상대로 하였다더군요. 산더미 같은 파도 앞에서 장법을 펼치고 나도 옷이 젖지 않았다 하니 얼마니 빠르고 강한 위력이었는지 짐작할 만하죠."

"우와. 그거 정말 대단하군."

"천수관음장을 모르는 무림인들은 그 말을 믿지 않지만 동굴 속에서 천수관음장을 터득한 저는 그 말이 헛되지 않은 말이라는 것을 안답니다. 으허허허."

목풍아가 머리를 갸웃거리며 말했다.

"오괴도 동굴 속에서 터득한 무공이 많겠네?"

"그렇겠죠. 그 자식은 나를 내보내지 않으려 하고, 나는 그 자식을 죽이고 나가려 했으니 말이죠. 무공이 강해지지 않으면 죽기 딱 좋잖아요."

"오괴가 천수관음장에 대항한 무공은 뭐지?"

"으허허허. 삼십육계죠. 제깟 게 천수관음장에 정면 대응할 수 있나요? 장력을 피하는 제운종밖에는 도리가 없는 거죠. 어둠에 적용되지 않았을 때는 유용하게 써먹었지만 시간이 지나면서 천수관음장을 사용하지 않았죠."

"어째서?"

"천수관음장의 약점 때문이죠. 내력의 소모가 많아서 천수관음장으로 오괴를 죽이지 못했을 때는 제가 당하기 딱 좋거든요."

"와하하하. 독돈은 정말 바보 같았군."

"저도 바보였지만 오괴는 더 바보였다니까요."

"오괴가?"

"빌어먹을 장삼풍과의 약속을 지키려고 삼십여 년이 넘게 나를 막았으니 그런 바보가 어디 있겠어요. 으허허허."

목풍아가 빙그레 웃었다.

"내가 보기에는 좋은 기회가 왔을 때 오괴를 죽이지 않은 너도 바보 같은데?"

"으허허허. 무인들은 명예와 긍지 때문에 때론 바보와 같은 행동을 하죠. 그건 어쩔 수 없는 일이에요. 천성이 그런 거니까요. 으허허허."

목풍아는 오괴와 독돈 두 사람이 무인으로서, 대장부로서 서로를 인정하기에 누구보다도 서로를 아끼는 것을 잘 안다. 그런 두 사람이기에 천자 앞에서 주눅이 들지 않았으리라.

천자는 무인의 명예와 긍지를 잘 알고 있기에 문제 삼지 않았고, 목풍아를 더욱 신뢰한 것이 아닌가.

자신을 믿어주는 천자를 속이고 공주들의 비공식 부마가 되는 것이 갑자기 미안한 마음이 들었다.

"나는 무인과는 거리가 먼가 봐?"

독돈이 웃음을 그치고 말했다.

“어째서 그렇게 생각하는 거죠, 대장?”

“시도 때도 없이 천자를 속이는 일을 하니까 말이야.”

“으허허허. 대장, 가슴속에 양심이 있긴 있군요.”

“뭐라고?”

“으허허허. 그렇게 생각하실 것 없어요. 제가 보기에는 대장처럼 멋진 대장부는 없으니까 말이에요.”

“그래? 어째서 그렇게 생각하는 거지?”

“적어도 대장은 부하들을 속이지는 않잖아요. 부하들을 속이지 않는 사람은 윗사람도 속이지 않아요. 윗사람을 속이는 것은 부득이하기 때문이지요. 대장이 천자를 속인 것은 수천만 백성들을 위한 것이라는 것을 나와 오괴는 잘 알고 있지요. 빌어먹을 오괴를 보세요. 장삼풍과의 약속을 어기고 대의를 위해 대장의 부하가 되었잖아요. 대장은 대의를 향해 가는 사람이니 그깟 일로 의기소침할 필요는 없어요. 으허허허.”

“그건 그렇지. 와하하하.”

호탕하게 웃고 있는 목풍아를 보며 독돈은 빙그레 미소를 지었다. 어젯밤 목풍아가 보여준 모습에서 독돈은 진한 인간미를 느꼈다. 칼날 같은 지모를 가진 늙은이처럼 보이던 목풍아에게 그 나이 또래에서 느낄 수 있는 풋풋한 인간미를 보았기 때문이다.

목풍아를 업고 걸어가는 길에서 독돈은 평생 처음으로 행복감을 느꼈다. 누군가 자신을 믿고 의지한다는 것은 기분 좋은 일이다. 목풍아가 마음속으로 자신을 믿고 의지하고 있다는 것을 알았을 때 독돈은 삶의 보람을 느꼈던 것이다.

목풍아와 연못 속에 들어간 것도 그 때문이었다. 천수관음장을 생각해 낸 것도 그 때문이었다.

목풍아의 마음을 알기에 그를 위해서라면 무엇이든 할 수 있다 생각하는 독돈은 목풍아가 쾌활하게 웃는 것을 보고 자신도 기뻐 고개를 젖혀 웃었다.

"대장, 어렵겠지만 열심히 하시다 보면 몸에 익숙해지실 겁니다. 몸에 익숙해지시면 변환이 가능하니까 대장이 응용하실 수 있으실 겁니다."

"와하하하. 나도 그렇게 생각하고 있어. 일단 익숙하게 몸에 익히는 것이 실마리를 푸는 단서라고 생각해."

"예? 실마리를 푸는 단서요?"

독돈은 오괴와 달리 추풍신권이라는 책을 본 적이 없으므로 목풍아의 말을 이해할 수 없는 것이 당연하다.

"와하하하. 그런 것이 있어."

그때였다.

"즐거운 일이라도 있으신가 봅니다, 대장."

고개를 돌려보니 조기가 싱글벙글 웃으며 걸어오고 있었다.

"오. 조기 왔느냐?"

"어젯밤은 대취하셔서 인사도 드리지 못했습니다. 잘 주무셨습니까?"

본래 이 집은 남경제일 기루의 주인 조기의 집이므로 대장에게 아침 인사를 하러 오는 것이 이상할 것이 없다.

"식사를 준비해 놓았으니 들어가시죠."

목풍아는 조기와 함께 정청으로 걸어 들어갔다.

식사를 하면서 세상 돌아가는 이야기들을 하던 조기가 조용히 말했다.

"대장, 북평을 북경으로 명칭을 바꾸었다 합니다. 이야기를 들으셨습니까?"

"들었어."

"이거 자리잡은 지 얼마 되지도 않았는데 다시 북경으로 옮겨가야 되는 것은 아닌지 모르겠습니다."

"그래야 될 것 같다."

"대장께서는 향후 십 년 안에 황성이 옮겨지리라 생각하시는군요."

"응."

"그렇게 되자면 천문학적인 비용이 들 텐데……."

"그렇지 않아도 생각 중이다. 백성들에게 천도에 필요한 비용을 무리하게 내게 할 수는 없어. 뭔가 다른 수가 필요하단 말이야."

"국가 재정을 확충하려면 세금을 늘리거나 다른 나라를 침공하여…… 혹, 천자께서 전쟁을 생각하시는 것은 아닌지?"

"그것이 문제다. 세금을 가혹하게 늘리면 백성들의 불만이 높아진다. 그렇게 되면 어렵게 만들어놓았던 지금의 기반이 순식간에 흔들려버릴 부담이 있단 말이야."

"그렇군요."

"전쟁을 하게 되더라도 국력이 피폐되는 것은 어쩔 수 없어. 백성들의 부담이 늘어날 테니 말이야. 설사 이기더라도 노략질을 하는 것이나 마찬가지이니 좋은 방법은 아니야."

"그렇다면 난감한 일이군요. 천자는 마음을 굳히신 것처럼 보이는데 말입니다."

"후후후. 천자께서도 생각하고 계시겠지. 여러 가지 걸리는 것이 많으니 당장 시행을 못하고 있을 뿐이야.”

“대장께서는 이 문제에 대한 답을 알고 계실 것 같은데…….”

“생각해 둔 것이 있기는 있지. 와하하하. 나중에 보여줄 테니 기다리라구. 미리 말해 버리면 재미가 없잖아. 와하하하.”

조기가 통쾌하게 웃고 있는 목풍아를 바라보다가 독돈과 하소선에게 고개를 돌렸다. 그 속을 알 수 없으니 독돈과 하소선도 어깨만 들썩거릴 따름이다.

밥을 먹으며 목풍아가 말했다.

“그건 그렇구, 내일이 혼례일인데 어찌 된 거야?”

“그렇지 않아도 금의위의 제기들이 쫙 깔렸습니다. 아침부터 두 공주의 혼례 때문에 도성 안이 떠들썩하니 대장은 집에서 나오지 마시고 가만히 계십시오.”

“와하하하. 볼일도 다 봤고, 밥상은 이미 다 차려져 있는데 기다리지 뭐. 와하하하. 기다리는 것이야말로 나의 특기이지.”

웃는 바람에 밥알이 마구 튀었다.

“흥. 바람둥이.”

하소선이 콧방귀를 뀌며 고개를 돌렸다.

“와하하하. 서방님께서 바람둥이인지 몰랐나? 하여튼 여자들은 이래서 문제야.”

“흥. 나도 바람이나 피울까 보다.”

목풍아가 갑자기 젓가락을 놓았다.

탁—

독돈과 조기가 하소선과 목풍아를 번갈아 바라보았다.

‘실수다.’

하소선은 자신의 입을 막으며 목풍아의 눈치를 살피다가 천천히 입을 열었다.

"대, 대인. 저, 저는 그냥 농담으로 한 말이에요."

목풍아가 하소선을 바라보았다.

"하소선, 만약에 나보다 잘난 미남이 너를 좋아한다면 나를 버릴 테냐?"

하소선은 가슴이 철렁하였다.

"아, 아뇨. 제가 그럴 리가……."

"하소선, 내가 여자가 많은 것은 사실이다. 사실 네 말처럼 바람둥이가 맞다. 하지만 나는 너에게 거짓이 없게 대했다. 나에게 상처를 줄 생각이면 지금 당장 나를 떠나라."

목풍아는 조기에게 냉정하게 말했다.

"지금 당장 하소선이 떠나게 은자를 마련해 주거라."

자리에서 일어난 목풍아는 뒤도 돌아보지 않고 후원으로 나가 버렸다.

"사, 상공, 저 좀 보세요."

차갑게 변해 버린 목풍아의 모습에 놀란 하소선이 헐레벌떡 그 뒤를 따랐다.

목풍아는 후원 연못 가운데 있는 정자에 들어가 앉았다.

"상공, 제가 농담으로 한 말이에요."

목풍아가 코웃음을 치며 말했다.

"농담도 할 말이 따로 있는 거야. 네깟 계집이 뭘 안다고 나를 무시하는 거야? 네가 나를 알아?"

하소선이 바닥에 털썩 무릎을 꿇었다. 그녀의 두 뺨에서 눈물이 흘러내렸다.

"상공께서 두 공주님과 즐거운 시간을 보내는 것이 저에게는 상처가 된다는 것을 모르시는 겁니까? 소녀의 마음을 헤아려 주세요. 수천만 중원의 백성들을 헤아리듯 제 마음을 헤아려 주세요."

하소선이 흐느끼며 목풍아의 품에 쓰러지듯 안기었다.

목풍아는 하소선의 머리를 쓰다듬으며 말했다.

"어찌 네 마음을 모르겠느냐? 그렇지만 나도 누군가에게 따뜻한 위안을 받고 싶은 사람이다. 너는 왜 내 입장을 생각해 주지 않는 것이냐? 힘들구나. 너까지 이러면 나는 어쩌란 말이냐?"

"제가 잘못했어요. 상공께서 너그러이 용서해 주세요."

"공주는 내가 좋아하는 사람이다. 그리고 천하 백성들의 안녕을 위해 반드시 필요한 사람이다. 천자를 속이는 불충을 범하면서 공주를 품에 안아야 하는 내 심정을 너는 알기는 아는 것이냐?"

"제 소견이 좁았습니다, 상공. 소녀를 용서해 주세요. 앞으로는 절대 그러지 않을 것이니 소녀를 용서해 주세요."

목풍아는 하소선을 품에서 떨어뜨리며 길게 한숨을 내쉬었다.

"마음이 우울하구나. 방 안에 들어가서 내가 부를 때까지 근신해 있거라."

흐느끼던 하소선이 천천히 자리에서 일어나 인사를 하곤 정자에서 물러갔다.

하녀들이 비틀거리는 하소선을 부축하여 구름다리를 건너가자 독돈과 조기가 재빨리 구름다리를 건너왔다.

독돈이 인상을 쓰며 말했다.

"웬만하면 용서해 주지 그래요, 대장? 하소선이 악의없이 한 말인데 그렇게까지 화낼 건 또 뭡니까?”

조기가 말했다.

“예. 대장답지 않습니다.”

목풍아가 눈을 찡긋하며 말했다.

“하소선의 버릇을 고칠 수 있는 좋은 기회가 왔는데 놓칠 수가 있어
야지.”

조기와 독돈이 서로의 얼굴을 바라보았다. 목풍아가 연극을 한 것이
란 말이다.

“공주의 방에 비밀 통로가 연결되어 있으니 언젠가는 공주들과 하소
선이 대면을 하게 될 거다. 질투심에 불화가 일어나면 만사가 끝이라
고. 이렇게 해놓으면 영리한 하소선이 나를 위해 공주들과 싸우지 않
고 원만하게 지내려고 노력할 거란 말이다.”

독돈은 자기의 머리를 치며 말했다.

“에이, 또 속았네. 나는 그런 것도 모르고…….”

조기가 웃으며 포권을 취하였다.

“역시 대장의 혜안은 제가 따라가기 벅차군요.”

“천하의 목풍아가 여자에게 휘둘릴 수는 없는 일이지. 내가 천하의
모든 사람을 만족하게 할 수 없다는 것을 하소선도 근신하면서 깨달을
테지. 그럼 지금보다 많이 달라질 게야.”

“역시 대장이야. 성인도 어렵다는 여자들을 마구잡이로 다루는 기술
은 대장이나 가능한 일이지. 으허허허.”

독돈이 엄지손가락을 번쩍 치켜들었다.

“하지만 어렵구나. 천하를 경영한다는 것은…….”

목풍아는 탄식을 하며 고개를 들었다. 멀리 금빛 기와가 번쩍이는

황궁에서 풍악 소리가 들려오고 있었다.

밤이 되자 풍악 소리가 바로 옆집에서 요란하게 들려왔다. 혼례식 전날이지만 상대가 황제의 공주이니 이틀 전부터 잔치를 하느라 소란스러웠다. 종친들과 조정의 대소 신료들이 송씨들의 집으로 찾아와 축하 인사를 하고, 송호와 송경의 집에 공주가 행차한 까닭이다.

하루 종일 음악 소리와 가기들의 노랫소리가 그치지 않더니 밤이 되어서야 조용해졌다.

높은 담벼락 아래에서 천수관음장을 연마하던 목풍아는 코웃음을 치며 말했다.

"명목없는 허수아비 노릇을 하려면 그것도 보통 일이 아니겠군."

목풍아는 송호와 송경의 잘생긴 외모를 생각하고 생각에 잠겼다. 두 공주를 믿지 않는 것은 아니지만 주소천이 밝히는 구석이 있어서 목풍아가 없는 사이에 바람이라도 피우게 되면 문제가 발생한다.

간부(奸婦)가 작당을 하여 대사를 망친 일은 역사 속에도 자주 등장하는 이야기이다.

'손을 써두지 않으면 안 되겠군.'

목풍아는 하던 일을 그만두고 천천히 하소선의 방으로 다가갔다. 하소선의 방에서 불빛이 흘러나오고 있었다. 낮의 일로 상심해 아직도 잠을 자지 못하는 모양이었다.

문 앞에 다가간 목풍아가 방문을 열었다.

침대 앞 탁자 앞에서 자수를 놓고 있던 하소선이 목풍아를 보고 얼른 자리에서 일어났다.

목풍아는 말없이 다가가 탁자 앞에 앉았다.

사람의 마음을 얻는다는 것은 실로 쉬운 일이 아니다. 상대방이 내 마음을 알아주고 감응하여 준다면 그것처럼 좋은 것이 없지만, 그럴 시간이 없기에 뭔가 기회를 만들지 않으면 안 되는 때도 있는 것이다.

"소선아."

목풍아는 하소선을 바라보았다.

소선이 수줍은 얼굴로 목풍아를 바라보았다. 물기가 촉촉하게 맺힌 얼굴을 보니 애처로운 마음이 들었다.

"이리 와보거라."

하소선이 사뿐사뿐 조심스럽게 다가와 목풍아의 앞에 섰다. 목풍아가 하소선의 손을 잡았다.

따뜻한 손의 감촉이 느껴졌다. 목풍아는 다른 한 손으로 하소선의 손을 감싸며 말했다.

"내 마음을 알겠느냐?"

하소선이 고개를 끄덕끄덕하였다.

목풍아는 자리에서 일어나 하소선을 껴안아주었다. 무슨 다른 말이 필요하겠는가? 남녀 사이에서도 때론 말이 필요없을 때가 있는 것이다.

침대에 누워 하소선을 껴안고 있던 목풍아가 입을 열었다.

"소선아, 너는 나를 위해 악녀가 되어줄 수 있겠느냐?"

"대인께서 제 원수를 갚아주셨을 때부터 저는 이미 대인의 것이었습니다. 대인을 위해서라면 무엇이든지 할 수 있답니다. 대인이 하시는 일이 천하백성을 위하는 것임을 아는 마당에 제가 무슨 일이든 못하겠습니까?"

"예쁜 것. 내가 옛날이야기 하나를 해줄 테니 잘 듣거라."

목풍아는 소선의 탐스러운 머리를 쓰다듬으며 입을 열었다.

"옛날 전국 시대 초왕(楚王)이 이웃 나라로부터 미인을 선물받았단다. 너무도 아름다운 미인이라 마음에 쏙 들어서 초왕은 매일 그 미인의 침소를 찾았단다. 초왕의 애첩은 정수(鄭袖)라는 미인이었는데, 초왕이 자신을 거들떠봐 주지 않는데 질투는커녕 옷이나 장식품 등 새로 온 미인을 위해 제일 좋은 물건들을 마련하여 주었지."

"정수라는 여인은 대단한 여자로군요."

"호호호. 이야기를 마저 들어보라구. 그 소식을 들은 초왕이 탄복하여 말했지. '계집은 색(色)으로 사내를 섬기는 법이라 시기하는 것이 당연한 일인진대 정수는 나 이상으로 그 아이를 귀여워해 주고 있으니 사람 됨됨이가 훌륭하다. 정수는 덕이 있는 여자다'."

하소선은 빙그레 웃으며 말했다.

"알겠어요. 사람의 마음은 덕으로 포용할 수 있다는 말이지요? 저도 앞으로는 시기하지 않고 대인을 섬기겠습니다."

"와하하하. 잘 알고 있기는 하지만 아직 이야기가 끝나지 않았는걸?"

하소선이 고개를 갸웃거렸다.

"초왕이 정수가 질투하지 않는 여자라고 믿게 된 후에 정수는 그 미인의 처소에 가서 조용하게 이런 이야기를 해주었지. '대왕께서는 당신에게 홀딱 빠지신 것 같아요. 그런데 딱 한 가지 당신의 코의 생김새가 마음에 안 드시는가 봐요. 처소에 들르실 때 그 이야기를 하시더군요. 그러니 다음번에 보일 때는 코를 감추도록 해봐요. 그럼 대왕께서 더 좋아하실 테니까요.' 미인은 감사하게 생각하며 다음부터 초왕의 앞에 나올 때는 항상 코를 손으로 가리기 시작하였지."

“이상하군요. 정수가 왜 그랬을까요?”

“그러게 말이다. 어느 날 초왕이 그런 미인의 모습을 이상하게 생각하다가 정수에게 물었지. ‘저 아이는 나만 보면 코를 손으로 감추고 있는데 무슨 이유일까?’ 정수는 말씀드리기 곤란하다고 몇 번인가 주저하다가 왕의 재촉에 마침내 이렇게 대답하였지. ‘대왕님의 몸에서 나는 냄새가 비위에 거슬린다고 하는 이야기를 들었습니다.’ 화가 머리 끝까지 난 왕은 정수의 말만 믿고 당장 미인의 코를 베고 궁궐에서 내쫓아 버렸지.”

“아! 정수는 무서운 여자였군요.”

순간 이야기를 꺼내기 전 목풍아가 하소선에게 악녀가 되라고 물었던 것이 정수의 이야기와 관련이 있음을 하소선은 깨달았다.

“대인, 제가 어떻게 대인께 도움을 드릴 수 있을까요?”

목풍아는 길게 한숨을 내쉬었다.

“지금 내 형세가 어떤지 아느냐? 만장 높은 절벽 위에서 외줄을 타고 있는 신세가 바로 목풍아가 처한 신세란다. 천자와 황후를 속이고 두 공주의 비공식 부마 노릇을 해야 한다. 두 공주와 두 부마의 입단속을 하려면 내 몸이 몇 개라도 모자랄 지경이란다. 혼례식이 끝나면 나는 다시 먼 곳으로 떠나야 한다. 일 년 동안 찾아오지 못할지 모르는데, 그동안 공주들이 딴마음을 먹지 않도록 하는 데 네 힘이 절실하게 필요하단다. 그리고…….”

“그리고 또 뭔가요? 말씀해 보세요.”

“네가 공주들과 공식 부마들 간의 사이를 갈라놓았으면 싶다.”

하소선은 목풍아가 정수의 이야기를 꺼냈던 의도를 이제야 확실하게 알 것 같았다.

"두 공주는 호기심이 많은 여자들이라서 반드시 비밀 통로를 통해 이곳으로 찾아올 것이다. 너는 정수처럼 그들의 환심을 사면서 송씨 형제들과 공주와의 사이를 벌려주기만 하면 되는 것이다. 내가 할 수도 있는 문제이지만 송씨 형제가 나에게 앙심을 품게 된다면 아니한만 못한 것이니 별수있겠느냐? 너에게 부탁할 수밖에……."

"호호호. 대인, 염려 마세요. 대인을 위해서라면 이 하소선은 백 번천 번이라도 악녀가 될 수 있답니다. 저도 대인의 여자가 바람을 피운다는 것은 용서할 수 없으니 저만 믿어주세요."

"으히히히. 예쁜 것. 오냐. 너만 믿겠다. 그런 의미에서 오늘은 비장의 소녀경 구법으로 너를 별나라로 보내주마."

목풍아는 하소선을 껴안고 이불 속으로 파고들었다.

다음날 아침부터 동네가 시끄럽더니 정오 무렵 공주의 행차가 두 송씨 형제의 집으로 도착했다는 소식이 들려왔다. 그리고 황혼 무렵 예식이 시작되면서 혼례식은 절정에 이르렀다.

오후까지 늘어지게 자던 목풍아는 저녁 무렵부터 정청을 서성거리며 식이 끝나기만을 기다렸다.

밤사이에 두 공주의 방을 들락거려야 하고 강민까지 만나보려면 시간을 쪼개어 써야 한다.

정청에는 조기가 데려다 놓은 두 명의 기녀가 다소곳하게 앉아 있었다. 남경제일루의 미녀 두 사람은 공주를 대신하여 송씨 형제를 위로하기 위해 불러놓은 것이다.

똥마려운 강아지처럼 정청을 서성거리던 목풍아는 식이 끝날 무렵이 되자 미리 파놓은 비밀 통로를 통해 둘째 송경의 집으로 향하였다.

강민을 만나보려면 둘째부터 가는 것이 순서가 된다.

횃불을 들고 송경의 집으로 통하는 비밀 통로를 따라가다 보니 계단이 나타났다. 이 계단은 송호의 집과 마찬가지로 내실의 옷장으로 통하는 것이다.

살금살금 다가가 옷장 바깥을 바라보니 아직 방 안에 사람의 흔적이 없다.

옷장 문을 열고 나갔다.

아직 혼례가 끝이 나지 않았는지 바깥이 소란스러운데 탁자에는 산해진미가 차려져 있었다.

목풍아는 백자로 된 술병을 들어 술 한 잔을 마신 후 수육 하나를 집어 질겅질겅 씹었다. 그때였다.

문 앞으로 사람들이 몰려오는 소리가 들렸다.

얼른 침대 밑으로 기어들어 갔다.

문이 왈칵 열리며 향긋한 분 내음이 코끝을 스쳤다. 하녀들의 옷자락 사이로 붉은 비단옷의 화려한 공주의 치마가 보였다.

눈앞에 화려한 수를 놓은 신발이 덩그러니 남았다.

털썩—

침대에 공주가 앉은 모양이었다.

"공주님, 즐거운 시간 보내세요."

하녀들이 재잘거리며 방문을 닫고 나갔다.

"쳇. 목풍아는 도대체 뭐 하는 거야? 송씨들에게 시집을 가면 알아서 한다더니……."

침대 아래에서 목풍아가 씨익 웃었다. 그때였다.

방문이 열리고 비단옷을 입은 사내가 들어왔다. 주춤주춤 들어와 탁

자 앞에 있는 의자에 살그머니 앉은 사내는 다름 아닌 신랑인 송경이
었다.

　침대 바깥으로 나가려던 목풍아는 숨을 죽였다. 신방에서 두 사람이
어떤 이야기를 나눌 것인가 궁금하기도 하거니와 주소희의 성격을 아
는 까닭이다. 숫처녀처럼 수줍음을 타는 성격도 아니고, 자신보다 뛰
어난 남자가 아니면 거들떠보지 않는 오만함이 있음을 알기에 목풍아
는 잠시 지켜보기로 하였다.

　"이봐, 네 이름이 송경이라고?"

　먼저 말을 꺼낸 것은 주소희였다.

　"그렇습니다."

　송경은 목풍아를 기다리는 듯 옷장을 힐끔힐끔 바라보며 말했다. 수
줍음을 타는 것은 송경이니 남녀가 뒤바뀐 듯하다.

　"글공부를 배웠나?"

　"네."

　"그럼 글재주가 얼마나 있는지 시험해 볼까?"

　목풍아는 피식 웃었다. 과연 주소희다웠다. 목풍아에게 끊임없이 문
제를 내어 시험하던 버릇이 나오고 있는 것이다.

　주소희는 침상에서 일어나 탁자 가운데 있는 지필묵을 들어 종이에
무어라고 쓰기 시작하였다. 그리고는 붓을 송경에게 내밀었다.

　"여기에 맞는 대구를 써보라구."

　송경이 한참을 궁리하다가 종이에 글을 썼다.

　"이런 바보 녀석. 이건 다섯 글자가 오행을 갖춘 문장이란 말이다.
마땅히 댓글을 쓰려면 다섯 글자가 오행을 갖추도록 써야 할 것 아니
냐."

아마도 얼마 전 적연당에서 자신이 목풍아에게 내었던 문제를 보여
준 것이리라.

"나, 나는 몰랐어요."

"좋아. 그럼 이것은 쉽겠지."

주소희는 다시 종이에다가 글을 썼다.

한참을 바라보던 송경이 주눅이 든 목소리로 말했다.

"앞뒤로 바뀌어도 되는 문장은 쉽게 만들 수 없는 문제 아닌가요?
나, 나는 잘 모르겠어요."

"이런 바보 놈. 이런 쉬운 문제도 못 푸는 놈이 공부는 무슨? 저리
꺼져 버려."

"이런 문장에 대구를 단 사람이 있었단 말입니까?"

"있었지. 목 대인 같으면 이런 문장쯤은 어렵지 않게 만드는 재주가
있단 말이야. 아마 너 같은 것은 백 명이 와도 목 대인 한 사람을 못 당
할걸?"

침상 아래에서 이야기를 듣던 목풍아는 터지는 웃음을 참지 못하고
웃었다.

"푸흐흐흐. 우스운 일이군. 우스운 일이야."

이로써 주소희가 송경과 바람을 피울 일은 없다고 확신하는 목풍아
였다. 기분이 좋을 수밖에 없었다.

"누, 누구냐?"

송경과 주소희가 놀라 동시에 말했다.

"나다. 목 대인."

목풍아가 침대 아래에서 기어나갔다.

주소희는 자신의 눈을 믿지 못하는 듯 놀란 얼굴로 자신의 볼을 꼬

집어보곤 조용히 소리쳤다.

"저, 정말 목 대인?"

"맞다. 그 목 대인이다."

주소희가 목풍아에게 다가가 다시 한 번 얼굴을 확인하였다.

"흠차대신으로 무당산으로 간다더니?"

"으흐흐흐. 주소희가 보고 싶어서 이렇게 달려왔지. 그러게 내가 뭐라더냐? 내 말대로 하면 좋은 일이 생긴다 하지 않더냐?"

"홍. 교활한 바람둥이 같으니……."

주소희가 방글방글 웃으며 목풍아의 가슴팍으로 매달렸다.

목풍아는 송경에게 말했다.

"송경, 너는 그만 가봐도 좋다. 예쁜 미인이 기다리고 있을 테니 재미 보라구."

송경이 시무룩한 얼굴로 꾸벅 인사를 하더니 옷장 문을 열고 들어갔다.

"어머? 저자가 옷장 문으로 들어가네?"

"옷장 문 안에 비밀 통로가 있거든…… 내가 너를 맞이하려고 얼마나 노력했는지 너는 모를 것이다."

"홍. 내가 그 속셈을 모를 줄 알고?"

"무슨 속셈?"

"홍. 나를 속이려구? 목 대인이 언니까지 찝쩍거린 것을 모를 줄 알구?"

"알고 있었나? 와하하하. 사실 황궁으로 들어오려고 소천의 가슴을 보았으니 책임을 져야 할 것 아닌가. 대신 너를 먼저 보러 왔으니 이해해 달라구."

“흥.”

“와하하하. 마음 풀라구…… 옛날에 순(舜) 임금은 요 임금의 두 딸을 아내로 맞았다 하더라.”

“흥.”

“너무 그러지 말라구. 언니와 동생이 함께 지낼 수 있으니 좀 좋아? 소희의 마음이 풀리라는 의미에서 내가 좋은 문제 하나를 가져왔으니 기분 풀라구.”

“정말?”

주소희의 얼굴이 활짝 피었다.

“하지만 명색이 오늘이 우리의 신혼 첫날밤이니 급한 일부터 해결하자구.”

목풍아는 주소희를 번쩍 안고 침대로 들어가 운우의 정을 나누었다. 소녀경을 터득한 목풍아이기에 주소희는 침대에서 퍼져서 일어날 줄을 몰랐다.

“소희야, 내 입장을 이해해다오. 공무가 급해서 이번에 가면 한동안 만날 수 없을 것이다. 그동안 언니와 사이좋게 나를 기다려다오.”

허겁지겁 옷을 입은 목풍아는 탁자에 있는 종이에 얼마 전 유생들의 자리에서 낸 오행의 대구 문제를 써주고는 부랴부랴 옷장을 통해 주소천의 집으로 들어갔다.

“바쁘다 바뻐.”

하소선과 무리를 한 후 주소희와 즐거운 시간을 가졌음에도 몸에는 기운이 펄펄 넘치는 것 같았다.

영약을 먹고 추룡보를 매일매일 연마한 보람이 있었다.

“갈보계집이 송호에게 추파를 던지는 거 아냐?”

송호의 옷장 안에서 살짝 방 안을 바라보았다. 아니나 다를까, 주소천이 송호의 맞은편 의자에 앉아 술을 마시면서 눈짓으로 추파를 던지고 있었다.

'빌어먹을 갈보계집.'

송호가 주소천의 눈을 피하여 옷장을 흘깃흘깃 바라보고 있었다.

주소천은 송호가 허수아비 신랑인지 모른다. 황자 주고치와 송호, 그리고 목풍아가 짜고 벌인 일이라는 것을 모르니 신랑에게 추파를 벌이는 것은 당연한 일이다.

그때였다. 다소곳하게 앉아 있던 주소천이 자기 술병을 들고 사뿐히 일어나 송호의 잔에 술을 따르기 시작하였다.

"호호호. 그러지 말고 한잔하세요."

화가 치솟았다.

'빌어먹을 갈보계집. 엄연히 지아비가 있는데 잘생긴 송호에게 추파를 던져?'

목풍아는 옷장을 열고 바깥으로 나갔다.

갑작스런 목풍아의 등장에 두 사람이 놀라 두 눈을 동그랗게 뜨고 바라보았다.

"빌어먹을 갈보년, 내가 없는 사이에 눈을 돌려?"

주소천의 얼굴이 흑빛이 되었다.

"모, 목 대인?"

"그래. 목 대인이다. 이 갈보년아."

주소천이 바닥에 무릎을 꿇으며 두 손을 모아 빌었다.

"대인, 잘못했어요. 하지만 대인께서 이 사람과 혼인을 하라고 시키셨잖아요."

"내가 송호와 혼인을 하라고 한 건 너와 비공식적으로 신방을 꾸미려고 만든 술책이란 말이다. 송호는 허수아비란 말이다. 나는 너를 생각해서 천자를 속인 불충을 행하고 있는데, 너는 그사이에 나를 잊어버리고 반반한 송호에게 추파를 던져? 빌어먹을 갈보년아."

"잘못했어요. 저는 그것도 모르고……."

주소천은 손바닥이 닳도록 빌기 시작하였다.

일국의 황녀에게 갈보라고 욕을 퍼붓는 목풍아의 모습에 송호는 당황스러웠다. 또한 욕을 얻어먹으면서 처참하게 빌고 있는 황녀의 모습에 송호는 어찌할 바를 몰랐다.

'목 대인의 위세가 이 정도란 말인가?'

놀랍고 당황스러웠다. 도대체 어떤 사이이기에 황자 주고치가 목풍아를 위해 이런 일을 벌이고, 공주들이 목풍아에게 벌벌 긴단 말인가.

힐끔힐끔 눈치를 보고 있으니 화를 내던 목풍아가 고개를 돌렸다.

"송호, 뭐 하는 거야? 이 방에서 계속 있을 거냐?"

"아, 아닙니다."

"어서 가거라."

"예, 예."

몇 번씩 머리를 굽실거리며 송호는 쫓기는 사람처럼 옷장 안으로 들어갔다.

목풍아는 콧바람을 일으키며 의자에 털썩 앉았다.

"대인, 대인께서 그런 생각을 하신 줄은 꿈에도 몰랐답니다. 저를 용서해 주세요."

"휴~"

목풍아는 길게 한숨을 내쉬더니 손짓을 하였다.

“네가 무슨 잘못이 있겠느냐? 내가 불민한 탓이지. 대명천지에 너를
데려가지 못하고 이런 수를 써서 너를 만나려 한 내 탓이지.”

“대인.”

주소천은 목풍아의 품에 안기었다.

“대인, 저를 용서해 주세요. 저는 대인께서 이렇게 위험한 일을 벌일
지 생각조차 못했어요. 대인께서 저를 버리시는 줄 알았답니다. 믿었
던 대인에 대한 배신감에 화가 나서 그만…….”

“안다. 모두 내 잘못인 것을 어찌 모르겠느냐? 나를 용서해다오.”

목풍아는 주소천의 손을 꼬옥 잡았다.

“대인.”

목풍아의 입술이 주소천의 입술에 포개어졌다. 두 사람은 누가 먼저
라 할 것 없이 서로를 탐닉하기 시작하였다. 신혼의 첫날밤은 열락의
시간이다. 이미 알 것을 다 아는 두 사람이기에 더욱더 뜨겁고 격렬하
였다.

길고 긴 열락의 시간이 끝나고 목풍아는 주소천을 껴안은 채 입을
열었다.

“소천아, 네게 고백해야 할 것이 있구나.”

“무슨?”

“연경에 있을 때 주소희가 너와 나의 관계를 알고 있었다.”

“뭐라구요?”

“주소희는 나를 좋아하였고, 나는 천자에게 비밀이 밝혀질 것이 두
려워 주소희와 관계를 맺게 되었다.”

“그, 그럴 수가…….”

“어쩔 수 없었다는 것은 네가 더 잘 알 것이다. 너와 내가 목숨을 건

질 수 있는 길은 그뿐이었다. 너도 잘 알고는 있지?"

주소천은 고개를 끄덕였다. 목풍아로서는 그 방법밖에는 없다는 것을 누구보다 잘 알고 있는 주소천이었다.

황궁의 규범을 잘 알고 있는 주소천이기에 목풍아의 심정을 이해할 수 있었다.

"소천아, 내일이면 나는 공무를 수행하러 가야 한다. 그동안 동생과 함께 나를 기다려다오."

"벌써 가면 싫어요."

주소천이 목풍아의 품에 파고들었다.

"벌써 며칠을 까먹었다. 임무를 빨리 끝내고 돌아오마."

"가지 말아요."

"응석 부리지 마라."

목풍아가 눈을 부라렸다.

"대인."

촉촉한 눈동자에 타는 듯한 욕정이 묻어 나왔다.

'빌어먹을…… 적당히 좀 밝히지. 내가 영약을 먹고 소녀경을 수련하지 않았다면 어찌 너를 감당할 수 있었겠느냐? 이래서 성인들이 여자를 조심하라 하였던가? 에구, 힘들다.'

목풍아는 태연하게 웃으며 주소천을 껴안았다. 그리고 죽을힘을 다하여 소녀경 구법을 시전하였다.

그날 주소천은 세 번을 까무러졌다.

"대인, 저는 대인밖에 없어요."

옷을 추슬러 입으며 목풍아가 말했다.

"알았다. 알고 있으니 강민을 좀 불러다오."

"강민은 왜?"

"나와 함께 갈 곳이 있어서 그렇단다."

"어딜?"

"옷장 안에 비밀 통로가 있는데, 하나는 주소희의 내실 옷장으로 통하고 또 하나는 내가 신세를 지고 있는 집으로 통한단다. 누군가 그곳 사람들과 알아놓아야 소식을 전하기 쉬울 것이 아니냐?"

"그렇군요. 밑도 끝도 없이 찾아갈 수는 없으니……."

"알았으면 됐다. 어서 강민이나 불러다오."

"알았어요."

옷을 입은 주소천이 방문을 열고 시녀들에게 강민을 불러오라 일렀다. 잠시 후 강민이 다소곳하게 들어왔다.

"부르셨습니까?"

깊은 밤에 갑자기 신방에 불려 들어온 것이 몹시도 부끄러운 듯 강민은 얼굴을 들지 못하고 있었다. 그 모습이 목풍아에게는 더욱 청초하고 아름다워 보였다.

"민아, 고개를 들어보거라."

강민이 고개를 갸웃거리며 들어보니 눈앞에 때 아닌 목풍아가 웃으며 서 있는 것이 아닌가?

"모, 목 대인?"

"와하하하. 알아보는구나."

"저, 정말 목 대인이 맞나요?"

"그렇다니까."

"고, 공주님, 이게 어떻게 된 건가요? 신방에 목 대인이 무슨 일이죠? 신랑은 어떻게 된 건가요?"

주소천이 목풍아를 가리키며 말했다.

"모두 목 대인이 꾸민 일이었단다."

"목 대인이 꾸몄다구요?"

강민은 웃고 있는 목풍아를 바라보았다. 하긴 그럴 만도 하였다. 자신이 아는 목풍아는 언제나 황제를 속여오던 사람이다. 내명부에서 주소천을 건드리고 자신의 마음을 빼앗던 풍운아 목풍아. 그는 여전히 변함없는 모습으로 그 자리에 서 있는 것이다.

목풍아가 웃으며 말했다.

"민아, 시간이 없다. 나와 함께 잠시 다녀올 데가 있다."

"어, 어딜 가십니까?"

"나를 따라오기만 하거라."

목풍아는 옷장을 열고 그 안으로 들어갔다.

주소천은 침대에 누워 손을 저었다.

"어서 다녀오너라. 피곤하구나."

목풍아와 한바탕 열락의 시간을 보낸 터라 노곤한 주소천은 스르르 눈을 감고 잠이 들었다.

"어서 오지 않고 뭐 해?"

옷장 안에서 울리는 소리가 들려왔다.

살며시 옷장 안으로 들어가니 옷장 뒤편에 동굴이 뚫려져 있고 그 안에서 밝은 횃불 빛이 반짝거리고 있었다.

"언제 이런 것을 만들었을까?"

옷장을 닫고 조심조심 발을 디뎌 계단 아래로 내려가니 횃불을 든 목풍아가 흐뭇한 얼굴로 미소를 짓고 있었다.

"그동안 잘 있었느냐? 저번에 황궁에 왔을 때는 너를 보지 못해서

섭섭하였다.”

“저 같은 것이 무엇이라구…….”

강민은 수줍어 고개를 돌렸다. 가슴이 콩당콩당 뛰었다. 깜깜한 동굴 속에서 마음을 주었던 목풍아와 둘이 있게 된 것만으로도 강민은 어쩔 줄을 몰랐다.

목풍아는 겸손한 강민이 더욱 마음에 들었다. 아래에 처한 사람은 그러한 겸양의 미덕이 스스로의 가치를 높이는 것이다. 목풍아는 가만히 강민의 손을 잡았다. 따뜻한 촉감이 느껴졌다.

“민아.”

“네?”

자신을 바라보는 눈빛에 그윽한 연정이 담뿍 담겨 있었다.

목풍아는 끌리는 마음을 다잡았다. 강민을 사랑하기에 더욱 이성적이어야만 한다.

“가자. 시간이 없다.”

목풍아는 강민의 손을 붙잡고 하소선의 집으로 향하였다. 목풍아는 자신의 마음을 다잡았다. 끝없는 인내, 그것이 필요했다.

목풍아는 주소천의 성격을 잘 알고 있다. 불같은 성격, 때론 불같은 질투심으로 발휘될 수 있다. 강민과 목풍아가 깊은 관계를 가지고 있다는 것을 알게 된다면 주소천은 어떤 일을 벌일지 모른다. 강민을 죽여 버릴 수도 있고, 강민을 하인들의 노리개로 전락시킬 수도 있다. 후일을 생각하면 목풍아는 강민을 건드려서는 안 된다.

“어디로 가시는 거죠?”

“내 부하의 집으로 간단다. 너무 걱정할 것 없어.”

“대인과 같이 있는데, 걱정하지 않아요.”

강민의 손이 목풍아의 손을 꼬옥 잡았다.

잠시 후 문이 열린 계단이 나왔다. 횃불을 걸어두고 계단을 올라가니 정청 탁자 앞에 조기와 독돈, 하소선이 기다리고 있다가 꾸벅 인사를 하였다.

"휴~"

목풍아는 강민의 손을 잡고 정청으로 나가 의자를 권해주었다.

하소선의 눈빛이 반짝거렸다. 목풍아가 손을 잡는 것만으로 보통 관계가 아님을 짐작하는 까닭이다.

강민이 의자에 앉자 목풍아가 조기에게 물었다.

"송호와 송경은?"

"기녀들을 끼고 방으로 들어갔습니다."

"어떤 것 같아?"

"남경 제일 기루에서 손꼽히는 미녀들입니다. 남자인 이상 헤어나지 못할 겁니다."

"좋아. 기루에는 나가지 않아도 좋으니 두 놈들이 다른 곳에 눈을 돌릴 수 없도록 꼭 잡아버리라고 해."

"여부가 있겠습니까?"

"좋아."

목풍아는 고개를 돌려 하소선에게 강민을 소개하였다.

"이 아이는 강민이라고 한다. 주소천의 시녀이지."

"처음 뵙겠습니다. 강민이라고 합니다."

강민이 꾸벅 인사를 하였다.

아름다운 외모에도 사람됨이 소박하고 눈에 속된 기운이 없어서 하소선도 한눈에 마음에 들었다.

“처음 뵙겠습니다. 저는 목 대인의 첩인 하소선이라고 합니다.”

강민이 고개를 돌려 물었다.

“대인, 장가를 가셨습니까?”

하소선이 웃으며 말했다.

“호호호. 대인께서 두 분 공주님과 오늘 혼인을 올리신 것을 모르시나요?”

“아! 그렇군요.”

강민이 빙그레 웃었다. 목풍아가 주소천을 건드린 것을 황궁에서 이미 알고 있는 사실이다. 더욱이 목풍아가 자신의 일에 책임을 진다고 말한바 있었으므로 천자를 속이고 그 약속을 지킨 것이 대단하게만 생각될 따름이다.

“보아하니 앞으로 목 대인을 모시게 될 것 같은데 나와 가깝게 지내면 좋겠어요. 그대의 생각은 어떤가요?”

강민은 뺨을 물들이며 고개를 숙였다.

“호호호, 구중궁궐에서 자라 수줍음이 많은 모양이군요.”

목풍아가 손뼉을 치며 말했다.

“오! 그거 좋은 생각이야. 하소선이 나이가 많으니 언니가 되면 되겠군. 그렇게 해. 알았지, 민아?”

“예.”

“좋아, 좋아. 앞으로 친하게 지내도록 해. 두 사람 모두 가족이 없으니 서로 의지하면 좋지 뭐.”

하소선과 강민이 서로의 얼굴을 바라보며 미소를 지었다. 두 사람의 처지가 동병상련이니 더 말하지 않아도 통하는 것이 있다.

하소선이 고개를 돌려 목풍아에게 말했다.

"민이 동생을 불러온 이유가 있을 것 같은데요?"

하소선을 바라보며 말했다.

"내가 민이를 이곳으로 부른 것은 주소천을 단속하기 위해서야. 앞으로 너와 민이가 수고를 해주어야겠다."

"호호호, 그거야 여기 남겨진 내 몫이니 잘 알고 있는데, 민이는 어떻게 하면 되는 건가요?"

"민이는 주소천의 측근이니 일거수일투족을 잘 감시해서 한눈팔지 않도록 잘 관리하는 임무야. 그리고 주소천과 주소희, 하소선에게 오가며 정보를 수집해 주어야겠어. 한 치의 틈도 있어서는 안 돼. 내 목숨과 너희 목숨이 관련된 일이거든."

"네. 잘 알겠습니다."

"좋아. 돌아가게 되면 주소천이 꼬치꼬치 묻게 될 거야. 너는 목풍아에게 신세를 진 상인이 사는 집으로 갔다고 말하고, 언제고 주소천과 함께 하소선을 만나란 말이다. 주소희는 호기심이 많아서 며칠 안에 찾아올 것이니 하소선은 이 집 안주인의 신분으로 두 공주와 친하게 지내면 된단 말이다. 민이와 하소선, 주소희 세 사람이면 내가 돌아올 때까지 주소천을 막을 수 있을 거다. 사람이란 하는 일이 없어지면 이상한 생각을 하게 마련이거든. 너희 세 사람이 주소천을 감시한다면 나는 두 발을 뻗고 공무를 볼 수 있을 거다."

"네. 잘 알겠습니다."

하소선이 웃으며 고개를 끄덕거렸다.

생각할수록 머리가 잘 돌아가는 목풍아이다. 두 부마에게 아름다운 기녀를 붙여 공주들을 생각할 수 없게 만들어놓고 세 사람으로 하여금 주소천을 감시하게 한다. 하소선은 주소천과의 친분을 얻은 후 중상모

략하여 송호를 멀어지게 하는 것이니 이중삼중의 계략이 한꺼번에 실행되고 있는 것이다. 그러고 보면 자신을 남경에 그대로 남게 한 것이 이런 의도가 있어서인지도 모른다.

생각할수록 목풍아의 치밀한 심계에 혀를 내두르게 되는 하소선이었다. 문득 하소선이 물었다.

"대인, 궁금한 것이 있어요."

"무엇이?"

"아직 밤이 새지도 않았는데 급하게 나오신 까닭이 있나요?"

"휴~"

길게 한숨을 내쉰 목풍아가 말했다.

"어려운 공무를 도중에서 팽개치고 나왔는데 급하지 않겠느냐? 나는 날이 새기 무섭게 떠나야 한다. 벌써 일이 벌어졌을 테니 빨리 가서 해결하지 않으면 천자 폐하께 욕을 얻어먹는단 말이다."

하소선이 머리를 갸웃거렸다.

"무슨 일이 일어난다는 말이에요?"

"며칠 안에 알게 될 거다. 혼례를 올린다고 이곳에서 너무 오랫동안 시간을 끌었다. 일이 여기저기서 터지니 난들 별수있나? 오랜만에 만난 민이와 좋은 시간을 보내고 싶지만 아직은 때가 아닌가 보다. 할 수 없는 거지 뭐."

목풍아는 길게 한숨을 내쉬었다.

강민과 하소선은 서로의 얼굴을 바라보았다.

그날 날이 밝아오기 무섭게 목풍아는 독돈과 함께 집을 나섰다. 첫 닭이 울면 문이 열리니 문이 열림과 동시에 남경을 떠난 것이다. 목풍아는 준비된 배로 부랴부랴 장강을 거슬러 무당산으로 향하였다.

이틀 후 하소선의 후원에서 다회가 열리었다. 주소천과 주소희, 강민과 여러 시녀가 모여 앉아 차를 마시며 한담을 나누던 중에 하인 하나가 급한 전갈을 알렸다.

"주인마님, 큰일 났습니다. 무당산으로 향하던 흠차대신의 행렬이 의성(宜城)에서 괴한들에게 습격을 당해 천자께서 내리신 은전이 강탈당했다 합니다."

"뭐라구?"

목풍아가 가기 전에 했던 이야기가 틀림없이 적중하였다.

주소희가 말했다.

"어머니에게 말해서 구명 운동을 해야겠는데? 그렇지 않아, 언니?"

"그건 그렇지. 대인이 다치지는 않았을까?"

주소희가 웃으며 말했다.

"호호호, 언니. 말이 되는 소릴 해야지. 대인이 떠난 것이 이틀 전이야. 아직 거기까지 가려면 멀었어. 목 대인이 나와 언니 때문에 고생을 사서 하는군. 별일없어야 될 텐데……."

주소천이 자리에서 벌떡 일어났다.

"어쨌든 우리 때문에 서방님이 벌받을 수는 없는 일이지. 황궁으로 가자구."

하소선이 속으로 웃으며 말했다.

"그럴 일 없습니다."

"어째서? 지금 황궁이 벌집을 쑤신 것 같을 텐데……."

"목 대인께서 미리 이런 일을 예상하고 계셨습니다. 가시는 길에 이런 일이 있더라도 놀라지 말고 즐거운 시간을 보내라고 하시더군요. 첫째 공주님께는 경거망동 마시라 하시고, 둘째 공주님께서는 차나 마

시라 하시더군요. 정화가 들고 일어나서 조정이 들끓게 되면 황후마마
께 찾아가 목풍아의 노림수였다고 말해 달라고 하시더군요. 그럼 천자
께서 아실 거라구 말이죠."
　주소천이 멍하게 주소희의 얼굴을 바라보았다.
　주소희가 찻잔을 들어 이리저리 돌려보다가 입을 열었다.
　"그럼, 우린 목 대인만 믿고 차나 마시고 놀아야겠군."
　차를 홀짝 마신 후 주소희는 사람들을 바라보며 빙그레 미소를 지었
다.

제 4 장

새옹지마(塞翁之馬)

목풍아가 은자 강탈 사건을 알게 된 것은 남경을 떠난 둘째 날이었다. 배가 무한에 닿았을 무렵 목풍아는 포구를 떠들썩하게 만든 은자 강탈 사건의 이야기를 들었다.

포구 가까이에 있는 객잔에서는 어디에서나 그 이야기로 떠들썩하였다.

"어디에서 당했다지?"

"무당산과 무한의 가운데 지점인 의성(宜城)에서 수백여 명의 폭도들에게 천자의 은자가 강탈당하였다는 것 아닌가?"

"대체 어떤 폭도들이 천자 폐하의 돈을 강탈한단 말이야?"

"이야기를 들어보니 폭도의 대부분이 검은 옷을 입고, 무기와 깃발에 명(明)이라는 글자가 선명하게 찍혀 있었다 하더군. 그럼 그게 누구야? 명교 아닌가?"

“명교? 마교가 다시 세상에 나타난 모양이군.”

“명나라가 세워진 후에 없어졌다가 다시 나타난 모양이야.”

“태평세월에 마교가 뭣 때문에 나타나? 쥐일 놈들 같으니…….”

“그 돈이 어떤 돈이야? 천자가 무당산의 도사 장삼풍을 위해 마련한 돈이 아닌가? 그 돈을 강탈당하였으니 무당파가 가만히 있겠는가?”

“이거 뜻하지 않게 무림이 한동안 시끄럽겠군.”

“마교가 등장했으니 정파들이 가만있지 않겠지.”

가만히 사람들의 이야기를 듣고 있던 독돈이 목풍아를 바라보며 씨익 웃었다.

“대장, 혹시 이것을 노리신 겁니까?”

목풍아가 고개를 끄덕거리며 사람들에게 물었다.

“관군들은 어떻게 됐답니까?”

“마교가 나타나자 대항도 못해보고 파리 떼처럼 도망치기 바빴다더군요. 그건 그렇고, 흠차대신이 큰 낭패를 보게 생겼습니다. 덕망이 높은 분이라던데 마교 때문에 천자의 화를 입으시면 어쩝니까?”

목풍아는 빙그레 웃으며 고개를 끄덕끄덕하였다.

독돈은 멍한 얼굴로 목풍아를 바라보았다. 듣고 보니 목풍아가 낭패를 당하게 생겼다. 천자의 돈을 빼앗겼으니 추궁을 받을 것은 뻔한 일이다. 정화와 도연이 가만히 놔둘 리가 없으니 목풍아 스스로 위험에 빠져든 것이다.

하지만 독돈의 우려와는 다르게 목풍아의 안색은 변함이 없었다. 아니 입가에 미소를 띠며 차를 마시는 것이 여유가 넘치는 얼굴이었다.

“대장, 괜찮은 겁니까?”

“뭐가?”

“노림수라지만 현실적으로 대장은 공금을 빼앗긴 죄가 있잖아요. 천자에게 문책을 받지 않을까요?”

“와하하하.”

목을 젖혀 크게 웃던 목풍아가 조용히 말했다.

“공금도 찾고 건문제의 잔당도 솎아낼 수 있는 기회를 만들었는데 그깟 문책이 대수냐?”

“그, 그럼…….”

“공금을 잃어버리긴 했지만 그건 공금이 아니고 납덩이일 따름이야.”

“납덩이라구요?”

“내 머리 속에 들어 있는 복안이지. 수만 전의 은자가 반역의 무리들의 군자금이 되게 할 수는 없는 노릇이 아닌가?”

“그, 그럼, 모두 대장의 계략입니까?”

“천자에게 무당산을 도교의 성지로 만들자고 할 때 계획된 수순이야. 너무 놀랄 것까지 없다구. 건문제의 잔당, 아니, 아마도 제갈가가 꾸민 일이겠지.”

“그놈들이 무슨 꿍꿍이로 그런 수를 썼을까요?”

“생각해 보거라. 명교가 아무 죄도 없이 죄를 뒤집어썼단다. 그렇다면 명교가 가만히 있겠느냐? 무고를 알리기 위해 숨어 있던 단체가 움직임을 시작할 것이다. 무림계는 이를 신호로 하여 하나의 단체를 결성하겠지.”

“무림맹(武林盟)?”

“그렇지. 무림맹을 결성하겠지. 마교에 대항하기 위해 하나의 단체로 만들어진다면 큰 세력이 될 것이 아니냐? 그 세력이 건문제의 회복을 위한 일이라면 어떻게 될까?"

"그, 그럼 큰일이지 않습니까?"

"후후후. 내 일은 말이야, 바로 건문제의 배후 세력을 밝혀내는 일이지. 의성에서 도난당한 납덩어리는 건문제의 배후 세력을 잡기 위한 미끼라고 하면 될까?"

"어, 어떻게 배후 세력을 잡는단 말입니까?"

"오괴가 은밀하게 뒤를 따라갔을 것이다. 납덩어리가 적은 양이 아니니 뒤를 따라가는 것은 어려운 일이 아니었을 것이다."

"오! 그렇군요. 그렇다면 대장이 남경에 간 것이 폭도들의 화를 피하려고?"

"후후후. 그런 이유도 있었지. 덕망 높은 내가 죽게 되면 천하 무인들이 앞 다투어 마교를 정벌하자고 달려들 테니 말이야. 개중에는 천자를 싫어해서 나서지 않는 문파들도 많겠지만 마교가 관련되었다는 것은 무림계에서 심각한 일은 분명해. 움직이지 않던 문파들도 무림맹과 무림맹주가 선출된다면 명령에 따라 움직이지 않을 수 없겠지. 무림맹주가 건문제의 편이라면 천자는 큰 적과 만나게 되는 것이고 말이야."

독돈은 침을 꿀꺽 삼켰다.

무당산의 은자 강탈 사건에 천하를 좌지우지하는 복잡한 상관관계가 얽혀 있음을 생각지 못했던 터이다. 이제 목풍아로부터 그러한 이야기를 듣게 되니 앞으로의 행보가 기다려졌다.

문득 좌우에서 기척이 느껴졌다. 조용하고 빠른 발걸음은 무공을 익힌 자들의 발걸음이다.

슬쩍 고개를 돌려보니 사대호법들이 계단으로 올라오고 있었다. 그들은 독돈과 목풍아에게 다가와 말없이 인사를 하였다.

"무슨 일인가?"

"월랑님께서 저희를 보내셨습니다."

백연이 품속에서 서찰을 꺼내어 목풍아에게 바쳤다.

서신을 읽어보니 자체적인 정보망으로 파악한 바에 따르면 명교는 은자 강탈 사건과는 관련이 없으며, 명교가 이번 일에 대하여 협조를 요청하는 서신을 보내왔다는 내용이었다.

나름대로 빠르게 정보를 수집하여 보고하는 월랑의 능력에 목풍아는 흡족하였다.

이제 여러 가지 상황이 얽히기 시작하였다. 그 상황을 풀어내는 것이 목풍아가 해야 할 일이다.

"좋아, 좋아. 앞으로 할 일이 많다. 나와 함께 큰일을 해보자구."

목풍아는 사대호법과 독돈을 번갈아 보며 빙그레 웃었다.

다음날 아침 목풍아 일행은 무한에서 배에 올랐다. 목풍아의 행선지는 형주(荊州)이니 장강을 거슬러 의성과는 상관없는 형주로 가는 까닭은 무엇인가?

엿새 동안 배를 거슬러 형주에 도착한 목풍아는 형주지부를 찾았다. 이미 얼굴을 익힌 형주지부가 목풍아를 반갑게 맞이하였다.

"그렇지 않아도 의성에서 공금이 강탈당했다는 소식을 들었습니다만 어떻게 된 것입니까? 흠차대신께서 무사하신 것을 보니 안심은 됩니다만……."

"와하하하. 걱정할 것 없소. 폭도들은 곧 제압이 될 것이고, 며칠 후에 천자께서 은자 오십만 냥을 형주로 내려 보내실 거요. 그대는 그것을 잘 관리하고 있다가 내 명에 따르기만 하면 되오."

"예? 예."

형주지부는 무슨 이야기를 하는지 알 수 없어 알겠노라고 말하면서도 머리를 갸웃거렸다.

목풍아는 형주에서 사대호법과 독돈에게 무관들이 입는 관복으로 갈아입게 하고 자신은 흠차대신의 복장으로 차려입었다. 그리고 형주의 기마병 오백을 대동하고 위풍도 당당하게 의성으로 향하였다.

형주에서 의성까지는 천오백 리 길이다. 형문과 종관을 통과하여 의성에 도착하니 나흘이나 걸렸다.

기마병을 이끌고 의성에 도착하니 의성현령 황충백(黃沖伯)이 어찌할 바를 몰라 와들와들 떨면서 목풍아를 맞이하였다.

"흠차대인께서 무사하신 것을 보니 다행입니다. 그렇지 않아도 백방으로 흠차대인의 행방을 찾아 헤매던 중이었는데 이렇게 돌아오시니 감읍할 따름입니다."

"그러게 말이오. 의성현의 치안이 이렇게 불안한지 이전에는 나도 알지 못하였소. 의성현은 불안할 것 같아 할 수 없이 형주로 피신을 다녀왔다오."

"아, 예."

상대는 정삼품 흠차대신이다. 더구나 자신의 관내에서 천자의 공금이 강탈당하는 사건이 일어났으니 어떤 식으로든 문책을 받게 될 것은 장명한 일이었다.

현령 황충백은 사건 현장에서 가져온 성화령이 그려진 깃발과 무기 등을 늘어놓으며 말했다.

"제가 불민하여 제 관내에서 천자 폐하와 흠차대신에게 죄를 지었습니다. 불온한 무리들을 방치한 죄를 어떻게 갚아야 할지……."

목풍아는 손을 저으며 말했다.

"너무 자책하지 마시오. 살다 보면 어려울 때를 만날 수도 있는 거 아니오? 그것보다도 은자를 강탈한 자들에 대한 행방은 알아내었소?"

"그, 그것이 워낙 신출귀몰한 자들이어서 행방을 찾아내지 못하였습니다."

"은자의 무게가 적지 않아 옮기는 것이 쉽지는 않았을 텐데 이상한 일이군."

"그러게 말입니다……."

그때였다.

"대장, 대장."

정청으로 소리를 지르며 뛰어 들어오는 자가 있었다. 일도였다. 그 뒤를 긴 장포를 늘어뜨리며 성큼성큼 오괴가 걸어오고 있었다.

정청 안으로 들어온 일도가 두 팔을 펼쳐 목풍아를 껴안기도 전에 오괴가 일도의 목덜미를 잡아 인사를 시켰다.

"오! 두 사람 모두 무사하였군."

"예."

오괴가 꾸벅 인사를 하곤 목풍아의 옆에 있는 독돈과 사대호법들을 바라보았다.

사대호법들이 꾸벅 인사를 하였다.

"오괴, 어떻게 된 거냐? 어서 이야기를 해봐. 정말 명교가 한 짓이더냐?"

오괴가 다가가 목풍아에게 귓속말을 하였다.

목풍아의 얼굴이 일그러졌다. 그때 정청 안으로 관원 하나가 뛰어

들어와 꾸벅 인사를 하고 말했다.

"바같에서 대인을 만나뵙기를 청하는 자들이 있습니다."

"어떤 자들이냐?"

"무당파에서 이번 일로 파견 나왔다는 제자들과 각 방파들의 수뇌부들이 모여 대인의 알현을 요청하고 있습니다."

세력있는 각 방파의 수뇌부들이 모였다는 것은 무림맹주를 선출하기 위한 준비 단계가 틀림없었다. 각 방파의 수뇌부 가운데에 건문제의 복위를 획책하는 무리가 있는 것이다. 목풍아의 미끼를 문 것이다.

"들여 보내라. 이는 마교와 관련이 있는 것이니만큼 그들의 도움이 필요하니 말이다."

잠시 후 관아 안으로 여러 가지 복색을 입은 사내들이 들어왔다. 누더기 거지 차림의 늙은이부터 승복을 입은 스님, 그리고 화려한 비단옷을 입은 사내까지 무려 이십여 명이 넘는 사내들이 정청으로 들어왔다.

목풍아는 정청 가운데로 나아가며 포권을 취하였다.

"어서 오십시오. 저는 이번에 무당산을 성지로 만드는 황명을 받은 흠차대신 목풍아라 합니다."

푸른 장삼을 입은 중년의 사내가 포권을 취하였다.

"무당파 장문인의 명을 받고 달려왔습니다. 저는 무당 오대제자의 맏형인 고원상이라 합니다."

고원상은 잇달아 둘째 제자인 소전(蘇田)과 셋째 양백(梁柏), 넷째 진기(陳箕), 여덟째 양원각(梁源覺)과 아홉째 장보옥(張寶玉)을 소개하였다.

무당파에서 모두 여섯 사람을 보내었다.

양원각과 장보옥은 무당산에서 본 적이 있던 터라 오괴가 슬쩍 고개를 돌렸지만 두 사람은 어둠 속에서 오괴를 본 터라 기억하지 못하고 흠차대신 목풍아에게 인사를 할 따름이다.

목풍아는 장보옥의 미모에 마음이 쏠려 있으면서도 그렇지 않은 듯 포권을 취하며 말했다.

"먼 곳에서 이렇게 달려와 주시다니 감사할 따름입니다."

고원상이 말했다.

"아닙니다. 저희 문파를 위한 일에 불행한 일이 생겼으니 좌시할 수 없는 것이 아니겠습니까."

"아무튼 감사합니다."

무당파와 인사를 하고 나니 이번에는 노란 승복을 입은 스님 하나가 선장을 들고 합장을 하였다.

"저는 소림 승려 지송(智松)이라고 합니다."

"오! 소림사에서도 관심을 보여주시다니 감사할 따름입니다."

"아미타불! 아무쪼록 일이 잘 풀려 나가길 기원하겠습니다."

인사가 끝이 나니 키가 작고 깡마른 노인 하나가 불쑥 나타나 포권을 취하였다.

"안녕하시오? 나는 개방의 방주 풍걸(豊乞)이라 합니다."

누더기를 걸친 듯 허름한 복장에 비듬이 떨어지는 풍걸이라는 노인은 파란 지팡이를 하나 들고 있었는데 남루한 외모와는 다르게 이글거리는 눈빛이 인상적이었다.

이번에는 불진을 든 여승이 인사를 하였다.

"아미파의 녹삼 사태 호삼자(壺森子)입니다."

그 뒤편에 아름다운 여제자들 서너 명이 서 있었다. 목풍아가 호삼자에게 인사를 하며 흘깃 바라보니 여제자 중에 하나가 빙그레 미소를 지으며 자신을 바라보고 있는데 얼굴이 눈에 익다.

잇달아 점창파의 장문인 철용(鐵鏞)과 종남파(終南派)의 무형 진인 형진(衡進), 화산파(華山派) 제자 서너 명이 인사를 하였다.

호북성 무당산을 중심으로 하여 하남, 섬서, 호남, 강서 등지에 세를 키우고 있는 문파들이 모인 것이리라.

일일이 인사를 하고 있으려니 마지막으로 화려한 흰 비단옷을 입고 흰 깃털로 만든 부채를 든 공자가 포권을 취하며 인사를 하였다.

"제갈세가에서 나온 제갈지(諸葛智)라고 합니다."

"아! 제갈 가문에서도 잊지 않고 찾아주셨군요."

대꾸를 한 후 목풍아는 둘러선 사람들을 바라보며 말했다.

"오! 이렇게 훌륭한 강호의 군웅께서 불민한 저를 도와주시려 이곳까지 찾아오시다니…… 저는 부끄러워 몸 둘 바를 모르겠습니다."

제갈지가 부채를 부치며 말했다.

"폭도들의 무리가 마교라는 것이 명백해졌는데 대인께서는 어찌할 생각이십니까?"

목풍아를 만나기 전 미리 바깥에서 이야기가 끝난 상황일 것이다. 제갈지의 변설은 보지 않아도 알 것 같았다. 목풍아의 입에서 마교가 범인이라는 말이 나온다면 무림계는 빠르게 움직일 것이 분명하였다. 무림맹의 출범. 하지만 그것은 목풍아가 바라는 바가 아니다.

목풍아가 빙그레 웃으며 말했다.

"폭도들이 죄를 지었으니 반드시 그에 상응하는 벌을 받아야겠지만 저는 그 상대가 마교라고는 생각하지 않습니다."

모인 사람들이 목풍아를 바라보았다.

제갈지가 말했다.

"대인께서는 어째서 그렇게 생각하시는지요? 성화령이 그려진 깃발과 무기들, 그리고 그들의 복장을 보면 도적질을 한 자들이 마교의 무리임이 분명하지 않습니까?"

"와하하하. 너무 단순하게 생각하시는 것은 아닌지요?"

"네?"

"제갈 가문은 머리가 좋기로 이름이 높은데 너무 단순하게 생각하시는 것 같아서 그렇습니다."

제갈지는 굳은 안색으로 말했다.

"어째서 그렇단 말이오? 이유를 듣고 싶습니다."

"생각해 보시오. 천자의 돈을 훔치려는 자들이 자신의 신분을 떳떳이 밝히겠습니까? 명교는 이미 관의 눈 밖에 난 존재들이니, 어떤 사악한 무리들이 마교를 팔아 뱃속을 챙기려는 것이겠지요. 일신의 영달을 위해 말입니다."

목풍아는 제갈지를 바라보며 씨익 웃었다.

제갈지가 피식 웃으며 말했다.

"후후후. 대인께서는 그렇게 추측하셨군요. 그것은 너무 터무니없어 보이는데요?"

"그런가요?"

제갈지가 부채질을 하며 말했다.

"그렇습니다. 어째서 명교가 도적질을 할 수밖에 없는가? 범행의 이유를 생각해 보십시오. 첫째, 명교는 홍무제 때 가혹한 탄압을 받고 괴멸이 되었습니다. 명나라를 세우는 가장 큰 세력이었음에도 홍무제에게 토사구팽을 당한 원한이 첫 번째 이유입니다. 둘째는 명교가 사상적으로 문제가 있는 종파였기에 무림의 명문정파들이 홍무제를 도와 명교를 괴멸하는 전쟁에 참가하게 되지요. 그 가운데에 무당파도 있었습니다. 이제 천자가 장삼봉 진인의 업적을 인정하여 무당산을 도교의 성지로 추앙하는 마당에 무당파와 황실에 원한이 있는 명교가 나타나 은자를 강탈하는 것은 강호무림의 은원 관계상 당연한 것이 아니겠습니까?"

정청에 모인 무림계의 사람들이 고개를 끄덕거렸다.

'저 자식, 주둥이를 때려주고 싶군.'

목풍아가 빙그레 웃으며 말했다.

"범행 이유는 될 수 있겠군요."

무당 대제자 고원상이 말했다.

"대인께서는 명교의 짓이 아니라고 생각하십니까?"

"확실한 것은 아니라는 뜻이오. 목격자들은 명교의 짓이라고 입을 모으지만 일이 너무 간단해요. 황궁의 적이 된다는 것은 멸문을 자초하는 짓이 아니겠소."

목풍아가 제갈지를 바라보며 말했다.

"모든 일이 너무 쉽게 명교의 짓이라고 단정하는 것이 너무 이상하단 말이오."

목풍아는 천천히 정청을 걷기 시작하였다.

정청 안에 목풍아의 발자국 소리가 타박타박 들려올 뿐이다. 긴 정적을 깨고 목풍아가 입을 열었다.

"잠시 두고 봅시다. 진실은 차차 밝혀질 테니 말입니다."

제갈지가 말했다.

"그것이 무슨 뜻입니까?"

"범인들의 은신처를 알아내었습니다. 그들을 사로잡아 심문해 보면 모든 전모가 드러나겠지요."

개방 방주 풍걸이 말했다.

"호! 대단하시군요. 개방에서도 알아내지 못한 것을 알아내시다니 대단합니다."

"개방 방주께서 지나친 과찬이십니다."

"하하하. 저희 개방도 황궁의 정보력은 무시하지 않습니다. 그건 그렇고, 도대체 범인들이 어디에 숨었단 말입니까?"

"제 수하가 알아본 바에 의하면 범인들은 우각산(牛角山)의 화적들이라는군요. 제 부하가 미행을 한 바로도 범인들이 우각산의 화적이 틀림없습니다. 그런데 명교라니 기가 찰 노릇이지요."

목풍아는 다시금 제갈지를 바라보았다.

제갈지는 담담히 부채질을 할 따름이다.

고원상이 말했다.

"한낱 도적들 주제에 천자의 돈을 털다니…… 이것은 뭔가 이상하군요."

풍걸이 고개를 끄덕이며 말을 받았다.

"그렇군. 한낱 도적이 천자의 돈을 털려 한다는 것은 말이 되지 않습니다. 그 배후에 무엇인가 있는 것이 분명해."

아미파의 호삼자가 말했다.

"이야기를 듣고 보니 뭔가 이상한 점이 많은 것 같군요. 우각산의 화적들이 명교의 잔당인지 아니면 누군가의 사주를 받고 이런 일을 벌였는지는 목 대인의 말씀대로 두고 봐야 알 일이겠지요."

무당파의 둘째 제자인 소전이 말했다.

"이럴 게 아니라 당장이라도 우각산을 쳐서 망할 도적들을 잡아들입시다. 그래서 진실을 밝힙시다."

제갈지가 부채질을 하며 말했다.

"그렇다면 이러고 있을 것이 아니라, 당장 우각산으로 쳐들어가 도적들의 배후를 밝힙시다."

군웅이 이구동성으로 제갈지의 말에 호응을 하였다.

목풍아는 태연자약한 제갈지를 바라보며 생각에 잠겼다.

'저 자식, 또 다른 노림수가 있단 말인가?

만일 우각산을 토벌하는 과정에서 명교가 관련되었다는 확실한 증거가 확보된다면 명교를 토벌하기 위하여 무림맹이 결속될 수 있었다. 무림 세력의 축소를 지향하던 목풍아에게 이것은 생각지 않은 방향으로 선회하는 꼴이다. 하지만 일이 이렇게 된 마당에 우각산을 토벌하지 않을 수도 없는 노릇이었다.

"좋습니다. 여러분의 의견이 그러하니 내일 아침 일찍 우각산을 토벌하도록 하십시다. 여러분 모두 관사를 준비해 놓았으니 돌아가 쉬시고, 내일 아침 일찍 이곳에서 출발하도록 하겠습니다."

군웅이 목풍아에게 목례를 하곤 뿔뿔이 흩어져 갔다.

무림의 인사들이 정청에서 사라지고 나자 목풍아는 교의에 앉아 생각에 잠기었다.

'상대를 너무 모르고 있었던 것은 아니었을까?

제갈세가의 머리를 너무 둔하게 생각하였다는 반성이 일어났다.

"으허허허. 대장, 왜 그러세요? 대장답지 않게 똥 씹은 표정을 짓고 있는 것을 보니 뭐가 잘못된 것 같은데, 맞죠?"

목풍아는 독돈의 말에 대꾸하지 않고 오괴에게 물었다.

"오괴야, 은자가 털렸을 때 도적들의 무공이 전체적으로 어떠하였느냐?"

"대부분 강한 무공을 지니고 있었습니다. 기본기가 갖춰진 것을 보면 허술하게 배운 실력들은 아닌 것 같았습니다."

"마교라고 생각되느냐?"

"대항하는 관원들을 잔인하게 죽이긴 하였지만 그것은 그렇게 보이려고 한 잔꾀에 불과하지요. 과거 제가 보았던 마교와는 거리가 멀었습니다. 더구나 처음 나타났을 때 강궁을 썼는데 그것은 명교의 수법이 아니라 백련교의 수법입니다. 대장의 명령 없이 백련교가 움직일 수는 없지 않습니까?"

"흠. 과연…… 그렇다면 이것은 사전에 치밀하게 계획된 일이라는 말이로군. 이중 삼중으로 덫을 쳐두고 마교의 짓이라고 몰아붙이려는 계획이 분명해."

독돈이 말했다.

"내일 우각산을 토벌하면 밝혀지는 것이 아닌가요, 대장?"

"우각산의 토벌과 동시에 누군가의 계교에 빠져들게 생겼다. 제길. 내가 쳐놓은 함정에 내가 빠져들게 생겼군."

"무슨 말이죠, 대장?"

"치밀하게 준비하였다면 미행까지도 생각해 놓았을 거야. 아마 사전에 철저하게 명교의 소굴처럼 꾸며놓았겠지. 물론 명교 이외에는 아무런 단서도 남겨놓지 않았을 테고 말이야."

독돈이 두 눈을 휘둥그레 뜨며 말했다.

"와! 대장의 말이 사실이라면 강호에 또 하나의 목풍아가 나타난 거네."

"후후후. 그런 도전이라면 사양하지 않는 목풍아다. 머리를 쓰면 쓸

수록 제갈세가가 배후 세력이라는 것을 스스로 말하는 것이니 말이야.
은자가 납이라는 것을 알았을 테니 열도 많이 받았을 테지. 군자금 오
십만 냥이 횅하니 날아가 버렸으니 말이야.”

“으허허허. 은자가 납으로 변한 것을 보고 열 꽤나 받았을 테죠. 으
허허허.”

일도가 끼어들었다.

“뭐야? 대장. 그럼 고작 납덩이 가지고 이런 소동이 일어난 거예요?
그리고 뭐야? 나만 빼놓고 이럴 수 있는 거예요?”

“바보야. 고육계가 뭔지 아냐? 그런 계책은 가까운 사람일수록 숨기
는 법이라구. 너는 나의 가장 오래된 측근이니까 당연히 이런 비밀을
숨길 수밖에 없는 거라구. 알겠나?”

“예? 그런 거였나요?”

무슨 말을 하는 것인지 머리 속에서 빠르게 이해가 안 되는 일도이
다. 일도가 머리를 긁적거리는 것을 보고 오괴가 말했다.

“홍. 그렇다면 이제까지는 일진일퇴로군요. 내일 우각산에서 명교
가 진범이라는 확실한 증거가 발견되면 대장은 어떡하실 겁니까? 상대
방의 계교에 빠진 것이 아니겠습니까?”

“앉아서 당할 수 있나? 생각을 해봐야지. 무림맹이 결성되는 것은
막아야지. 안 그래?”

목풍아는 생각에 잠기었다.

다음날 목풍아는 위풍당당하게 마차에 앉아 기마병 오백을 거느리
고 의성에서 뽑은 군사 삼천, 그리고 의성에 모인 무림의 군웅과 함께
우각산으로 향하였다.

우각산(牛角山)은 소뿔 모양으로 생겼다고 하여 붙여진 이름으로 의성과 양양(襄陽)의 정가운데에 위치한 산이다. 큰 강이 배후에 흐르고 험준한 지세 때문에 도적들이 웅거하기 좋은 산이었다.

목풍아가 마차에 앉아 멀리 우각산을 바라보니 험준한 산세마냥 가파른 뿔 모양의 산정에 구름이 걸려 있다.

군사들과 무림의 군웅은 분기탱천하였다. 그들은 당장이라도 우각산의 도적들을 토벌할 기세로 목풍아의 공격 신호를 기다렸다.

어젯밤부터 상대방의 계교에 대응하는 수단을 강구하던 목풍아는 힘 빠진 얼굴로 지휘봉을 들어 말했다.

"공격하시오. 반항하는 자는 죽이고 투항하는 자는 살려주시오."

명령이 떨어지기 무섭게 여러 방파의 무인들이 앞장을 서고 달려가고 그 뒤를 따라 삼천 명의 군사가 우각산을 향해 포위망을 좁히기 시작하였다.

목풍아는 심복 세 사람과 사대호법, 그리고 기마병 오백을 자신의 둘레에 배치시키고 좌우를 둘러보았다.

좌측 편에는 무당파의 제자 두 사람이 서 있는데 하나는 젊은 남자이고 하나는 아름다운 여제자이다.

목풍아는 부채질을 하며 우측 편으로 고개를 돌렸다.

아름다운 미녀들이 눈에 확 들어왔다. 마차에 드러누웠던 몸이 저도 모르게 벌떡 일어났다.

가만히 살펴보니 어제 정청에서 보았던 아미파의 여제자들이다.

일도를 불렀다.

"좌우 편에 있는 아리따운 소저들은 왜 도적들을 잡으러 가지 않았는지 물어보고 오너라."

일도는 목풍아를 힐끔힐끔 바라보며 그들에게 다가가 물어보고 돌아왔다.

"목 대인을 지키려 남았다는데요?"

"나를 지키려?"

목풍아의 입이 귀에 걸리었다.

무당파의 막내 제자 장보옥은 장문인의 딸이라 여덟째 양원각이 관군 진영에서 지키고 있는 것이다. 아미파의 여제자들도 무공이 약한 이들은 쓸데없는 피해를 줄이기 위해 호삼자가 남도록 한 것이다. 대외적인 입장은 목 대인을 지키는 것이나 사실 목풍아가 가진 병력에 보호받기 위함인 것이다.

목풍아의 얼굴을 보고 오괴가 코웃음을 쳤다.

"흥. 대장 바람둥이. 예쁜 여자들을 보더니 정신이 번쩍 드는 모양이군. 하지만 장보옥은 안 돼."

"장보옥? 오! 무당파 여제자 이름이 장보옥인 모양이군. 잘 기억하지. 와하하하."

목풍아는 좌측으로 고개를 돌려 장보옥을 뚫어지게 바라보다가 일도에게 말했다.

"일도야, 나를 지키려면 가까이 오라고 하거라. 멀리 떨어져서 어떻게 나를 지키겠느냐?"

일도가 히쭉 웃으며 말했다.

"그렇지 않아도 미리 말해 놓고 왔어요. 대장에게서 자신을 지키려면 멀찍이 떨어져 있으라구요."

독돈의 입에서 웃음이 터져 나왔다.

"으허허허. 그거 정말 기가 막힌 말이군."

“훗. 잘했다, 일도야.”

오괴도 웃음을 터뜨렸다.

목풍아는 콧방귀를 뀌었다.

“흥. 빌어먹을 일도. 네가 그러고도 심복이냐?”

말은 그렇게 하면서도 고개를 좌우로 돌려 아름다운 여제자들에게
손을 흔들어 보였다. 여제자들이 가볍게 목례를 하며 힐끔힐끔 목풍아
를 바라보았다.

싱그러운 여제자들의 피부와 아름다운 얼굴, 날씬한 허리를 바라보
니 흐뭇한 미소가 절로 나왔다.

일도의 목소리가 들려왔다.

“대장, 대장의 머리털이 없어진 것을 생각해 보라구요. 여자는 대장
의 가장 무서운 적이라구요. 조심하서야 돼요.”

오괴와 독돈이 서로를 바라보며 말없이 웃었다.

“빌어먹을 놈······.”

말이야 맞는 말이다. 일도의 머리 수준을 비추어 자신을 놀리려고
한 말이 아님을 알기에 목풍아는 인정할 수밖에 없다.

“네 말이 맞다. 도적 잡으러 여기까지 와서 여자는 무슨 여자냐? 네
말이 지당하다.”

목풍아는 교의에 털썩 앉았다. 근엄한 얼굴로 돌아와 교의에 앉아
있으려니 심심하기 그지없었다.

일도가 물었다.

“그런데 대장, 저희는 도적을 잡는 공을 세우지 않아도 되나요?”

“헛수고 할 필요 없이 가만히 있으라구. 십중팔구 도적들은 없을 테
니 말이다.”

“예? 그게 무슨 말씀이세요?”

“가만히 지켜보라구. 명교의 깃발이나 무수하게 있겠지. 사람이야 있겠느냐? 일을 저지른 놈들이 바보가 아닌 다음에야 우각산에서 목을 빼고 칼날이 들어오기만을 기다리고 있지는 않겠지. 헛수고다. 말짱 헛수고다.”

중얼중얼거리며 가만히 우각산을 바라보고 있으려니 머리가 근질근질하다. 더운 날씨라서 가발 안에 땀이 맺힌 탓이리라. 아리따운 미녀들이 좌우에 있어 머리를 긁을 수도 없는 노릇이다.

‘간지럽다. 간지럽다.’

오늘따라 머리가 간지러웠다. 머리에서 뭔가가 꿈틀거리는 듯한 기분이었다. 가발 속에 찬 습기와 땀 때문이리라. 참고 있으려 해도 도저히 참을 수 없었다.

누가 볼까 살짝 고개를 숙여 머리를 긁었다. 머리 위로 바람 가르는 소리와 함께 딱— 하는 소리가 들렸다.

“자객이다.”

갑자기 기마병들이 달려나가기 시작하였다. 지축을 흔드는 말발굽 소리와 병사들의 함성이 울리었다.

“뭐, 뭐야?”

깜짝 놀란 목풍아가 얼른 고개를 들었다. 머리에 뭔가가 걸리었다. 화살 하나가 마차 뒤편에 박혀 있는 것이 아닌가.

방금 전에 머리를 숙이지 않았다면 꼼짝없이 화살이 머리를 뚫고 지나갔을 것이다. 가슴이 철렁하였다.

“와아아아아—.”

이내 천지를 진동하는 함성 소리에 고개를 들었다. 희뿌연 습기가 가득한 하늘에서 새까만 메뚜기 떼 같은 화살이 날아오고 있었다.

"뭐, 뭐야?"

그때 뭔가가 목풍아를 잡아당기는 듯하더니 바람이 빠르게 스쳐 지나갔다. 허공에 떠 있는 느낌도 잠시 이내 목풍아의 신형이 바닥에 내려섰다. 오괴였다.

"대장, 복병이 있었습니다."

오괴가 목풍아를 내려놓았다. 고개를 돌려보니 목풍아가 타고 있는 마차에 새까맣게 화살이 박혀 있었다. 네 마리 말은 고슴도치가 된 지 오래였다.

사방에서 새까만 옷을 입은 사내들이 화살을 쏘며 달려들고 있었다. 불꽃 무늬의 깃발을 들고 사방에서 달려드는 적의 숫자가 셀 수 없을 만큼 많았다.

사방이 평지이므로 도망갈 퇴로도 없었다.

새까맣게 날아드는 화살 공격이 매서웠다. 우왕좌왕하던 기마병들이 셀 수 없이 바닥으로 떨어졌다.

'이런 제길…… 완전히 당했다.'

너무 안이하게 생각하였다. 설마 자신을 공격하리라고는 짐작하지 못했던 터였다.

사대호법과 독돈, 일도가 달려와 목풍아의 주위를 둘러쌌다. 오괴는 어느새 무당파의 두 제자를 이끌고 오고 있었다. 아미파의 여제자들도 재빠르게 목풍아의 주변으로 달려왔다.

오괴가 사대호법에게 말했다.

"나와 독돈이 적의 포위망을 뚫을 테니 대장을 모시고 도망쳐라."

"저희도 돕겠습니다."

독돈이 소리쳤다.

"대장이 우선이다. 명령에 따라라."

사대호법들이 무릎을 꿇었다.

"존명."

말이 끝나기 무섭게 오괴와 독돈이 적진을 파고들기 시작했다. 마차에서 뜯어낸 문짝을 하나씩 들고 날아오는 화살을 피하며 순식간에 적진 속으로 파고든 두 사람은 갑자기 둘로 나눠지며 까맣던 원진을 파괴하기 시작하였다.

마치 커다란 창이 날카롭게 파고드는 것처럼 절정의 고수 두 사람의 칼사위에 단단하던 진세가 파괴되기 시작하였다.

그러나 무너질 것만 같은 진세는 다시금 회복이 되었다. 좌우에서 새까맣게 흑의인들이 달려들었기 때문이다.

"진법을 잘 아는 자다. 이대로라면 승산이 없다. 오괴와 독돈도 위험해."

목풍아는 재빨리 좌우를 살폈다. 누군가 지휘하는 자가 있을 것이다. 이 정도로 치밀하게 훈련되었다면 진법을 지휘하는 자가 가까운 곳에 반드시 있을 것이다. 어지러운 진영 가운데 깃발이 흔들리는 것이 눈에 띄었다. 사방 네 군데에서 색이 다른 네 개의 깃발이 이리저리 움직이고 있었다.

목풍아의 눈이 빠르게 움직였다. 네 군데 깃발이 일사불란하게 움직인다는 것은 한 곳의 명령을 받고 있다는 뜻이다. 이곳이 한눈에 내려다보일 정도로 높은 곳에서 지휘하고 있다는 뜻이 되었다.

고개를 들었다. 우각산을 잠시 바라보다가 강을 연하고 있는 맞은편 절벽 위로 고개를 돌렸다. 깎아지른 듯한 벼랑 위에서 큰 깃발 하나가 흔들리고 있었다.

"제길……."

상대는 한신(韓信)의 병법을 그대로 쓰고 있는 것이다. 머리가 월등하게 좋은 자가 틀림없었다. 목풍아가 명교에 의해 죽는다면 황궁뿐 아니라 무림계가 하나로 뭉칠 수 있는 좋은 기회를 만드는 것이다. 쓸데없이 증거물로 눈을 속이는 것보다 흠차대신인 목풍아를 죽여 버리는 것이 가장 좋은 방법인 것이다.

알면서도 통렬하게 당하였다. 지금은 위기에서 벗어나는 것이 중요하다. 상대방은 높은 곳에서 내려다보며 목풍아를 유린하고 있다. 병사들과 무림의 군웅이 우각산에서 내려오려면 시간이 걸리니 그동안 버틸 수도 없는 노릇이다.

지금으로서는 진세가 약해진 곳을 뚫고 도망치는 것밖에는 방법이 없다.

목풍아는 갑자기 머리에 쓴 가발을 벗고 입고 있는 관복을 벗었다. 순식간에 대머리가 된 목풍아를 보고 둘러서 있던 무당파와 아미파 제자들의 눈이 휘둥그레졌다.

"누가 걸치겠느냐?"

일도가 말했다.

"제가 걸칠게요."

"죽음이 두렵지 않느냐?"

"대장이 죽는 것보단 낫지요."

"시끄럽다. 이 수모를 갚기 전까지 한 사람도 죽어서는 안 된다."

"대장, 저는 안 죽어요."

일도는 자신의 옷을 들었다. 품속에 검은 놋쇠로 만든 갑옷이 번들거렸다.

"대장과 함께 있다 보니 잔머리만 늘었지 뭐예요? 제가 입겠어요."

일도는 목풍아에게서 얼른 관복을 빼앗아 입었다.

"아직 호강도 못해봤는데 쉽게 죽을 일도가 아닌 거 아시죠?"

"일도야!"

목풍아는 더 말하지 못하고 굳게 입을 다문 채 의연하게 서 있는 일도를 바라보다가 고개를 돌려 사대호법에게 말했다.

"너희 네 사람은 일도를 호위하며 반대편의 진세를 뚫는다. 반드시 뚫어야 한다. 살아서 만나자. 알겠나?"

목풍아는 반대편을 가리켰다.

다섯 사람이 꾸벅 인사를 하며 동시에 소리쳤다.

"존명."

"좋아. 내 걱정은 말고 가라. 반드시 살아야 한다. 오괴와 독돈에게도 반드시 살아서 만나자고 전하라."

"존명."

네 사람이 빠르게 뛰어가 사람 없는 말에 일제히 올랐다. 이내 네 사람이 한조가 되어 일도를 호위하며 빠르게 반대 방향으로 달려가기 시작하였다.

목풍아가 고개를 돌렸다. 벼랑 위에서 붉은 깃발이 흔들리기 시작하였다. 그와 동시에 새까만 병력들이 일도를 향해 모여들기 시작하였다. 그와 동시에 독돈과 오괴도 일도를 향해 움직이고 있었다. 아직 살아 있는 기마 병사들은 두말할 것 없이 목풍아를 호위하기 위해 그곳을 향해 말을 몰았다. 순식간에 맞은편은 목풍아를 지키기 위한 병사들과 진세를 막기 위한 적군들이 어우러져 혼전이 벌어졌다.

"죽지 마라, 대장."

"대장, 죽으면 내 손에 죽어."

혼전 속에서 천둥 같은 목소리가 들려왔다. 목풍아는 이 목소리가 오괴와 독돈의 목소리임을 안다. 고개를 돌려보니 사람들 틈에서 두 사람이 정신없이 칼을 휘두르고 있었다. 피보라가 일어나며 흑의인들이 낙엽처럼 흩어지고 있었다.

"대장, 죽으면 안 돼."

들어오는 오괴의 고함 소리에 목풍아는 가슴이 찡하였다. 오괴와 독돈, 사대호법과 일도는 자신을 위해 기꺼이 목숨을 걸고 있는 것이다. 흘러나오는 눈물을 꾹 참고 있으려니 양원각이 말했다.

"대인, 이제 어떻게 합니까?"

살아야 한다. 사는 것이 부하들을 실망시키지 않는 길인 것이다. 재빨리 인원을 살폈다. 무당파의 제자 두 사람과 아미파의 제자 다섯 명, 그리고 자신까지 모두 여덟 사람.

목풍아는 양원각에게 말했다.

"지금부터는 각자 분산해서 움직여야겠습니다."

"각자 움직인다고요?"

"우리는 지금 적에게 노출된 상황입니다. 적의 판단을 흐리기 위해서는 각자 행동하는 수밖에 없어요."

"그럴 수 없습니다. 저는 대인을 지키라는 분부를 받았습니다."

"나를 지켜주려면 각자 행동하세요."

"그럴 수 없습니다. 여기서 남자는 대인과 저뿐이니 둘로 나누는 것이 어떻습니까? 대인은 머리가 없으니 적이 머리가 있는 나를 대인으로 의심할 것입니다. 상황이 여의치 않으니 할 수 없습니다."

양원각은 고개를 돌려 장보옥에게 말했다.

"보옥아, 너는 대인의 곁을 지키거라."

다시 고개를 돌려 아미파의 제자들에게 말했다.

"나를 따라올 사람 없습니까?"

아미파의 여제자들이 기꺼이 나섰다. 아미파에서는 한 명의 여제자로 하여금 목풍아를 호위하게 한 후 양원각을 따라나섰다.

"대인, 꼭 살아서 다시 만나뵙길 기원하겠습니다."

양원각이 꾸벅 인사를 하곤 허술한 북방을 향해 달려가기 시작하였다. 목풍아는 두 명의 여인과 함께 남방을 향해 달려나갔다.

우각산으로 올라갔던 군웅과 병사들이 돌아올 때가 되었다. 어쩌면 그들도 우각산에 쳐놓은 함정에 걸려들었는지 모를 일이었다.

'이것은 보통 일이 아니다.'

적의 병력들이 관복을 입은 일도에게 집중하고 있던 터라 강 방향으로는 적병의 숫자가 적었다. 목풍아는 빠르게 강을 향해 달리며 강 건너편에 있는 붉은 깃발을 주시하였다.

붉은 깃발이 양원각이 달리고 있는 북방을 향해 흔들리고 있었다. 고개를 돌려보니 흑의인들이 일사불란하게 양원각을 향해 달리고 있었다. 머리가 있는 양원각을 목풍아로 짐작한 모양이었다.

절벽 위에서 지휘를 하는 자가 흠차대신의 관복을 입은 일도가 가짜라는 것을 짐작한 모양이었다.

"내 생각대로야."

목풍아는 뒤를 돌아보지 않고 달렸다. 그런데 이게 어떻게 된 일인가? 눈앞에 큰 강이 가로막고 있었다. 하필 도망친다는 것이 막다른 강일 줄이야 어떻게 알았겠는가?

지휘자가 양원각을 지적한 것은 다름이 아니라 목풍아가 막다른 곳
으로 도망갈 리 없다 생각했기 때문이다.

"빌어먹을……."

강 주변에는 키만큼 자란 갈대숲이 넓게 펼쳐져 있었다. 목풍아는
갈대숲으로 숨어들었다. 언덕에서 요란한 함성 소리와 쇠 부딪치는 소
리가 들려오고 있었다.

끼익— 끼익—

어디선가 노 젓는 소리가 들려왔다.

"저기, 저기 배가 있어요."

장보옥이 강을 가리켰다.

목풍아가 돌아보니 사공 하나가 요란하게 노를 저으며 상류로 올라
가고 있었다. 때 아닌 싸움에 겁을 집어먹었는지 연신 언덕을 바라보
며 노를 젓고 있었다.

"여기에요, 여기. 사람 살려요."

아미파의 여제자가 갈대숲 사이로 벌떡 일어나 손을 흔들었다.

덩달아 장보옥이 일어나 손을 흔들었다.

"이보세요. 사람 살려요. 사례를 할 테니 살려주세요."

사공이 급하게 젓던 손의 움직임이 느려졌다.

두 명의 여인이 소리쳤다.

"이보세요. 저희를 구해주세요. 사례를 할 것이니 제발 살려주세
요."

사공이 노를 멈추고 주위를 둘러보다가 마침내 배를 돌렸다. 험상궂
은 무사가 아니라 가녀린 여자 두 사람이라서 안심을 한 모양이었다.

사공의 배가 뭍에 닿았다.

“어서 타시오. 어서 타. 큰일 날 뻔했소.”

장보옥과 아미파의 여제자가 사공의 배에 올라 말했다.

“대인, 어서 타세요.”

목풍아가 갈대숲 사이를 빠져나가 사공의 배에 올랐다. 사공은 목풍
아가 타는 것을 확인하고 언덕을 바라보았다. 사공의 얼굴이 일그러졌
다. 흑의를 입은 사내들이 언덕 아래로 달려오고 있었기 때문이다.

“에구, 어서 도망칩시다.”

장대를 잡은 사공의 손에 힘이 들어갔다.

배가 미끄러지듯 갈대숲을 빠져나갔다. 강물 가운데로 배가 나가면
서 언덕에 펼쳐진 광경이 한눈에 들어왔다.

우각산으로 들어갔던 관군과 무림인들의 협공이 시작된 모양이었
다. 패퇴하는 흑의인들이 흩어지면서 일부의 무리가 강변으로 도망치
고 있었던 것이다.

“아! 이제 되었다. 이제 되었다.”

그때였다.

픽—

어디에선가 화살 하나가 날아와 사공의 가슴에 박히었다. 노를 젓던
사공의 몸이 마른나무처럼 기우뚱거리며 물속으로 빠져들었다. 선두
에 매어 있던 가마우지가 날개를 펼치며 꽥꽥 소리를 질렀다.

사공은 물속으로 가라앉고 함께 떨어진 노가 강물 저편으로 흘러갔
다.

“낭패다.”

목풍아가 안타까운 마음에 장딴지를 치며 화살이 날아온 방향으로
고개를 돌리니 절벽 위에서 흑의인들이 배를 향해 화살을 겨누고 있었

다. 맞은편에 있던 적병을 생각지 못했다. 그야말로 사면초가였다.

화살을 막을 만한 것도 없었다. 어찌할 바를 몰라 허둥거리고 있을 때 절벽 쪽에서 화살 한 무리가 날아왔다.

아미파의 여제자가 목풍아의 앞을 막아섰다.

"대인, 제가 대인을 지키겠습니다."

대장부 체면에 여제자를 화살받이가 되게 할 수 없었다. 얼른 여제자의 허리를 밀어 갑판에 쓰러뜨린 후 소리쳤다.

"나에게 생각이 있다."

목풍아는 얼른 갑판에 두 다리를 붙인 후 화살이 날아오는 방향을 향해 장력을 격출하였다. 천수관음장이었다. 목풍아의 두 손이 무수하게 나누어지며 강한 장력이 폭발하듯 쏟아졌다.

매서운 기세로 날아오던 화살들이 장력의 기세를 당해내지 못하고 물속으로 떨어졌다.

멈췄던 숨을 들이쉬며 목풍아는 갑판에 주저앉았다.

"에구, 죽겠다."

일시에 온신의 힘을 쏟아 넣은 탓에 기운이 쏘옥 빠졌다.

"대인, 저놈들이 또 화살을 쏘려 해요."

"뭐야? 빌어먹을 놈들."

목풍아는 자리에서 일어나 다시 자세를 잡았다. 좀 전보다 거리가 더 멀어진 것 같았지만 절벽 위에서 쏘는 것이라 화살이 도달하기에는 충분하였다.

또다시 한 떼의 화살이 날아들었다.

"빌어먹을 놈들, 작정을 했구나."

살기 위해서는 젖 먹던 힘까지 쓸 수밖에 없었다. 목풍아가 할 수 있는 것이라고는 이것밖에는 없었다. 아름다운 여자들을 화살받이로 할 수도 없었으며, 그렇다고 끝을 알 수 없는 시퍼런 강물 속으로 들어갈 수도 없는 노릇이었다.

목풍아는 온몸의 진기를 모두 쏟아내듯 날아오는 화살을 향하여 천수관음장을 격출하였다.

펑— 퍼펑—

바람을 터뜨리는 듯한 소리와 함께 날아오던 화살이 맥없이 강물 속으로 떨어졌다.

참았던 숨을 내쉬며 갑판에 주저앉았다.

"에구, 목풍아 죽는다."

온몸의 기운이 빠져서 물먹은 솜이 되어버린 기분이었다.

아미파의 여제자와 장보옥이 놀란 모습으로 목풍아에게 다가와 말했다.

"대인, 괜찮으세요?"

"대인, 이런 무공은 언제?"

순간 날아오는 화살 하나가 목풍아의 눈에 들어왔다.

"비켜."

앞에 있던 장보옥을 밀쳤다. 순간 날아오던 화살이 목풍아의 가슴에 박히었다.

픽—

"어헉."

화살에 맞은 목풍아는 그대로 갑판에 쓰러지고 말했다.

"대인, 대인."

"대인, 죽으면 안 돼요."

장보옥과 여제자가 달려들어 소리를 질렀다.

"대인, 제발 살아나세요."

"대인, 저 대신에…… 저 대신 화살을 맞으셨군요."

장보옥의 눈에서 눈물이 뚝뚝 떨어졌다. 아미파의 여제자는 목풍아의 얼굴을 쓰다듬으며 말했다.

"대인, 대인, 제발 일어나세요. 대인, 제발 눈을 뜨세요."

가슴에 화살을 꽂은 목풍아가 살짝 눈을 떴다.

"대, 대인."

장보옥과 아미파 여제자의 눈이 휘둥그레졌다.

목풍아가 조용히 중얼거렸다.

"내가 화살에 맞아 죽은 것으로 하자구. 그러니 계속 소리를 질러 줘."

두 사람이 가만히 가슴을 바라보니 목풍아가 화살촉을 손으로 감싸 쥔 채 화살에 맞은 척하고 있는 것이다.

서로의 얼굴을 바라보던 두 사람이 일제히 통곡을 하였다.

"대인, 대인, 죽으면 안 돼요. 대인."

"대인, 대인……."

목풍아는 갑판에 누워 살짝 눈을 뜨고 화살이 날아온 방향을 바라보았다. 절벽 위에 우두커니 서 있던 한 사내가 활을 졸개에게 건네고 있었다. 목풍아를 쏜 사내가 틀림없었다. 황색 옷을 입은 것으로 미루어 높은 신분이라는 것을 짐작할 수 있었다.

이내 절벽 위에 흔들거리는 신호기가 붉은색에서 흰색으로 바뀌었다. 흰 기가 둥글게 흔들리고 있었다.

"언덕의 상황이 어떤지 말해 주겠나?"

장보옥이 고개를 돌려 언덕을 살피다가 말했다.

"너무 멀리 떨어져 와서 어떻게 된 것인지 모르겠어요."

장보옥과 아미파 여제자의 얼굴 너머로 뿌연 하늘이 펼쳐져 있었다. 새 소리와 매미 소리가 들려오고 있었다. 방금 전에 일어난 일이 꿈만 같이 느껴졌다. 오괴와 독돈, 일도와 사대호법들은 무사한지 걱정이 되었다.

'정말로 명교가 한 짓일까? 제갈지의 말이 사실이란 말인가?

머리 속이 어지러웠다. 하지만 그럴수록 제갈가가 더욱 용의 선상에 오르는 것은 무슨 이유일까?

목풍아는 상대방의 입장이 되어 생각해 보았다.

건문제가 제갈세가로 피신하여 도움을 청한다. 제갈세가의 수뇌부들이 공모하여 일을 꾸미던 중 엄청난 은자가 무당산으로 간다는 정보를 입수한다. 마교의 짓으로 꾸며 은자를 강탈하고 무림에 큰 세력을 구축한다. 무림계를 통합하고, 각지의 지방 장관을 설득하여 황권을 회복하기 위해 남경으로 쳐들어온다. 이야기가 되었다.

주씨들에 의해 명교는 멸문을 당한 것이나 마찬가지이므로 건문제가 명교와 손을 잡았다는 것은 이야기가 되지 않는다. 더구나 월랑의 정보에 의하면 명교는 사실상 퇴폐하여 운남 지방에서 소수가 움직이고 있을 뿐 중원에서 큰 세력을 펴지 못하는 실정이니 아귀가 딱 맞아 떨어지지 않았다. 더구나 목풍아가 우각산을 수색할 것을 미리 알고 이렇게 치밀하게 준비할 정도라면 머리가 상당히 좋은 이들이 계획한 것이 분명하였다.

'제갈세가, 제갈세가가 틀림없어.'

목풍아는 자리에서 벌떡 일어났다. 갑작스러운 목풍아의 행동에 장보옥과 아미파의 여제자가 갑판에 털썩 주저앉았다.

목풍아는 주변 정황을 살폈다. 물살에 떠내려온 탓에 깃발이 흔들리던 절벽이 콩알만하게 보였다. 배는 강의 중심을 정처없이 떠내려가고 있었다. 좌우에는 자갈밭과 넓은 황무지가 펼쳐져 있을 뿐 인적을 발견할 수 없었다.

화살에 맞은 척 들고 있던 화살을 바라보았다.

백보갑을 입었기에 망정이지 큰일 날 뻔하였다. 천자의 말마따나 화살은 백보갑을 뚫지 못하였다.

백보갑과 마찬가지로 목풍아가 기마 병사들과 심복들을 호위하게 하지 않았다면 일거에 상대방의 목적을 달성하게 할 수 있었을 것이다. 심복들과 기마병이 없었다면 지금쯤 목이 장대에 걸려 있을 것이라 생각하니 분이 솟구쳤다.

천하에 목풍아가 이렇게 비참한 신세가 되리라고는 생각지도 못했던 터라 그 분노가 더하였다.

두 손으로 화살을 부러뜨렸다.

장보옥과 아미파의 여제자는 목풍아가 천수관음장으로 날아오는 화살을 떨어뜨리는 것을 보았으므로 목풍아가 백보갑에 의존하여 꾀를 내었다고 생각하지 못하고 일부러 화살을 받았다고 생각하였다.

화살을 부러뜨리는 것을 보고 장보옥이 말했다.

"대인, 소녀의 목숨을 구해주셔서 감사합니다."

"별말씀을……."

쓸쓸하게 웃다가 아미파의 여제자에게 고개를 돌려 인사하였다.

"저를 대신하여 화살받이가 되어주시려 하시다니, 그저 감사할 따름입니다."

아미파의 여제자가 합장을 하며 말했다.

"아닙니다. 대인께서는 과거에 두 번씩이나 저를 구해주셨는걸요."

"예? 제가 언제 그대를 두 번이나 구해주었습니까?"

"기억하지 못하시는군요."

아미파의 여제자가 실망한 듯 고개를 숙였다.

목풍아가 그녀의 얼굴을 가만히 살펴보니 언뜻 눈에 익은 얼굴이다. 계란 같은 얼굴은 분을 바른 듯 희고 붉은 입술이 앵두를 머금은 듯, 오똑한 콧날은 옥을 깎은 듯 예쁘고 예쁜 얼굴이다.

'내가 두 번이나 살려줬다구? 이런 미녀를 두 번이나 살려주고도 내가 가만히 보냈을 리가 있나?'

순간 목풍아의 입이 쩌억 벌어졌다. 생각이 났다. 어찌 생각이 나지 않을 수 있겠는가. 목풍아는 침을 꿀꺽 삼키며 물었다.

"그, 그대는 하음현 무당의 딸?"

아미파의 여제자가 고개를 끄덕거렸다.

"대인께서 기억하시는군요. 대인께서는 하음현에서 저를 두 번이나 살려주셨지요."

목풍아는 손뼉을 치며 말했다.

"와하하하. 그래, 그래. 한 번은 나를 살해하러 왔다가, 또 한 번은 마을 사람들에게. 맞지?"

"네, 맞습니다."

"그대와 헤어진 지 사 년이 지났으니 내가 알아보지 못할 수밖에……. 예전보다 더 예뻐져서 한 번에 못 알아보았지. 이름이 소홍이었지?"

"네. 대인께서 기억하시는군요."

소홍이 수줍게 고개를 숙였다.

"내가 왜 기억을 못하겠어. 사람 인연이란 참으로 묘하군. 그때 헤어지고는 다시 못 만날 줄 알았는데 이렇게 만나게 되다니 말이야."

"음……."

장보옥은 괜스레 무안하여 헛기침을 하였다.

무당파 장문인의 여식으로 주목받던 자신이 찬밥이 될 줄이야 생각지도 못한 바이다. 소홍과 목풍아가 다정하게 이야기하는 모습을 보고 있으니 약간 질투가 났다.

"배가 한없이 떠내려가고 있어요. 뭍으로 가야 할 텐데 어쩌죠?"

목풍아는 머리를 쓰다듬으며 말했다.

"에구, 내가 이럴 때가 아니지."

목풍아가 갑판을 두리번거리며 살피다가 갑자기 동작을 멈추었다. 다시금 머리를 쓰다듬었다. 까끌까끌한 촉감이 느껴졌다. 솜털처럼 부드러운 느낌이었다. 엄지와 검지로 솜털을 만져 보았다. 손가락 끝에서 느낌이 전해져 왔다.

"나, 난다. 난다. 털이 난다."

목풍아는 방실방실 갑판을 뛰며 소홍에게 머리를 들이밀었다.

"소홍아, 머리가 있느냐? 내 머리에 머리카락이 있느냐?"

소홍이 영문도 모른 채 목풍아의 머리를 바라보다가 말했다.

"예. 짧지만 머리카락이 있는데 왜 그러세요?"

목풍아는 갑판에 무릎을 털썩 꿇고 하늘을 바라보며 합장을 하였다.

"신이시여, 저에게 희망을 주시는군요. 신이시여, 감사합니다."

그 모습이 미친 사람 같았다.

소홍과 장보옥은 서로의 얼굴을 바라보며 머리를 갸웃거렸다. 아직도 반질한 머리를 몇 번 쓰다듬으며 목풍아는 상기된 얼굴로 갑판에서 일어났다.

"세상사 새옹지마(塞翁之馬)라 하더니 불행 뒤에 이런 행운이 도래하는구나. 이건 신께서 나를 돌보신 거야. 이 자식들, 내가 가만두지 않겠다. 당한 것의 몇십 배로 갚아주마."

주먹을 불끈 쥐며 복수를 다짐하였다. 이내 목풍아는 갑판을 두리번거리며 살폈다. 시퍼런 물이 점점 얕아지는 대신에 물살은 빨라졌다. 배가 어디를 향해 가는지 알 수도 없었다. 이대로 가다가 급류를 만나게 되면 꼼짝없이 물귀신이 되기 십상이라 어떤 조치를 취하지 않으면 안 되었다.

그러나 배를 돌릴 만한 도구가 없었다. 물고기를 넣는 그물망밖에는 없었다.

어디선가 굉음이 조용하게 들려왔다.

장보옥이 강물 앞을 가리키며 말했다.

"대인, 저 앞을 보세요. 급류가 있나 봐요."

"알아, 나도 알고 있다고."

물살이 제법 빨라져서 물속으로 들어갈 엄두가 나지 않았다. 장보옥의 허리에 찬 검이 보였다.

목풍아는 재빨리 장보옥의 검을 뽑았다.

"대인, 뭐 하시게요?"

목풍아는 그물망을 잘라 길게 밧줄을 만들었다. 밧줄 한끝을 배 앞에 묶고 다른 한 끝은 검의 손잡이에 묶었다.

"이것밖에는 방법이 없어요."

목풍아는 강가에 서 있는 버드나무를 조준하였다.

“대인, 너무 멀어요.”

“방법이 없어요. 보고나 있어요.”

목풍아는 검끝을 잡고 버드나무 방향으로 조준한 후 진기를 끌어 모아 힘껏 내던졌다.

핑—

바람을 가르며 하늘 높이 날아간 검이 포물선을 그리며 떨어지다가 버드나무에 꽂히며 검신을 흔들었다.

“맞았다.”

손뼉을 치며 팔짝팔짝 뛰었다.

상당히 먼 거리였는데 용하게 버드나무에 맞았다. 배가 물살을 따라 앞으로 나가면서 배 앞에 묶은 밧줄이 물속에서 서서히 당겨지기 시작하였다.

목풍아는 얼른 배 앞으로 뛰어가 밧줄을 붙잡았다. 밧줄이 끊어지지 않기만을 바랄 뿐이다.

밧줄이 팽팽하게 당겨지기 시작하였다. 그와 동시에 배가 방향을 바꾸었다.

“됐다. 됐다.”

배의 방향이 바뀌는 것을 보며 소리치는 것도 잠시, 갑자기 배가 크게 요동을 쳤다. 배의 무게를 견디지 못하고 밧줄이 끊어진 것이다.

“빌어먹을… 빌어먹을……”

고개를 돌렸다. 허연 물보라를 일으키는 급류가 다가오고 있었다. 물보라 사이로 거뭇거뭇한 바위가 보였다. 이대로 가면 급류에 휩쓸리거나 암초에 배가 부서질 판이다.

설상가상으로 한번 방향을 바꾼 터라 배가 빙글빙글 돌기 시작하였다.

소홍과 장보옥은 중심을 잡을 수 없어 갑판에 찰싹 엎드렸다. 목풍아는 두 다리에 힘을 주어 갑판 가운데 버티고 서서 다가오는 급류를 노려보았다.

이대로라면 배가 가라앉는 것은 시간문제이다. 물살에 부딪치는 바위 위로 피신하는 것만이 살길이었다. 소용돌이에 휘말리면 영영 떠오르지 못한다는 것쯤은 아는 사실이다.

목풍아는 자신을 시험하는 수밖에 없었다. 물살에 돌아가는 배 위에서 목풍아는 진기를 끌어 모으며 바위를 노려보았다.

목풍아는 좌우에 엎드려 있는 소홍과 장보옥의 허리를 양손으로 감싸 안고 몸을 일으켰다. 두 사람이 가볍게 느껴졌다.

쿠크크크—

급류 소리가 지축을 울리는 말발굽 소리처럼 공포스럽게 들렸다. 물보라가 얼굴까지 튀었다. 목풍아의 시선은 눈도 깜빡거리지 않고 검은빛 바위를 바라볼 뿐이다.

배가 빙글 돌면서 바위로 달려들었다.

빠직—

선미가 맥없이 부서지며 배가 흔들렸다. 그와 동시에 목풍아의 신형이 갑판을 차고 날아올랐다.

두 여인을 겨드랑이에 끼고 날아오른 목풍아는 검은 바위에 가볍게 내려앉았다. 진기를 끌어올리며 다시금 가까운 바위를 향해 뛰었다. 발끝이 바위를 밟는다기보다 바위를 차고 올라가는 것처럼 느껴졌다.

허공으로 높이 뛰어오른 목풍아는 목표한 바위를 차고 다시금 허공으로 높이 뛰었다. 높이 떠오른 목풍아는 다시 한 번 바위를 차고 강물

속으로 떨어졌다.

텀벙―

물보라가 일어나며 겨드랑이에 있던 두 사람이 비명을 지르며 두 팔과 다리를 허우적거렸다.

"아악―"

"살려주세요. 살려주세요."

목풍아는 잡고 있던 손의 힘을 풀었다.

두 여자가 악착같이 목풍아에게 매달렸다. 한동안 매달리던 두 사람이 물끄러미 목풍아를 바라보았다.

강물이 목풍아의 허리까지밖에 오지 않았던 것이다.

슬그머니 목풍아에게 떨어졌다. 무한한 듯 붉어진 얼굴로 소홍과 장보옥은 서로의 얼굴을 바라보다가 피식 웃음을 터뜨렸다.

"히유~"

그제야 목풍아는 길게 숨을 내쉬었다.

소홍과 장보옥이 동시에 말했다.

"대인, 괜찮으세요?"

목풍아가 고개를 내저으며 말했다.

"너무 기운을 썼더니 한 발자국도 움직일 수가 없소. 두 소저가 기운이 남았다면 나를 부축해 주시오."

소홍과 장보옥은 서로의 얼굴을 바라보며 수줍게 웃다가 목풍아를 부축하고 강변으로 나왔다.

세 사람은 커다란 느티나무 그늘에 자리를 잡고 앉았다.

목풍아를 느티나무에 기대놓고 장보옥이 정중하게 포권을 취하였다.

"대인이 아니었으면 큰일 날 뻔했습니다. 감사합니다."

“별말씀을…… 당연한 건데…… 히히…… 몸매가 좋습니다.”

말을 잇지 못하고 자신을 멍하니 바라보는 목풍아의 입이 헤하고 벌어져 있었다.

목풍아의 시선을 따라 자신을 바라보니 물에 흠뻑 젖어 옷이 달라붙어 있다.

다시 목풍아를 바라보니 샅타구니 가운데가 벌떡 일어나 있다.

“저질.”

장보옥의 발이 불룩 일어난 샅타구니를 힘껏 밟았다.

“크헉— 너, 너무하잖아.”

용을 쓰며 중얼거리던 목풍아의 사지가 개구리처럼 쭉 뻗었다. 흰자위를 드러내고 기절한 목풍아의 입에서 거품이 부글부글 일어나고 있었다.

제 5 장

동굴 안의 인연(因緣)

동굴 안의 인연(因緣) 

똑— 똑—

떨어지는 물소리가 거슬려서 눈을 떴다. 사방이 깜깜하다. 떨어지는 물소리가 울리는 것을 보면 동굴 같았다.

'어떻게 된 일이지?'

물에 젖은 장보옥의 날씬한 몸매가 생각났다. 그리고 무지막지한 장보옥의 발바닥이 떠올랐다.

"제길. 내가 무슨 잘못을 했다고……."

바지 속으로 손을 가져가 만져 보니 다행스럽게 아무런 이상이 없다. 하지만 사타구니가 얼얼하였다.

'남자 구실 못하면 안 되는데…….'

걱정을 하면서도 다른 손이 머리를 만지고 있었다. 보드라운 털의 감촉이 느껴졌다. 흐뭇한 미소가 입가에 걸리었다.

얼마나 기다리던 털이었던가. 오독계를 먹고 털이 없어진 지 반년이 넘게 걸렸다. 그동안 털을 만들기 위해 얼마나 고생을 했던가. 이제 그 고생이 마침내 빛을 보게 되었다.

흐뭇하게 털을 만져 보던 목풍아는 주위를 둘러보았다. 소홍과 장보옥이 보이지 않았기 때문이다.

밝은 빛이 비치는 바깥으로 나가보았다. 동굴 앞을 막아놓은 나뭇잎을 치우려 할 때였다.

"목 대인은 그대의 목숨을 살려주셨는데 어떻게 그대는 그렇게 할 수 있는 거지?"

소홍의 목소리였다. 수풀 사이로 살그머니 바라보니 동굴 바깥에서 소홍과 장보옥이 서서 이야기를 나누고 있었다.

장보옥이 풀 죽은 목소리로 말했다.

"미안해요. 나도 모르게 그냥. 하지만 나를 바라보는 눈빛이 색골 같았다구요."

"저는 목 대인을 잘 알아요. 그분은 공명정대하신 관리이지, 여자를 밝히시는 분이 아니에요."

"그건 나도 잘 알아요. 나는 그냥 내 젖은 몸을 그분이 바라보는 것이…… 아! 하필 그곳이 그렇게……."

뺨이 붉게 물든 장보옥은 말을 맺지 못했다.

"…하지만 대인을 그렇게 만든 것은 정말 미안해요. 나도 모르게 그렇게 되었어요."

"대인이 잘못되면 어쩌지요? 언니가 워낙 심하게 밟아놔서……."

두 사람의 이야기를 들으니 미소가 절로 나왔다. 때 아닌 적에게 쫓겨 여기까지 와 있는 이 상황에 장난기가 솟아나는 것은 무슨 심보일까?

목풍아는 손가락에 침을 묻혀 눈물 자국을 만들었다.

"아이구. 목풍아가 졸지에 고자가 되었구나. 으허허헝."

목풍아는 우는 소리를 내며 나뭇잎을 밀치고 나왔다. 한 손으로 사타구니를 잡고 다리를 절룩거리며 걷다가 두 사람을 발견하고 울먹거렸다.

"으어헝. 이럴 수가 있단 말이오? 나는 목숨을 걸고 그대들을 구했는데 내 중요한 곳을 밟아 병신으로 만들다니…… 은혜를 원수로 갚을 수 있는 거요? 으허헝."

목풍아는 그 자리에서 주저앉아 통곡을 하였다.

"대인. 대인."

소홍이 목풍아에게 다가와 측은한 얼굴로 달래었다.

"이팔청춘 목풍아, 꽃도 피지 못하고 고자가 되었어. 으허엉. 이럴 수는 없는 거야. 이럴 수는…… 반응이 없어. 반응이…… 으허엉. 내 청춘 돌려내. 내 불알 돌려내. 으허엉."

장보옥은 어찌할 바를 몰라 하다가 목풍아의 앞에 무릎을 꿇었다.

"대인, 제가 잘못했습니다. 일부러 그런 것은 아니고 순간적으로 그렇게 되었습니다."

"일부러든 순간적이든 나는 당신 때문에 고자가 되어버렸단 말이오. 이제 나는 살아 있을 희망이 없어졌소. 아! 세상은 나에게 끝없는 시련을 주는구나. 이제 어떻게 살아야 하나. 남자로 태어나서 남자로 살지 못할 바에는 자결해 버리는 것이 낫지. 그래, 이대로 죽어버리자."

목풍아는 바닥에 머리를 쿵쿵 찧었다.

옆에 있던 소홍이 목풍아를 말렸다.

"대인, 진정하세요."

"내가 어떻게 진정할 수 있냐구? 새파란 청춘이 순식간에 고자가 되었는데 어떻게 진정할 수 있냐구? 으허엉."

목풍아는 소홍을 껴안았다.

소홍의 품은 따뜻하였다. 살결에서 향긋한 젖 냄새가 묻어 나왔다.

'아! 이대로 죽어도 좋다.'

통곡을 그치지 않고 아름다운 소홍의 가슴으로 얼굴을 파묻었다.

"으허엉. 소홍, 나는 어쩜 좋아. 이제 고자가 되었어. 으허엉. 이 목풍아는 앞으로 장가도 못 가게 생겼다."

소홍은 그것도 모르고 목풍아의 등을 다독거리며 말했다.

"대인, 진정하세요."

"안 돼. 진정이 안 돼."

아랫도리에 힘이 들어갔다. 당연히 진정이 될 리 없었다. 목풍아는 소홍을 힘껏 껴안았다가 이번에는 장보옥을 껴안았다.

"보옥아, 나는 이제 어쩌면 좋으냐? 너는 사나이 인생을 한 방으로 망쳤다. 으허엉."

사내에게 한 번도 안겨본 적이 없는 장보옥은 어쩔 줄을 몰랐다. 마땅히 밀어내야 하는 것이 당연하지만 자신 때문에 이렇게 슬프게 울고 있는 목풍아를 매몰차게 밀어낼 수는 없었다.

자신 때문에 고자가 되었다고 생각하면 측은한 마음까지 들어서 장보옥은 소홍이 그랬던 것처럼 목풍아의 등을 다독거리며 말했다.

"대인, 죄송해요. 제가 대인에게 큰 죄를 지었어요."

"으허엉. 나는 대인이 아니야. 나는 고자라구, 고자. 으허엉."

목풍아는 장보옥의 허리를 껴안고 가슴에 얼굴을 비비며 더욱 힘차게 울었다.

품에서 향긋한 냄새가 코끝을 스쳐 지나갔다. 장보옥의 살갗에서 소홍과 같이 달콤한 젖 냄새가 났다.

물에 젖은 장보옥의 몸매를 생각하니 아랫도리에 불끈 힘이 들어갔다.

"대인, 죄송해요. 이제 그만 고정하세요."

장보옥이 목풍아를 슬그머니 밀어내었다.

거짓 눈물을 닦으며 훌쩍거리고 있으니 소홍이 손가락을 입에 가져가 조용하라는 표시를 하였다.

"조용하세요. 사람의 목소리가 들렸어요."

조용히 일어나 계곡 아래를 내려다보던 소홍이 자세를 낮추고 다가왔다.

"큰일이에요. 관군을 공격했던 흑의인들이에요."

목풍아가 슬금슬금 나무에 몸을 숨기고 콸콸거리는 계곡 아래를 바라보니 과연 칼을 든 흑의인 수십여 명이 계곡을 살피고 있었다. 그중에 한 사람이 보옥의 검을 들고 있었는데, 목풍아가 강가 버드나무에 던졌던 바로 그 검이다.

"아직 시체를 찾지 못했으니 죽었다고 단정할 수 없다. 검에 실이 묶여 있는 것을 보면 급류에 휩쓸리기 전에 도망친 것인지도 모른다. 이 근처를 샅샅이 찾아봐라."

"예."

흑의인들이 계곡을 뒤지기 시작하였다.

목풍아는 바닥에 몸을 붙이고 기다시피 돌아왔다.

"큰일 났소. 어서 동굴 속으로 몸을 숨깁시다."

소홍이 허리에 찬 칼밖에는 흑의인들에게 대항할 만한 무기가 없었다. 도망치는 것이 상수였다.

목풍아는 소홍과 장보옥의 손을 잡고 동굴 속으로 들어갔다.

"내 말 잘 들으시오. 그놈들이 이 동굴을 찾게 되면 두 분 모두 위험하니 내가 그놈들의 시선을 끌겠소. 어차피 그놈들이 찾는 것은 나니까 말이오."

소홍이 말했다.

"안 됩니다. 그렇게 할 수 없어요."

목풍아가 웃으며 말했다.

"걱정하지 말아요. 한 다리가 장 소저에게 망가졌지만 두 다리가 무사하니 도망치는 것은 문제도 아니오. 도망치는 무공은 제법 일가견이 있으니 염려 마시오."

목풍아는 소홍과 장보옥의 손을 꼬옥 잡고 눈을 찡긋하였다. 소홍과 장보옥은 수줍게 고개를 숙이며 서로의 얼굴을 바라보았다. 꼬옥 잡은 손이 슬며시 풀렸다.

"다시 돌아올 때까지 이곳에서 나를 기다려 주시오."

소홍과 장보옥이 고개를 끄덕끄덕하였다.

"그럼."

목풍아는 동굴을 나가 수풀과 잎이 무성한 나뭇가지로 입구를 가렸다. 이내 목풍아는 슬금슬금 기어가 수풀 뒤에 몸을 숨기고 흑의인들의 동태를 살폈다.

계곡을 뒤지던 흑의인들은 산기슭으로 올라오기 시작하였다. 나무 뒤에 숨어 있던 목풍아는 숨을 길게 들이마셨다. 영단을 먹고 추룡보를 매일매일 연마한 탓에 도망치는 것은 자신이 있었다. 진기를 끌어모은 후 목풍아는 몸을 드러내었다.

"와하하하. 이놈들아, 나를 찾는 것이냐?"

"흠차대신이다."

흑의인들이 목풍아를 향해 달려들었다.

"이놈들, 실력이 된다면 잡아봐라."

목풍아는 우두커니 서서 산기슭을 올라오는 흑의인들을 바라보았다.

"흠차대신을 죽여라."

흑의인들이 소리를 지르며 칼을 뽑아 들었다.

"와하하하. 누구 맘대로 나를 죽여."

목풍아는 바닥을 박차고 흑의인들이 올라오는 계곡 방향으로 내려가기 시작하였다.

목풍아는 흑의인의 몸을 훌쩍 뛰어넘어 다람쥐처럼 계곡 안쪽으로 뛰기 시작하였다. 흑의인들이 방향을 바꾸어 목풍아를 쫓기 시작하였다. 목풍아가 도망치는 방향은 급류가 있는 곳이었다.

강줄기가 큰 산 가운데를 지나는 지형이라 삐죽삐죽한 바위가 가파른 급류 위로 머리를 내밀고 있었다. 목풍아는 강한 진각으로 추룡보를 밟으며 그 반동으로 급류 위에 머리를 내민 바위를 밟고 강을 건너기 시작하였다.

"와하하하. 잡을 테면 잡아보라구. 나를 잡을 재주가 있다면 말이야."

목풍아는 급류 가운데 있는 바위에 멈추어 호탕하게 웃었다. 추룡보를 배워둔 보람이 있었다.

칼을 든 흑의인들이 조심조심 바위를 건너 목풍아에게 다가오다가 발을 헛디뎌 물속으로 빠졌다. 소용돌이치는 급류에 휩쓸린 흑의인은 몇 번인가 부글거리는 강물 위로 떠오르더니 다시는 보이지 않았다.

겁을 먹은 흑의인들이 강가에 우두커니 서서 목풍아를 바라보았다. 그때였다. 흑의인 하나가 바위를 차고 목풍아를 향해 다가오기 시작하였다. 물거품이 일어나는 바위를 가볍게 차고 다가오는 흑의인이 마침내 가장 가까운 바위를 차고 목풍아가 서 있는 바위를 향해 날아들었다. 굉장한 신법이었다.

"네놈이 우두머리구나. 기다리고 있었다."

목풍아는 바위 위에서 흑의인을 향해 천수관음장을 펼쳤다. 허공에 떠 있던 적이기에 방향을 바꿀 수도 없었다. 당연히 천수관음장의 장력을 피할 수가 없었다.

퍽— 퍼퍽—

무수한 장력을 허공한 흑의인은 허공에서 맥없이 급류에 빠져들고 말았다. 소용돌이치는 급류는 흑의인을 삽시간에 삼켜 버리고 말았다.

"에구, 힘 빠져."

목풍아는 길게 숨을 들이쉬었다. 천수관음장 역시 목풍아가 완전하게 습득한 것이 아니다. 남경에서 독돈에게 요령을 익히고 때때로 몇 차례 연습을 한 것이 전부였다. 다행한 것은 목풍아가 영약을 먹어 공력이 높다는 것이었다.

펼치는 장법이 독돈처럼 무서운 위력은 아니었지만 내력이 실린 장력은 때때로 무서운 위력을 발휘하기도 하였다.

자신의 실력을 잘 알고 있는 목풍아는 평지에서 무공이 강한 자들과 상대한다는 것이 자살 행위라는 것을 잘 알고 있었다. 그렇지만 이런 지형에서는 천수관음장을 효과적으로 써먹을 수 있다 생각하였다. 목풍아가 스스로 사지에 들어온 까닭이다.

목풍아가 있는 곳까지 올 수 있는 정도라면 상당한 수련을 쌓은 자가 틀림없을 것이다. 목풍아가 노리는 것은 우두머리들이었던 것이다.

"와하하하. 자신있는 자, 덤벼보라구. 언제든 기다려 줄 테니……."

한바탕 웃던 목풍아는 바위에 털썩 주저앉았다. 한꺼번에 많은 힘을 썼더니 기운이 빠졌다.

흑의인 몇 명이 목풍아에게 다가오다가 급류에 휘말려 목숨을 잃었다. 흑의인 수십여 명이 닭 쫓던 개마냥 계곡 건너편에서 멍하니 목풍아를 바라볼 뿐이다.

"자라 같은 놈들, 두건을 그렇게 쓰고 있으니 검은 자라 같구나. 와하하하."

흑의인 몇 사람이 활을 쏘기 시작하였다.

바람을 가르며 화살이 날아왔다. 목풍아는 바위에 찰싹 달라붙어 화살을 피하였다.

다른 흑의인들은 돌을 집어 던지기 시작하였다.

"제길. 이렇게 되면 여기까지 온 보람이 없어지는데……."

목풍아는 돌벼락을 피하여 반대편으로 계곡으로 몸을 날렸다. 천수관음장을 펼친 탓인지 다리에 힘이 빠졌지만 진각을 강하게 밟으니 기운이 다시 솟아나는 것 같았다.

반동을 이용하여 다람쥐처럼 바위를 차고 급류를 건넜다.

"이 자식들아, 자신있으면 건너와 보라구."

반대편 계곡에서 자신을 바라보고 있는 흑의인들을 바라보며 손을 흔들었다.

화살 하나가 날아와 가슴에 꽂혔다. 이내 화살이 맥없이 바닥으로 떨어졌다. 백보갑을 입은 탓이다.

목풍아는 가슴을 치며 소리쳤다.

"이 자식들아, 운이 좋은 줄 알아라. 이 몸은 금강불괴라서 화살도 들어가지 않는단 말이다. 너희는 오늘 운 좋았다."

목풍아는 날아오는 화살을 피하여 자신의 몸을 살폈다.

'이거 참 묘하군. 확실히 천수관음장과 추룡보는 상관관계가 있는가 보다. 빠진 기운이 금방 돌아오다니 말이야.'

주먹을 펼쳤다 쥐었다 하다가 고개를 들어 하늘을 바라보았다. 서편에 저녁놀이 지고 있었다.

"제길. 하루 종일 쫓기다 보니 벌써 밤이 다가오는구나. 차라리 잘 되었다."

목풍아는 강 상류를 향해 뛰어가기 시작하였다.

강을 건넜으니 적들의 수색이 건너편으로 집중될 것이다. 두 소저와 약속한 대로 깜깜한 어둠이 찾아오기 전에 강물을 건넌다면 반대편은 안전지대가 되는 것이다.

혼란을 수습한 관군들이 찾아올 때까지 하룻밤만 잘 견뎌내면 된다. 이제 강을 건너가는 것이 문제이다. 목풍아는 수영을 해본 적이 없지만 수영으로 건너가야만 한다.

방법은 하나밖에 없었다. 목풍아는 상류로 올라와 부러진 나무를 모아 허리띠로 뗏목처럼 한데 묶었다.

나무는 부력이 있으므로 몸을 맡긴다면 물귀신이 될 염려는 하지 않아도 되므로 강물의 흐름을 타고 강 반대편으로 떠내려가듯 도착하면 되는 것이다.

목풍아는 옷과 신발을 벗어 나무 위에 올려놓고 빨가벗은 몸으로 조심조심 물속으로 들어갔다. 강물이 차가웠다. 그러나 이 강을 건너기만 하면 아름다운 두 명의 소저가 기다리고 있는 곳으로 갈 수 있다.

생각만 해도 온몸에 기운이 불끈불끈 솟았다.

"우헤헤헤. 가자."

강바닥을 차고 가니 물이 더욱 차갑다. 그때였다. 갑자기 발이 닿지 않았다. 물속으로 빠져들었다. 물을 먹으니 숨이 콱 막히며 정신이 없었다.

"살려. 목풍아 살려."

떠올랐다 가라앉았다를 반복하였다. 필사적으로 두 팔을 허둥지둥 휘둘렀다. 뭔가 손에 잡히는 것이 있었다.

"헉."

다행이 나무 뗏목을 잡았다. 목을 빼고 숨을 몰아쉬었다. 죽는다는 것이 별것 아니다. 숨을 못 쉬는 것이 이렇게 고통스러운 것인지 목풍아는 이전에 알지 못했다.

숨을 들이쉬며 조심조심 물장구를 쳐 앞으로 나아갔다. 깜깜한 강 반대편으로 나기는데 뭔가가 이상하다. 살짝 고개를 돌려보니 신발 한 짝이 둥둥 떠가고 있다. 자신이 신던 신발과 비슷하게 생겼다.

"헛."

목풍아는 나무를 엮은 뗏목을 바라보았다.

"빌어먹을⋯⋯."

뗏목 위에 있어야 할 옷과 신발이 보이지 않는다. 물속에서 한바탕 소동을 일으켰을 때 나무 뗏목이 뒤집어지며 옷과 신발이 강물 속으로 떨어진 것이다.

얼른 손을 뻗쳐 떠가는 신발을 잡았다. 주변을 둘러보았다. 신발 한 짝이 가까운 곳에 떠 있을 뿐이다.

"내 옷. 내 옷. 빌어먹을 내 옷⋯⋯."

옷이 보이지 않았다. 강물에 떠내려갔거나 물속으로 잠겨 버렸을 것이리라.

목풍아는 신발 한 짝을 뗏목 위에 올리고 다른 한 짝을 잡아 뗏목 위에 올려놓았다. 신발 한 쌍이 덩그러니 눈앞에 있을 뿐이다.

눈앞이 깜깜하였다. 실오라기 하나 걸치지 않고 소홍과 장보옥을 어떻게 만나러 갈 수 있단 말인가? 한숨이 절로 나왔다.

"에이…… 빌어먹을……."

하지만 할 수 없는 일이 아닌가? 강물이 차가웠다. 목풍아는 열심히 물장구를 쳐서 반대편 강가에 닿았다. 날이 저물어 깜깜하였다. 강 반대편에서 무수한 횃불들이 움직이고 있었다.

적의 추격권에서 벗어났지만 왠지 처량하다. 수중에 있는 것이라고는 신발 한 쌍과 나무를 묶을 때 사용했던 허리띠가 전부이다.

"할 수 없지."

목풍아는 나뭇잎으로 앞뒤를 가리고 허리띠를 둘러 중요한 곳을 가린 후 신발을 신고 터벅터벅 걸음을 옮겼다. 나뭇가지와 잎이 살갗에 닿아 걸을 때마다 따끔거렸다.

"목풍아 팔자가 왜 이렇게 되었단 말이냐?"

길게 한숨을 쉬다가 머리를 만졌다. 보송보송한 머리털이 일말의 위안이 되었다.

멀리에서 물줄기가 부서지는 듯한 급류 소리가 들렸다. 고개를 들어 보니 수만 개의 별들 사이로 험난한 계곡이 보였다. 멀지 않은 곳에 은신처가 있다는 뜻이다.

바위가 점점 많아졌다. 조심조심 바위를 타고 가다 보니 눈에 익은 급류가 나타났다. 물줄기는 흰 포말을 일으키며 세차게 흘러내리고 있었다.

"저 부근이었지?"

눈에 익은 지형을 더듬어 산비탈을 올라갔다.

나뭇잎으로 숨겨놓은 동굴 앞에서 목풍아는 걸음을 멈추었다. 나뭇잎으로 중요한 곳만 가린 자신의 모습을 물끄러미 바라보니 차마 들어갈 엄두가 나지 않았다.

동굴 입구에서 쭈그리고 앉았다. 고개를 들어 수만 개의 별들이 쏟아질 것 같은 하늘을 바라보았다. 한숨을 길게 내쉬었다. 사타구니와 허벅지가 따끔따끔하였다.

"에휴~"

부시럭거리는 소리와 함께 등에 차갑고 날카로운 검봉의 예기가 느껴졌다.

"누구냐?"

소홍의 목소리였다.

"목풍아요."

갑자기 얼굴이 뜨거웠다.

"아! 대인, 돌아오셨군요."

"……."

소홍과 장보옥이 동굴 바깥으로 나왔다.

"그런데 대인, 어째서 벗고 계신 거죠?"

두 여인은 목풍아를 바라보지 못하고 말했다. 목풍아는 쥐구멍에라도 숨고 싶은 심정으로 말했다.

"강을 건너오다가 옷을 몽땅 잃어버렸소. 겨우 신발만 건지고 이렇게 돌아왔다오."

길게 한숨을 내쉬었다.

"많이 아프시겠어요. 급한 김에 이, 이거라도 써서 가리시면 어떨까요?”

소홍이 다소곳하게 수건 하나를 내밀었다.

“이, 이게 뭡니까?”

“제가 제일 소중하게 생각하는 수건이랍니다. 잘 기억나시지 않겠지만 하음현에서 제가 대인을 암살하려 했을 때 대인께 침을 뱉은 적이 있었지요? 그때 대인께서 이 수건으로 제 얼굴을 닦아주셨지요.”

“더러운 수건을 가장 소중하게 생각한단 말이오?”

“저에게는 더러운 수건이 아닙니다. 그러니 소중하게 쓰여졌으면 좋겠습니다.”

목풍아는 소홍의 마음이 고맙기도 하려니와 낡은 수건을 바라보기가 막히는 것이었다. 수건으로 옷을 만들어 입을 수도 없으니 꼼짝없이 중요한 곳을 간신히 가릴 정도이다. 나이 스물에 팔자에도 없는 기저귀를 차게 생겼다.

미녀의 정성을 거절할 수도 없는 노릇일뿐더러 지금은 중요한 곳을 가리는 것이 더 시급하다.

‘제길, 소홍이 좋아하는 나의 체취가 심하게 묻어나는 수건이 되겠구만.’

목풍아는 찡그린 얼굴을 애써 펴며 말했다.

“고, 고맙소. 잠시 고개를 돌려주시오.”

“네.”

소홍과 장보옥이 고개를 돌렸다.

‘빌어먹을……’

욕이 목구멍까지 올라왔다. 얼굴이 화끈거리는 것을 애써 참으며 허리띠를 풀었다. 나뭇잎들이 우수수 떨어졌다. 수건을 앞뒤로 하여 기

저귀처럼 중요한 부분을 가리고 허리띠를 묶은 후 나뭇가지를 허리띠
에 걸어 중요한 곳을 가렸다.

중요한 부분이 따갑지 않아서 좋았으나 기저귀를 찬 것 같아서 얼굴을
들 수 없었다. 하지만 대장부 목풍아 이 정도에 기죽을 사람이 아니다.

"다 되었으니 고개를 돌려도 좋소."

소홍과 장보옥이 고개를 돌려 목풍아를 바라보았다. 나뭇잎 사이로
희끗희끗한 수건이 보였다. 기저귀를 찬 사내를 보니 웃음이 절로 나
왔다. 애써 웃음을 찾는 모습이 역력하였다.

"으, 으음. 여기서 이럴 게 아니라 동굴 속으로 들어갑시다. 적도들
이 우리를 찾아다니고 있어요."

목풍아는 두 사람을 동굴 속으로 이끌었다.

깜깜한 동굴 속으로 들어가니 조금은 나았다. 잠시 후 어둠에 눈이
익어 사물이 더욱 잘 보였다. 어둠 속에서 자신의 몰골을 보고 웃고 있
을 것을 생각하니 마음이 착잡하였다.

"대인, 우리는 어떻게 되는 거죠? 언제까지 기다려야 하는 거죠?"

장보옥의 목소리였다.

"글쎄요. 곧 찾아오겠죠. 무당파와 아미파에서 그대들을 찾아다닐
것이고, 관군들과 내 부하들도 나를 찾아올 것이니 잠자코 이곳에서 기
다리십시다."

목풍아는 말없이 생각에 잠기었다.

미리 경계를 하지 않은 것은 아니지만 상대방이 이렇게 도발적으로
나올지는 목풍아도 예상하지 못하였다.

우각산에서 적들의 공격을 받았다는 것은 내부에 적이 있다는 뜻이
된다. 전날 관군과 무림의 군웅 앞에서 우각산의 도적을 치러 간다는

뜻을 비추었던 것은 내부의 적이 있는지 떠보기 위한 것이었다.

그런데 다음날 기다렸다는 듯이 적의 공격을 받았으니 적의 수뇌는 무림계의 인사들 중에 있다는 결론이 나오는 것이다.

'제갈세가.'

그렇다면 무엇 때문에 목풍아를 죽이려고 하는 것인지 추측해 내어야 한다.

전날 목풍아는 제갈세가를 의심하는 발언을 한 적이 있었다. 흠차대신이 혐의를 명교가 아니라 제갈세가에 두고 있다고 말하였으니 제갈세가로서는 목풍아를 살해하는 것이 최선의 방법이었을 것이다.

목풍아 말대로 우각산에 적도가 없이 흔적만 남아 있다면 제갈지의 장담은 힘을 잃게 되는 것이다. 무림인들에게 마교가 범인이라는 인상을 줄 수 있겠지만 관군을 끌어들이지는 못할 것이고, 황제의 명을 받은 흠차대신이 아니라고 트집을 잡는다면 명교를 범인으로 몰아가는 것이 어렵게 되는 것이다. 결국 최선의 수는 흠차대신을 죽이는 것이다.

흠차대신이 죽게 된다면 다음 수순은 보지 않아도 뻔하다. 황궁과 무당파가 가만있지 않을 것이다. 황제는 군사를 풀어 죄없는 마교를 색출하게 될 것이고, 무당파 역시 무림맹을 조직하려 무림첩을 돌릴 것이 뻔하였다.

제갈세가는 표면적으로 나서지 않고도 무림맹을 결성할 수 있게 되는 것이다. 상대방은 목풍아의 의도를 간파하고 한 수 더 나아간 것이다. 상대방은 목풍아를 죽이기 위해 사력을 다할 것이 틀림없었다. 무슨 수를 써서든 목풍아를 죽이려 할 것이다.

바깥에서 목풍아를 부르는 소리가 은은하게 들려왔다.

"흠차대인, 어디 계십니까? 흠차대인……."

장보옥이 동굴 밖으로 나가려 자리에서 일어났다.

목풍아가 동굴 앞을 막아서며 말했다.

"잠자코 있어요."

"예? 왜 그러세요?"

"나가지 않는 것이 좋겠어요."

장보옥이 고개를 갸웃거렸다.

"바깥에 우리 편이 있을지도 모르잖아요."

"급하게 서두를 것 없어요. 내일 날이 밝은 후에 우리 사람이 맞는가 확인한 후에 나가도 늦지 않아요. 신중합시다."

장보옥이 천천히 자리에 앉았다.

잠시 후 목풍아를 찾는 소리가 잦아들었다.

계곡에서 부는 바람 소리가 잎사귀에 부딪쳐 음산한 소리를 내었다. 울부짖는 듯한 급류 소리가 은은하게 들려왔다.

"저는 대인이 크게 되리라 생각했었습니다."

소홍이었다. 어색한 분위기를 깨려고 먼저 말을 건 것이다.

"나에게 원한은 완전히 없어진 건가?"

"네."

소홍은 빙그레 웃으며 고개를 끄덕였다.

"저 역시 양어머니와 함께 무고한 처녀들을 수장시킨 죄가 있는걸요. 죄가 있다면 저와 어머니에게 있는 것인데 무고한 대인에게 원한이 있을 수 없죠."

장보옥이 물었다.

"두 분 사이에 어떤 일이 있었는지 저도 알면 안 될까요?"

소홍이 과거 하음현에 있었던 일을 이야기하였다. 목풍아가 매정하

게 무당과 마을의 유지들을 수장시키고 하백 제사를 금하게 한 이야기
와 소홍을 두 번이나 살려준 이야기를 듣고 나니 빨가벗은 목풍아가
달리 보였다.

목풍아가 말했다.

"별거 아니오. 그건 그렇고, 소홍은 그때 나와 헤어지고 난 후에 어
떻게 지냈었지? 나는 가끔씩 소홍이 보고 싶었어."

소홍이 수줍게 웃으며 말했다.

"저, 저는 홀로 강호를 떠돌아다니던 중에 인신매매범들에 잡혀 기
루로 팔려 나가게 되었지요. 그때 우연하게 녹삼 사부님을 만나 구원
을 받았습니다. 그 후에 저는 녹삼 사부님의 제자가 되어 이렇게 아미
파와 인연을 맺고 살고 있습지요."

"오! 고생을 많이 했구나."

장보옥은 목풍아와 소홍이 다정하게 이야기를 나누는 것을 듣고 있
으니 왠지 소외된 듯한 기분이 들었다. 마음속에서 부글부글 심술이
일어나는 것 같았다.

"아미파의 여제자들은 대부분 머리를 깎은 여승이라고 알고 있는데,
그대는 머리를 기른 채군요. 무슨 이유가 있나요?"

"아미파 장문인께서 머리를 기르게 하셨습니다. 저 말고도 아미파에
는 머리를 기른 제자들이 많답니다."

"현명하구려. 아미파 장문인은 말이오."

장보옥이 목풍아에게 물었다.

"왜 그렇게 생각하시죠?"

"장문인께서는 불가의 도가 높은 분이시라 사람의 길이 무엇인지 잘
아시는 것이오."

"사람의 길이 무엇이지요? 알기 쉽게 이야기해 주실 수 있나요?"

"대저 남자와 여자는 부부가 되어 아이를 낳고 기르며 시간의 흐름에 거역하지 않고 사는 것이 바로 사람의 길이오. 인간의 본성대로 사는 것, 본성을 지키며 사는 것. 그것이 인간의 길이지요. 장문인께서는 그 길을 아시는 것입니다. 머리를 깎지 않은 것은 젊은 제자들에게 그 길을 열어놓으신 것이지요. 자신의 판단에 확신이 서지 않을 때는 언제든지 속세로 나갈 수 있도록 말이지요."

일리가 있는 말이었다.

장보옥은 고개를 끄덕끄덕하며 힐끔힐끔 목풍아를 바라보았다. 스님처럼 동그란 머리에 두 개의 눈빛이 횃불처럼 반짝거렸다.

무당파 장문인으로부터 목풍아가 정삼품 흠차대신으로 황제로부터 지낭부라는 집을 하사받았다는 것을 들었던 터다. 전날 객잔에서 개방의 방주로부터 올해 봄 극심한 보릿고개를 넘겨 천하의 거지들의 수를 줄어들게 한 인물이며, 뇌물을 받지 않는 드물게 보는 청렴한 관리라고 칭찬 아닌 칭찬을 들었던 터라 목풍아에 대한 호기심이 있던 장보옥이었다. 배가 부서지는 순간 급류를 건넌 무공이나 흑의인에게 쫓길 때에 스스로 미끼가 되어 나가던 용기를 무공을 보아도 보통 사람은 아닌 것 같았다. 그때 소홍이 다소곳이 물었다.

"그런데 대인께서는 언제 그렇게 무공을 익히셨나요?"

"와하하하. 내가 무슨 무공이 있나?"

장보옥이 얼른 말했다.

"겸손하시네요. 날아오던 화살을 손으로 잡는다거나 저희 두 사람을 겨드랑이에 끼고 급류를 건너올 만한 실력은 무림의 고수들도 좀처럼 하기 힘든 어려운 무공입니다."

"와하하하. 그런가요? 나는 그저 아름다운 두 명의 미인을 구하려 한 것뿐이랍니다."

목풍아는 소홍에게 눈을 찡긋하며 말했다.

"그리고 보니 소홍아, 나는 벌써 네 목숨을 세 번이라 구했구나. 아! 그리고 보면 너와 나는 인연이 깊은 모양이다."

목풍아는 장보옥에게 고개를 돌렸다.

"장 소저도 나에게 신세를 졌으니 불가의 말로 말하자면 전생에 깊은 인연이 있는가 봅니다."

"예? 이, 인연이라고요?"

장보옥의 얼굴이 빨갛게 물들었다.

"우리가 만나게 되는 모든 일이 아마도 전생의 인연일지도 모르지요."

목풍아가 빙그레 웃다가 손가락으로 입을 막아 조용하라는 행동을 하였다.

소홍과 장보옥이 행복한 상상을 하다가 숨을 죽이고 목풍아를 바라보니 멀리 사람들의 목소리가 은은하게 들려오고 있었다.

급류의 굉음 소리와 함께 들리는 그 소리는 점점 커지고 있었는데, 처음에는 무슨 말인지 알 수 없었지만 차차 분명하게 들을 수 있었다.

"대장, 빌어먹을 대장, 어디 있는 거냐?"

"대장, 빌어먹을 대머리…… 어디 있는 거야?"

"빨리 나와라, 빌어먹을 대장아……."

세 가지 소리가 번갈아 들려왔다. 목풍아가 자리에서 벌떡 일어나 동굴 앞으로 나갔다. 동굴 앞을 막아놓은 수풀 사이로 바라보니 계곡이 온통 횃불로 밝은데, 들리는 소리는 세 가지뿐이다.

"대인을 욕하는 것을 보면 적의 무리 같아요."

“아니오. 우리 편이 맞소. 이제 위기를 벗어나게 생겼소. 와하하하.”

갑자기 아래가 시원하였다. 고개를 숙여보니 호탕하게 웃느라 배에 힘을 준 탓인지 중요한 곳을 가린 수건이 바닥에 떨어져 있었다.

“어맛.”

소홍과 장보옥이 깜짝 놀라 비명을 지르며 고개를 돌렸다.

‘빌어먹을……’

목풍아는 수건을 잡아 중요한 곳을 가리며 바깥으로 나갔다.

“대인, 가지 마세요. 적인지도 모르잖아요.”

소홍이 뒤따라오며 말했다.

목풍아는 무안하여 뒤도 돌아보지 않고 산비탈을 내려가며 말했다.

“걱정 말아요. 이번에는 내 부하들이 맞아요. 얼른 내려갑시다.”

목풍아가 비탈길을 내려가다 보니 갑자기 조용하다. 계곡가에 횃불은 많은데 목풍아를 찾는 소리는 들려오지 않았다.

“보세요. 이상하잖아요.”

장보옥의 말을 들은 척 만 척 귀를 기울였다. 계곡에서 귀에 익은 울음소리가 들려왔다.

“빌어먹을 대장아, 어디 간 거냐? 죽었느냐? 할 일도 많은데 물에 빠져 죽은 게냐? 빌어먹을 화상아.”

독돈의 목소리였다.

“대장, 호의호식하자구 그렇게 다짐해 놓고 이렇게 먼저 죽으면 어떡하냐구?”

이것은 일도의 울음소리였다.

‘무슨 일이지?’

수풀을 헤치고 계곡으로 나가니 급류 가운데에 횃불이 모여 있다.

일도의 돼지 멱따는 울음소리가 그곳에서 들려오고 있었다.

빨가벗은 목풍아가 천천히 다가가 바라보니 횃불을 든 병사들이 수십여 명 모여 있는 가운데 오괴는 세찬 급류를 바라보며 우두커니 서 있고, 독돈과 일도는 바닥에 주저앉아 가슴을 두드리며 울고 있었다. 울고 있는 독돈의 손에 하얀 옷이 들려져 있었다. 백보갑이었다.

'떠내려오던 백보갑을 발견했구나.'

목풍아는 그제야 부하들이 통곡하는 이유를 알 것 같았다. 물에 젖은 백보갑을 급류가 흐르는 계곡 근처에서 발견하고 목풍아가 물에 빠져 죽었다고 생각하는 것이다.

나를 위해 기꺼이 목숨을 바치고, 진심으로 울어줄 부하들이 있다는 것은 기분 좋은 일이다.

가슴이 뿌듯해져 왔다. 목구멍으로 터져 나오는 감격의 힘으로 힘껏 소리를 질렀다.

"빌어먹을 인간들아, 내가 왜 죽어. 목풍아, 여기 있다."

천둥 같은 음성에 사람들의 시선이 조금 더 상류 쪽에 있는 목풍아에게 향하였다.

"목풍아, 여기 살아 있는데 울기는 왜 울어, 빌어먹을 놈들아!"

사람들의 시선을 확인하곤 목풍아는 빙그레 웃으며 엄지손가락을 번쩍 쳐들었다. 갑자기 사타구니가 시원한 느낌이 들었다.

"어맛. 또 떨어졌어."

뒤에 있던 장보옥과 소홍이 두 손으로 얼굴을 가리켜 비명을 질렀다.

독돈과 오괴, 일도와 관군들이 멍하니 빨가벗은 목풍아를 바라보고 있었다.

반격(反擊)

반격(反擊)

다음날 아침부터 목풍아는 의성 현청 안을 어슬렁거리고 있었다. 그 뒤편에 관복을 입은 오괴와 독돈, 일도와 사대호법들이 석상처럼 서 있는데, 현청 가운데에 포박된 몇 명의 사내가 피투성이가 되어 형틀에 묶여 있었다.

사내들을 힐끔 바라보던 목풍아는 솜털이 보송보송한 머리를 쓰다듬으며 생각에 잠기었다.

전날 우각산을 기습한 폭도들 몇을 사로잡았는데 목풍아가 조사를 한 바로는 말도 잘 통하지 않는 변방의 회족 사람과 일자무식한 사내들이었다. 작년 겨울에 돈을 받고 변방으로부터 끌어 모여져 훈련을 받다가 시키는 대로 한 죄밖에는 없다는 공통점이 있었는데, 소속을 물어보면 하나같이 자신들을 명교라고 하였다.

"저놈들을 옥에 가둬라."

죄인들을 감옥으로 보낸 후 목풍아는 정청 안으로 들어가 탁자에 앉았다. 독돈이 걱정스런 얼굴로 물었다.

“대장, 정말 명교의 짓인가요?”

목풍아는 미소를 지을 따름이다.

오괴가 코웃음을 치며 말했다.

“대장이 말을 못하는 것을 보면 맞는 것 같군요.”

목풍아가 웃으며 말했다.

“자꾸 명교를 팔아먹지 말라니까. 명교는 아니니까 말이야. 한 가지 분명한 것은 상대방은 정말로 머리가 좋고, 교활하며 악랄한 놈들이라는 거야.”

일도가 말했다.

“대장은 그렇게 당하고도 그런 말이 나옵니까?”

어제 명교의 기습으로 관군 삼백여 명이 목숨을 잃었다. 여기저기로 시선을 분산시킨 탓에 적병의 집중력이 흩어져 다행스럽게 목풍아의 심복들은 무사하였지만 한 번도 이런 식으로 당해본 적이 없는 대장이었기에 심복들은 심란하기만 하였다.

목풍아는 그런 기우를 비웃듯이 말했다.

“그럼, 내가 어떻게 해야 되겠냐?”

“…….”

“걱정 마라. 천하를 상대로 하는 자들이 빈틈을 보일 리 있겠느냐? 이 정도는 예상한 바였다. 상대방이 무림의 인사들 가운데 있다는 것이 확인되었으니 그것으로도 만족한 성과를 거둔 거야.”

오괴가 말했다.

“하지만 상대방도 만족한 성과를 거둔 것 같은데요? 명교라고 실토를 하였으니 무림맹이 조직되는 것은 시간문제가 아닙니까.”

“후후후, 걱정없어. 무림맹은 조직될 수 없으니 말이야.”

목풍아는 탁자 위에 놓인 붓을 들었다. 붓에 먹을 듬뿍 묻힌 목풍아는 탁자 위에 놓인 종이에 글을 쓰기 시작하였다.

황제에게 올리는 글이었다.

도적들이 은자를 강탈한 일은 도적의 소굴을 진압하는 것으로 해결되었으며 한 푼도 잃어버리지 않았으니 염려할 것 없다는 내용이었다. 도적들이 천자의 은자를 강탈하려 하는 것은 아직도 이 지역의 인심이 천자를 믿지 못하고 있다는 뜻이니 차분하게 지켜봐 달라는 내용도 곁들였다.

오괴가 팔짱을 끼며 말했다.

“대장, 도적을 토벌하지도 않았는데 거짓을 써도 되는 겁니까? 도적이 저희 입으로 명교라고 실토했지 않습니까?”

“와하하하. 은자를 잃어버리지 않은 것은 사실 아닌가. 은자를 잃어버렸다면 내 말이 거짓말이 되지만 은자를 잃어버리지 않았다는 데야 천 리 밖에 있는 천자가 알 게 뭐야? 그리고 지금 심문을 받았던 자들은 명교가 뭔지도 모르는 어리석은 사람들이다. 그 말을 곧이곧대로 믿으면 안 돼.”

독돈이 손뼉을 치며 말했다.

“으허허허. 역시 대장이야.”

오괴가 콧방귀를 뀌었다.

일도가 고개를 내밀며 말했다.

“대장, 그럼 은자는 어디에 있나요?”

“지금쯤 무당산에 가 있겠지. 무한에서 수룡방의 선단으로 옮긴 것을 일도는 모르나?"

오괴가 말했다.

"저 자식은 자느라고 정신이 없었죠."

"뭐야? 나만 모르고 있었던 거야? 형님, 나한테까지 이럴 수 있는 거요?"

"까불지 말고 가만히 있어. 여기가 어디라고 까불어."

오괴가 검지손가락으로 일도의 이마를 때렸다.

딱―

경쾌한 소리와 함께 일도가 벌러덩 고꾸라졌다. 일도가 이마를 부여잡으며 발을 동동 굴렀다.

"힉, 힉. 나만 가지고 그래."

오괴가 말했다.

"그럼 이제 어떡하실 겁니까? 소문을 무마시키고 무림맹이 결성되는 것을 막는 것이 쉬운 일은 아닌 것 같은데 말입니다."

"와하하하. 내 능력을 믿지 못하겠나?"

"그건 아니죠."

"은자를 잃어버리지 않았는데 은자를 잃어버렸다고 떠벌리는 자는 거짓을 말하는 자이지. 본래 은자 강탈 사건이 없었는데 있었다고 떠벌리는 자들이야말로 유언비어를 유포한 죄인들이지."

"유언비어를 유포한 죄인?"

목풍아는 음흉한 미소를 지으며 말했다.

"후후후. 내가 당하고만 있을 것 같나? 지금부터 어떻게 상대방의 계략을 무마시키는지 보여주지."

목풍아는 현령 황충백으로 하여금 시가지를 돌아다니면서 은자 강탈 사건을 떠들고 다니는 자, 명교의 짓이라고 떠벌리는 자를 잡아오라 이르고 일도에게는 객관에 있는 무림인들을 모셔오게 하였다.

잠시 후 객관에 머무르던 무림의 인사들이 현청으로 모여들었다.

무림인들이 목풍아가 무사하게 돌아온 것을 축수하였다. 일일이 답례하며 인사를 하는 동안 소홍과 장보옥과도 눈이 마주쳤다. 두 사람은 목풍아의 알몸이 생각나는지 얼굴을 붉히며 고개를 들지 못하였다.

목풍아는 헛기침을 하며 말했다.

"별것 아닌 일로 심려를 끼쳐 드려 죄송하게 되었습니다. 제가 여러분을 부른 것은 미안한 말씀을 드리고자 함입니다."

개방 방주 풍걸이 말했다.

"뭐든 말씀하십시오."

"저는 무당산으로 가봐야 할 것 같습니다."

"무당산으로 가신다고요?"

"예. 조만간 무당산에 천자 폐하의 은자가 도착할 것입니다."

"잃어버린 은자가 무당산에 도착한다니요. 그게 무슨 말씀이십니까? 저희는 어떻게 돌아가는 영문인지 알 수가 없습니다, 대인."

"죄송하지만 말씀드릴 수가 없습니다. 여러분 가운데 명교와 손을 잡은 자가 있다는 것을 알게 된 이상 여러분을 믿을 수 없게 되었습니다. 애석한 일입니다."

소림승 지송이 소매를 떨치며 말했다.

"그게 무슨 말씀이시오? 우리 가운데 명교와 손을 잡은 자가 있다니요?"

"처음부터 천자의 은자는 잃어버린 적이 없습니다. 의성에서 폭도들에게 잃어버렸다는 것 역시 모두 거짓이었습니다. 은자는 멀쩡하게 무당산으로 가고 있었으니까요."

개방 방주 풍걸이 말했다.

"그렇다면 누군가가 유언비어를 유포했다는 말인가요?"

"그렇습니다. 누가, 왜 그런 쓸데없는 유언비어를 유포했는지는 알수 없지만 일련의 상황이 이상하게 마교를 정벌하고 무림맹을 결성하는 것과 깊은 관계가 있다는 것을 알 수 있었습니다. 어제의 일을 보더라도 우각산에서 적들이 우리를 기다리고 있었습니다. 사로잡힌 자들이 명교의 교도라고 실토했지만 이상한 것은 은자를 강탈하지도 않은 명교가 왜 갑자기 우각산에 나타났느냐는 거지요. 무엇 때문에 나타났을까요? 저를 노렸다면 시기가 기가 막히지요? 제가 만일 어제 죽었다면 상황이 어떻게 되었을까요? 아마 관군이 마교를 찾아다니고, 무림맹이 결성되겠지요. 그들이 무엇 때문에 스스로 자신의 목에 칼을 대려는 걸까요?"

"대인의 말을 들어보니 그렇군요. 은자를 강탈할 것도 아닌데 명교가 흠차대신을 노릴 이유가 없어요. 상대방은 무림맹이 결성되기를 바라는 것인데……."

녹삼 사태가 잠시 제갈지를 바라보다가 말했다.

"이상한 일이군요. 무림맹이 결성되어도 명교에는 아무런 도움이 되지 않을 텐데 말이에요."

목풍아가 말했다.

"그건 그렇지 않을 것 같습니다."

"어째서 그런 거죠?"

"무림맹주가 되면 중원의 군소 방파들을 움직일 수 있는 영향력을 가지게 된다고 들었는데, 아닙니까?"

“그렇습니다.”

“제 추측입니다만 여기 모인 사람들 중에 명교와 손을 잡았거나 무림계를 몰락시키려는 자가 있는 것 같습니다. 깊은 꿍꿍이는 알 수 없지만 분명한 것은 적이 무림맹을 결성하는 것을 바라고 있다는 것이지요.”

정천에 모인 군웅이 상기된 얼굴로 서로를 바라보았다. 의심의 눈초리들이 상대방을 바라보고 있었다. 그 한가운데에 제갈지가 있었다. 깃털 부채로 시선을 가렸지만 무림맹을 강력하게 결성하려던 제갈지였기에 의심의 눈초리가 가장 집중되었다.

제갈지가 빙그레 웃으며 말했다.

“대인께서 사람들에게 불신을 심어주시는군요. 대인 말마따나 은자가 털렸는지 납덩어리가 털렸는지 누가 안단 말입니까? 은자의 호송 행렬이 의성에서 도적 떼에게 털렸다는 것은 사실이 아닙니까? 정말로 납이 아니라 은자가 털렸다면 대인이야말로 거짓을 말하는 것이 되는 것이지요. 안 그렇습니까?”

제갈지의 말도 일리가 있었다. 납인지 은인지는 확인이 안 된 상태이니 누구의 말을 믿어야 할지 의심스러운 것은 사실이었다.

“증거가 없다는 말씀인가요?”

목풍아가 빙그레 웃으며 제갈지를 바라보다가 앞마당으로 고개를 돌렸다. 그동안 사람들이 하나둘 관군에게 잡혀 관청 앞마당으로 끌려오고 있었는데, 마당 가운데에서 하나둘 무릎이 꿇려지는 사람들을 바라보고 개방 방주 풍걸이 말했다.

“대인, 무슨 일로 저렇게 많은 사람들이 잡혀오는 겁니까?”

“유언비어를 유포하는 사람들을 잡아들이는 겁니다. 명교의 무리가 천자의 돈을 강탈했다는 유언비어를 유포한 죄인이지요."

잠시 만에 오십여 명이 넘는 사람이 현청 앞에 무릎이 꿇려졌다. 무지한 백성들이 대부분이었다.

유언비어를 유포하고 동요를 퍼뜨리는 것은 목풍아의 특기라, 잡혀온 대부분의 백성들이 몇몇 주동자에 의해 멋모르고 이야기를 일삼다가 잡혀온 사람임을 알고 있었다.

"어제 우각산에서 잡아온 자들을 데려와라."

잠시 후 피투성이가 되어 끌려 나온 흑의인 일곱 명을 무릎을 꿇린 후 심문을 시작하였다.

"네놈이 천자의 돈을 훔쳤느냐?"

"그렇다. 수천 냥이 넘는 돈이었지."

목풍아가 옆에 있는 형리에게 말했다.

"거짓말이다. 당장 저놈의 목을 잘라라."

형리가 당장 칼을 휘둘러 흑의인의 목을 잘랐다. 몸통에서 떨어져 나온 머리가 바닥에 구르자 뒤편에 있던 백성들이 놀라 와들와들 떨기 시작하였다.

목풍아가 죽은 자의 옆에 있던 흑의인에게 다시 물었다.

"네놈이 천자의 돈을 강탈하였더냐?"

"그, 그렇다. 하지만 쓸모없는 돈이었다."

정청에 모인 군웅의 귀가 솔깃하였다.

목풍아가 웃으며 말했다.

"그것을 어떻게 하였느냐?"

"쓸모가 없어서 우각산 앞에 있는 강물에 버렸다."

"좋아. 너에게 목숨을 살릴 수 있는 기회를 주겠다."

목풍아가 현령 황충백에게 말했다.

"너는 지금 이자를 데리고 가서 납덩어리를 찾아가지고 돌아오너라."

"예."

황충백이 꾸벅 인사를 하고 군사들을 데리고 나갔다.

목풍아는 바들바들 떨고 있는 백성들에게 말했다.

"보시다시피 은자를 잃어버리지 않았는데 너희는 은자를 잃어버렸다고 유언비어를 퍼뜨렸다. 거짓을 고하는 자는 어떻게 된다고?"

"살려주십시오, 대인. 살려주십시오."

포박되어 온 백성들이 바닥에 머리를 찧으며 애원하였다.

"죄를 지었으니 벌을 받아야지. 하지만 나는 자비로운 관원이어서 너희 목숨을 빼앗지는 않겠다. 대신 곤장 열 대씩으로 죄를 대신하겠다."

일시에 관청 마당에 곤장을 치는 소리와 비명 소리가 메아리쳤다.

목풍아는 정청에 있는 군웅에게 말했다.

"직접 듣고 보셨으니 제 말이 거짓이 아니라는 것이 증명되었습니다."

목풍아는 깃털 부채를 부치는 제갈지를 노려보며 말했다.

"천하는 평안하고 백성들은 태평을 누리고 있는 이때에 은자를 강탈하려는 자, 아마도 세상이 다시 혼란해지는 것을 바라는 자의 소행 같습니다. 천하를 어지럽게 하고 무림맹을 만들어 세를 키우려 하는 것은 어쩌면 막북의 오랑캐와 손을 잡고 명나라를 전복시키려는 음모를 가진 자의 소행일 수도 있겠지요. 그자의 속셈이 무림맹을 결성하려는 의도라는 것이 명백하게 밝혀진 이상, 무림맹을 결성하려는 자는 그 의도가 무엇이든 간에 황실과 천하 백성들의 적이 될 것입니다. 여러분은 명심해 주십시오.”

개방 방주 풍걸이 포권을 취하며 말했다.

“개방은 추호도 오랑캐와 손잡을 뜻이 없으니 대인께서는 염려 마십시오.”

지송이 합장을 하며 말했다.

“소림 역시 같은 생각입니다. 대인께서는 걱정 마십시오.”

정청에 모인 군웅이 그 뒤를 따라 포권을 취하며 공감을 표하며 인사를 하고 현청을 나가기 시작하였다.

“제갈세가 역시…….”

제갈지가 말을 잇지 못하고 정청으로 나가는 것을 보고 목풍아가 말했다.

“이봐, 제갈지.”

제갈지가 고개를 돌렸다.

“항상 입을 조심해. 알았지? 곤장 맞기 싫다면 말이야.”

목풍아가 마당에서 곤장을 맞는 사람들을 가리키며 씨익 웃었다.

창백해진 얼굴로 가볍게 목례를 하곤 제갈지는 깃털 부채를 휘두르며 하인들과 함께 정청을 걸어나갔다.

‘재수없는 놈.’

녹삼 사태가 제자들과 함께 다가와 인사를 하였다.

“아미타불. 대인께서 큰 공덕을 쌓기를 기원하겠습니다.”

목풍아도 따라서 합장을 하였다.

“감사합니다. 소홍 소저가 아니었으면 저는 큰 화를 입을 뻔했습니다. 아미파에 큰 신세를 졌습니다.”

뒤편에 서 있는 소홍에게 눈짓을 하였다.

"소홍이 대인에게 신세를 졌다 들었습니다."

"사실, 사태님에게 청이 있습니다."

"무슨 일입니까?"

"소홍과 저는 예전부터 알고 지내던 사이입니다. 가능하다면 이번에 무당산에 가는 길에 소홍과 동행을 하였으면 합니다."

녹삼 사태가 소홍에게 고개를 돌렸다.

두 뺨에 홍조가 든 소홍이 다소곳이 시선을 피하였다.

녹삼 사태가 빙그레 웃으며 말했다.

"대인께서 좋을 대로 하십시오. 장문인 말씀에 소홍은 속세와 인연이 있다 하더니 아마도 대인과 인연이 깊나 봅니다."

"감사합니다."

녹삼 사태는 소홍에게 목풍아를 따라가라고 이른 후에 제자들과 함께 정청을 나가 버렸다.

정청에 모인 문파의 사람들이 모두 떠나 버리고 무당파의 제자들이 남았다.

무당산까지 목풍아를 호위하기 위해 남았다는 것이다. 앞으로 만나게 될 무당 장문인을 생각하면 무당 제자들과 친하게 지낼 필요가 있었다.

흔쾌히 허락하고 무당 제자들을 객관으로 돌려보낸 후 목풍아는 손뼉을 치며 말했다.

"자! 이제 되었지."

오괴와 독돈은 입을 쩌억 벌렸다.

이렇게 되면 한동안 무림맹에 대한 이야기는 입에도 담을 수 없게 되는 것이다.

'대장이 말하던 노림수가 이것이었나?'

오괴와 독돈은 서로의 얼굴을 바라보았다.

독돈이 너털웃음을 지으며 입을 열었다.

"으허허허. 도대체 나는 어떻게 된 것인지 알 수가 없네. 대장이 말하던 노림수가 이것이었나요?"

"노림수? 와하하하. 보이지 않는 적을 잡는 법이 뭔지 아나? 미끼를 던지는 거야. 물고기를 잡을 때처럼 말이야. 깊은 물속에 있는 물고기는 육안으로 보이지 않아 잡을 수 없지만 미끼를 던져 놓으면 걸려들게 마련이지. 이번 같은 경우는 상대방이 치밀하여 내 낚싯바늘에 걸려들지 않았지만 입가에 바늘 자국이 심하게 나서 한동안 음식도 제대로 먹지 못할 거라구. 월척은 건지지 못했지만 큰 희생 없이 상대방에 큰 타격을 주었으니 이것도 괜찮은 수확이 아닌가? 와하하하."

목풍아가 크게 웃으며 가까이에 있는 소홍에게 눈을 찡긋거렸다.

혀끝이 만든 역사

균현(均縣)의 옥허루(玉虛樓)에서 팔보차를 마시며 무당산을 바라보던 목풍아는 왠지 마음이 차분해지는 것 같았다.

무당산의 미끈한 바위산과 푸른 소나무들이 낯설어 보이지 않는 것은 무슨 이유일까? 무당 조사 장삼풍이 썼다는 부드러운 옥허루의 현판을 바라보았다. 예서(隷書)에 초서(草書)가 가미된 듯한 글씨에서 부드러움과 엄정함, 강한 힘이 느껴졌다.

목풍아는 까맣게 대추가 우러난 팔보차를 마시고는 주인장에게 필묵을 가져오라 하였다.

옥허루의 주인이 얼른 지필묵을 가져다 펼쳐 놓자 목풍아는 먹을 듬뿍 묻힌 붓을 들어 흰 회벽에 글을 쓰기 시작하였다.

산과 물을 좋아하는 늙은 **도인이**[樂山樂水老道人]

무당산에 와서 집을 지었네[武當山中來卜築].

몸은 산 밖에 노닐어도 마음은 산에 있으니[身有山外心在山]

산에는 소나무와 바위가 있기 때문이네[山有蒼松與岩石].

바위로써 고요함을 지니고 소나무로써 절조를 삼으니[岩以鎭靜松以節]

바위도 소나무도 모두가 마음속의 물건일세[岩松俱是心中物].

마음속의 물건으로 하는 바 이와 같으니[心中所物有如此]

부귀와 권세에 굴하지 않는 그 마음 알겠구나[富貴權勢知無屈].

소나무 창창하고 바위 스스로 섰구나[松自蒼蒼岩自立].

진인의 일생 소나무와 바위 같았으니[眞人一生如岩松]

분분한 아이들 어찌 이것을 알겠는가[紛紛小兒豈知此].

사향노루 봄 산을 지나가면 풀이 저절로 향기 남을[麝過春山草自香].

주저함없이 흰 회벽에 긴 시를 쓴 목풍아는 자리로 돌아와 앉았다.

오괴는 시를 바라보고 눈물이 나오려는 것을 꾹 참았다. 그랬다. 소나무와 바위 같은 사람. 장삼풍은 그런 사람이었다.

부귀와 권세에 굴하지 않고 소나무와 바위처럼 무당산을 일구었던 장삼풍을 목풍아는 마치 오랫동안 눈으로 보아온 사람처럼 시로써 표현해 놓았던 것이다. 그런 목풍아가 사랑스럽고 대단하게만 생각되는 오괴였다.

회벽을 버려놓은 것은 아닌가 하는 두려움에 안절부절 손을 비비며 바라보던 옥허루의 주인도 장삼풍을 칭송하는 시를 읽고는 대단히 흡족한 모양으로 연신 포권을 하며 말했다.

“저희 옥허루는 장 진인의 편액으로 이름이 높았지만 이제는 대인의 시 때문에 더욱더 유명해지게 생겼습니다.”

“그런가? 와하하하.”

싱글벙글 웃으며 손가락을 치켜 올리는 옥허루 주인의 뒤편으로 남화건을 쓰고 푸른 옷을 입은 사나이들이 나타났다.

오괴가 귓속말로 말했다.

“대장, 무당파 장문인인 자허 진인 장세평입니다. 제자들과 함께 대장을 만나러 온 모양입니다.”

목풍아가 자리에서 일어나다가 얼굴을 찡그리며 절룩거렸다.

“대장, 왜 그러십니까?”

“가만히 보고만 있으라구.”

목풍아가 절룩거리며 다가가 포권을 취하였다.

“죄송하게 되었습니다. 무당산으로 찾아가야 하는데 부득이하게 몸에 부상을 입어서 이리로 불러 내렸습니다. 실례를 용서하십시오.”

무당파 장문인과 제자들이 다가와 포권을 취하였다.

“아닙니다. 그렇지 않아도 딸아이의 이야기를 듣고 부랴부랴 달려왔습니다. 미천한 딸아이가 대인에게 큰 은혜를 입고도 큰 죄를 저질렀습니다.”

목풍아가 장보옥을 구하고도 그녀의 발길질에 고자가 되었다는 말을 들었을 테니 무당 장문인은 벌써부터 목풍아에게 큰 신세를 지게 된 것이다. 그러고 보니 말짱하면서도 일부러 절룩거리며 아픈 척을 하는 것은 무당 장문인보다 우위에 서기 위한 계교인 것이다.

“휴~ 혹시 모르니까 기다려 보는 중입니다. 아직 장가도 가지 못했는데 고자가 되어버린다면 대장부 품었던 큰 꿈이 너무나 허무하게 될 것이 아닙니까?"

"원각아, 가져온 것을 내놓아라."

장문인이 고개를 돌려 말했다.

장보옥은 어쩔 줄을 모르고 고개를 푹 숙이고 있는데, 양원각이 비단 보자기에 싼 것을 조심조심 탁자 위에 올려놓았다.

"이것이 뭡니까?"

"대인께서 남자에게 치명적인 부상을 입었다는 소식을 듣고 무당파에서 이것저것 약을 만들어보았습니다."

목풍아가 비단 보자기를 풀어보니 여러 가지 호리병에 갖가지 약이 담겨져 있었다.

"저는 이런 귀한 약을 받을 수 없습니다."

"아닙니다. 받아주십시오. 무당에서 전해오는 약입니다. 가운데 있는 호리병에 있는 환약은 양기(陽氣)에 좋은 보양환(補陽丸)이라는 것입니다. 매일매일 하나씩 드시면 좋은 소식이 올지도 모르겠습니다."

"아! 감사합니다."

목풍아는 비단 보자기를 받아 일도에게 건네주곤 자리에 앉았다.

"그리고 보니 제 소개를 하지 않았군요. 저는 무당파 장문인을 맡고 있는 장세평이라 합니다."

"아! 높으신 이름을 많이 들었습니다. 저는 무당파에 성전을 만들고 오라는 천자의 명을 받은 흠차대신 목풍아라 합니다."

장세평은 탐스러운 회색 빛 수염이 가슴까지 늘어진 사나이로 나이는 오십대 중반 정도로 보였다. 오괴로부터 장세평이 칠십대 초반이라는 것을 들었던 바이나 실제 만나보니 대단히 젊어 보였다. 평생을 명상에서 수련을 한 탓이리라.

목풍아는 일도에게 천자가 내린 문서를 받은 후 두루마리를 펼치며 말했다.

"무당파 장문인 장세평은 황명을 받으시오."

주루에 모인 사람들이 일제히 무릎을 꿇고 앉았다.

목풍아는 무당산의 통미현화진인 장삼풍의 공적을 이야기하고 은자 오십만 냥을 내려 장삼풍의 공적을 기리는 동시에 건물을 지어 도교의 승지(勝地)로 만들도록 하라는 황제의 칙서를 읽었다.

"만세. 만세. 만만세."

만세 삼창을 한 후에 칙서를 일도에게 건네니 장세평이 포권을 취하며 말했다.

"천자 폐하의 성은은 감사하오나 과분한 은총을 저희 무당파는 감당할 수 없습니다."

"은자 오십만 냥을 받을 수 없다는 말이오?"

"네. 무당산은 조용하게 수련을 하는 도관일 따름입니다. 이제 무당산에 건물을 짓고 사람들을 불러들인다면 조사님의 뜻을 그르치는 것이라 생각하오이다."

목풍아가 피식 웃으며 말했다.

"후후후. 죄송한 말씀이지만 장문인께서는 하나만 알고 둘은 모르는 것 같습니다."

"무슨 말씀이신지?"

부드럽게 말을 하고 있지만 이마에 혈관이 부풀어 오른 것을 보면 화가 난 것이 틀림없었다.

목풍아는 장세평에게 자리를 권한 후 탁자에 앉아 입을 열었다.

“팔보차나 한잔하시지요.”

옥허루의 주인이 허겁지겁 팔보차를 가져와 장세평에게 내놓았다.

목풍아는 팔보차를 홀짝거리며 마시다가 입을 열었다.

“이곳 옥허루에서 무당산을 바라보니 참으로 빼어난 산이더군요.”

“무당산은 천하의 명산 중의 하나이지요.”

“이곳에서 앉아 팔보차를 마시며 무당산을 바라보고 장 진인이 쓰셨다는 옥허루 현판의 글씨를 바라보니 장 진인의 소탈한 마음을 알 것도 같았습니다.”

“대인께서 어떻게 장 진인의 마음을 아신다는 것이지요?”

“서로 통하는 사람은 보지 않아도 통하게 마련이지요.”

“그럼 대인께서 저희 사부님과 통하였다는 말씀입니까?”

“와하하하. 그렇게 말하면 거짓말 같겠지요? 하긴 제가 태어나기도 전에 돌아가신 분을 만나보지도 않고 어찌 알 수 있겠습니까. 저는 다만 무당산의 빼어난 아름다움과 그분의 글씨를 통해 그분의 마음을 짐작할 뿐입니다.”

피식 웃으며 팔보차를 마시던 장세평의 눈에 회벽에 쓰인 시구가 들어왔다. 그 눈이 글을 따라 움직이다가 마침내 길게 탄식을 하였다.

목풍아가 웃으며 말했다.

“저 시가 어떻습니까?”

“좋은 시입니다. 어쩌면 장 진인께서 무당산에서 자리를 잡으신 이유를 알 것도 같습니다.”

장세평은 근처에 있는 주인에게 물었다.

“저 시를 누가 썼는가?”

“앞에 계시는 흠차대인께서 방금 지은 시입니다.”

“오! 과연……..”

“과찬이십니다. 장삼풍 진인의 백분의 일도 표현하지 못한 졸작일 뿐입니다.”

장세평이 포권을 취하자 목풍아가 자리에서 일어나 답례하였다.

“대인, 저 시를 보니 제가 대인을 잘못 생각하고 있었던 것 같습니다. 사람은 겉만 보고 판단해서는 안 되는 것인데 제 수양이 부족한 모양입니다. 제 부족한 부분을 지적해 주시지요.”

장세평이 모르는 하나를 말해 달라는 표현이었다.

목풍아가 빙그레 웃으며 입을 열었다.

“장문인께서는 장 진인과 무당파가 정치적으로 이용되는 것이 싫은 것이라는 걸 잘 알고 있습니다. 누구나 그 자리에 서면 그런 판단을 하게 마련이지요.”

장세평이 눈을 반짝거리며 말했다.

“사실 저는 사부님과 무당파가 정치적으로 이용되는 것이 싫습니다.”

“장문인, 병법에 싸우지 않고 이기는 것이 진정으로 이기는 것이라 하였습니다.”

“갑자기 그런 말씀을 하시는 이유가 무엇인지요?”

“원나라가 망한 후로 천하 백성들은 오랫동안 전쟁에 시달려 왔습니다. 막북의 오랑캐들은 중원을 넘보고 있고, 백성들은 평화를 원하고 있습니다.”

찻잔을 들어 차를 한 모금 마시던 장세평이 입을 열었다.

“제 입장이 곤란합니다. 세간에는 지금의 천자가 불의하게 조카를 죽이고 천자의 위에 올랐다는 악담이 분분하고, 천하의 호걸들과 선비 지사들이 그것을 의롭지 못하다 하여 천자를 인정하지 않습니다. 천하 사람의 생각이 그럴진대 천하 백성을 팔고, 이제 무당파를 정치적으로 이용하신다면 저희 무당파의 명예가 어떻게 되겠습니까?"

목풍아는 빙그레 웃었다. 그것이 장문인이 거절하는 가장 큰 이유인 것이다.

"숲 속에 들어 있는 사람은 나무만 바라볼 뿐 숲을 보지 못하는 법입니다. 막북의 원나라가 이 땅에 들어와 천하 백성들은 수백여 년 동안 오랑캐에게 억눌려 탄압받으며 살아야 했습니다. 장문인께서는 그 이유를 무엇으로 보십니까?"

"송의 정치가 썩었기 때문이겠지요."

"장문인께서 잘 보셨습니다. 정치가 썩은 나라는 힘이 약해지고 다툼만 일삼다가 스스로 자멸하게 마련이지요. 송나라가 그러했듯이 말입니다. 홍무제께서는 원나라의 압제에 들고 일어선 중원의 군웅와 성난 민중들의 도움을 얻어 오랑캐를 쫓아내고 명을 건국하였습니다. 쫓겨난 막북의 오랑캐가 호시탐탐 중원을 노릴 때에 홍무제의 번왕들은 창과 칼을 잡고 그들을 막았습니다. 그때 건문제께서는 간신배들의 모함에 빠져 울타리가 되는 번왕들을 차례차례 제거하셨습니다. 울타리가 없어지면 오랑캐들이 침입하는 것은 당연한 결과가 아니겠습니까? 송대와 같이 스스로 자멸의 길을 걷고 있었던 것입니다. 그런 상황에 만약 지금의 천자께서 나서지 않았다면 어떤 결과가 왔겠습니까? 송때의 상황이 답습되는 결과가 오는 것이 아니겠습니까? 겨우 안정을 찾았던 백성들은 다시금 오랑캐에 유린되어 산산이 흩어지고 부평초처럼 유랑하게 되겠지요. 조카를 베고 천자의 위에 오른 것은 천하 백성이라는 대의(大義)를 위해 소의(小義)를 버린 것일 뿐입니다. 정치란 그런 것입니다. 백성들을 위해 사정을 버릴 수 있는 것, 바로 그것입니다. 대안이나 정책 하나 제대로 내놓지 못하고 탁상공론만 일삼는 썩어 빠진 선비들의 빌어먹을 의(義)는 의리가 아니라 천하 백성들에게 화를 불러들이는 악(惡)일 뿐입니다."

목풍아는 차를 한 모금 마신 후 씁쓸한 얼굴로 말했다.

"얼마 전 의성에서 무당산으로 오던 호송 행렬이 습격을 당하였습니다."

"그것은 저도 들어 알고 있습니다. 우각산에서 폭도들의 공격을 당해 대인께서 죽을 고비를 넘겼다고 들었습니다."

목풍아는 장세평의 뒤에 서 있는 장보옥을 흘깃 바라보았다. 장보옥은 목풍아와 얼굴을 마주치지 못하고 수줍은 새색시마냥 고개를 숙였다.

"답답한 노릇이지요. 아직도 세상이 혼란스러워지기를 바라는 무리들이 천하를 횡행하고 있으니 답답한 노릇이지요."

"마교를 가장한 무리라고 하던데 그것이 정말입니까?"

"네. 있지도 않은 마교를 팔아 무림맹을 만들려던 누군가의 계교였지요."

"그 누군가가 누굽니까?"

"그것은 알 수 없습니다. 정체를 밝히지 못했으니 또 무슨 일을 꾸밀지 모르는 일이지요. 하지만 분명한 것은 천하의 백성들이 안집하려는 이때에 평화를 깨려는 무리들이 있다는 것입니다. 하나가 된 천하가 둘로 갈라지게 되면 천하 백성들은 다시 피를 흘리게 되고 유랑민이 됩니다. 전쟁에 승리자는 없습니다. 모두가 상처 입은 피해자가 될 따름이지요. 저는 수천만 백성들의 희생으로 어렵게 만들어낸 지금의 평화가 깨어지는 것을 바라지 않습니다. 황실이 무당파와 장 진인의 힘을 필요로 하는 것이 바로 그 때문입니다. 적도들이 관군들을 방해하는 것 역시 그 때문입니다. 어차피 무당파는 누군가에게 이용당하고 있는 형세입니다. 아니, 이제는 그럴 수밖에 없게 되었습니다. 저는 장 진인이 대의를 보지 못하는 분이 아니라는 것을 잘 알고 있습니다. 돌아가신 장삼풍 진인이라면 기꺼이 제 뜻에 동의하리라 생각하였습니다. 그것이 싸우지 않고 천하 백성들을 유익하게 하는 진정으로 이기는 길이기 때문입니다. 장문인, 장문인께서 천하 백성들을 위해 저희를 도와주실 수 없겠습니까? 아니, 천하 백성들을 위해 무당파를 희생할 수 없으신 겁니까?"

장세평은 한숨을 길게 내쉬다가 고개를 끄덕끄덕하였다.

목풍아가 말하는 의도를 알 것 같았다. 무당산에 성전을 짓는 데 협조하는 것이야말로 천하 백성들을 위하는 일인 것이다.

무당파로 하여금 천하를 혼란 속에 빠뜨렸다는 오명을 얻게 할 수 없는 것이 아니겠는가.

장세평은 천천히 일어나 목풍아에게 포권을 취하였다.

"무당산에 성전을 짓는 일이 천하 백성을 위하는 일이라면 무당파는 마땅히 협조를 하겠습니다."

목풍아는 벌떡 일어나 장세평을 손을 잡았다.

"감사합니다, 장문인."

"제 얕은 생각을 깨우쳐 주신 것이 도리어 감사할 따름입니다."

"사향노루가 지나가면 향기가 나기 마련입니다. 무당파와 장 진인께서는 사향노루 같으신 분입니다. 세상에 좋은 향기가 많이많이 퍼져서 천하 백성들이 근심없이 살았으면 좋겠습니다."

목풍아와 장세평이 손을 잡고 있는 것을 보고 독돈이 오괴에게 중얼 거렸다.

"우리 대장은 정말 입심이 대단하단 말이야."

"흥."

콧방귀를 뀌면서도 입가에 미소가 피어올랐다.

장문인의 그릇이라 생각지 않던 장세평이 못 보던 삼십여 년의 기간 사이에 제법 많이 성장한 것 같아서 기분이 좋아졌던 것이다.

장세평과 목풍아는 이런저런 이야기를 나누었다. 향후 무당산을 도교의 성전으로 만들 이야기들이었다.

목풍아는 무당산의 공사를 위해 무당산 주위에 마을을 만들고 군대를 상주하도록 할 계획을 이야기하였다.

유랑민들을 이주하게 하여 모두 열두 개의 마을을 만들어 정착하게 하고 군대를 상주하게 하여 백성들과 군인들로 하여금 무당산에 도관을 만든다는 세부 정책을 이야기하였다.

천자가 내리는 은자의 대부분은 노역에 필요한 일꾼들의 수당으로 들어가기 때문에 돈이 없는 유랑민들이 정착하는 데 큰 도움이 될 것이며, 상권이 자연스럽게 형성되기 때문에 무당산 주변에 큰 변화가 일어날 것이라 말해 주었다.

그리고 곧 목풍아의 계획은 차근차근 현실화되기 시작하였다. 후일의 이야기이지만 영락제의 전폭적인 지지에 힘입어 무당산 주변에 열두 개의 마을이 신설되고 인부 삼십만 명과 군인들이 동원되어 무당산에는 하나하나 도관이 지어지기 시작하였다.

십이 년의 기간 동안 팔궁(八宮)과 이관(二觀), 삼십이암(三十二庵),

십이정(十二亭), 구대(九臺), 구정(九井), 십오지(十五池), 삼십구교(三十
九橋) 등의 방대한 건축이 이루어졌으니 목풍아의 혀끝으로 이루어진
공이 실로 작은 것이 아니었다.

제 8 장

무학(武學), 그 심오한 세계

무학(武學), 그 심오한 세계 

소쩍― 소쩍―

적막한 밤중에 소쩍새가 처량하게 울고 있었다. 장세평의 청으로 무당산으로 올라온 지 보름이 훌쩍 지났다. 마을을 만드는 일을 계획하던 목풍아는 방문을 열고 바깥으로 나갔다.

깎아지른 듯한 높은 산중에 아슬아슬하게 걸린 무당산의 도관에서 불빛이 반짝거렸다. 절벽 끝에서 선선하게 부는 바람을 맞다가 눈앞에 펼쳐진 광경에 탄성을 질렀다.

한밤중이건만 하늘과 땅이 환히 열린 듯 구름 들판이 아득히 눈앞에 펼쳐져 있었다.

산골짜기에 잠들었던 흰 구름이 마치 푸른 바다 조수 위의 수많은 포구로 흰 물결을 몰고 오는 것만 같았다. 무당산의 뾰족한 여러 산봉우리들은 마치 섬들이 점점이 떠 있는 것 같았다. 끝없는 절벽 아래를 내려다보고 반짝이는 은하수를 올려다보다가 눈앞에 펼쳐진 구름의 운하를 바라보니 황홀한 마음이 천지간을 벗어난 것만 같았다.

"대장, 아름답죠?"

등 뒤에서 들리는 오괴의 음성에 목풍아는 고개를 끄덕끄덕하였다.

"무당산은 높고도 높아서 구름 위에 있지요. 우레나 번개가 치거나 비와 구름이 일어나는 변화는 항상 산허리에서 일어나 아래로 밀려 내려가기 때문에 이곳에선 언제나 맑고 깨끗한 하늘을 볼 수 있습니다."

"과연 빼어난 곳이군. 세상을 가볍게 보고 표연히 홀로 신선이 되어 좋은 곳으로 날아가고 싶은 마음이 일어남은 나만의 생각은 아닐 테지?"

"으허허허. 홀로 신선이 되어서 좋은 곳으로 날아가신다구요?"

"와하하하. 생각해 보라구. 백룡이 끄는 오색 수레를 타고 구름바다를 훨훨 날아올라 신선들이 산다는 봉래산에 놀러 가서 아름다운 기녀들과 즐거운 시간을 보내다가 그도 재미가 떨어지면 더 예쁜 선녀들이 바글바글하다는 서왕모의 만찬장으로 가서 노는 것도 의미가 있겠지. 안 그런가?"

"으허허허. 색선(色仙) 목풍아 때문에 천상이 난리가 나겠죠. 으허허허."

"흥. 바람둥이. 이런 거룩한 풍경을 보고 그런 생각을 하다니……."

"와하하하. 웃자고 한 이야기에 오괴는 얼굴을 구긴단 말이야. 자자. 얼굴을 풀라구. 얼굴을 찡그리니까 비인간이 되어가잖아. 옛말에 별유천지비인간(別有天地非人間)이라는 말이 있는데 이제 보니 오괴를 두고 하는 말 같잖아. 와하하하."

목풍아가 배를 잡고 호탕하게 웃었다.

오괴는 얼굴을 더욱 심하게 구겼다.

별유천지비인간이란 구절은 이백(李白)의 유명한 시 '산중문답(山中問答)' 에 나오는데 본뜻은 '천지와는 다른 곳 있어 인간 세상이 아니라는' 뜻이다. 그런데 목풍아는 천지와는 다른 곳에서 인간 같지 않은 사람이라고 지칭한 것이다. 실로 교묘한 놀림이 아닐 수 없었다.

"홍."

오괴는 고개를 돌려 콧방귀를 뀌고 독돈은 배를 잡고 웃는다.

"으허허허. 대장은 정말 말씀도 잘하신단 말이야? 으허허허."

목풍아는 한참을 웃다가 오괴에게 말했다.

"말장난은 그만 하고 오괴, 갑자기 오룡사로 가고 싶구나. 안내해다오."

"이 밤에 오룡사는 무엇 때문에?"

"궁금한 것이 있어서 그래. 장 진인이 내게 준 문제의 해답을 풀지 못했단 말이다. 석굴도 보고 싶고 말이다."

"따라오세요."

오괴는 앞장서 걷기 시작하였다. 가파른 벼랑으로 난 길을 따라 한참을 올라가니 커다란 바위 봉우리 아래에 허름한 건물이 보였다.

오괴는 오룡사 앞에서 걸음을 멈추고 고개를 돌렸다.

절벽 끝에서 네 사람의 신형이 석상처럼 서 있었다. 목풍아의 호위를 맡고 있는 사대호법이었다.

"너희는 이곳을 잘 지키고 있거라."

"예."

네 사람이 꾸벅 인사를 하였다.

"대장, 들어가십시다."

떨어져 가는 문을 열고 오룡사로 들어간 오괴는 먼지를 수북하게 뒤집어쓴 불상을 향해 합장을 하곤 두 손으로 상대석(上臺石)을 잡아 돌렸다.

꾸꾸꾸꾸꾸一

뿌연 먼지가 일어나며 불상이 돌아가더니 뻐끔한 구멍이 하나 나타났다.

"와! 멋진 기관이군."

오괴와 독돈을 따라 자연 석굴로 들어갔다. 석굴 위편에는 작은 구멍이 여러 개 나 있는데, 그곳에서 별빛이 반짝거리고 있었다. 공기가 통하는 구멍이었다.

발을 뗄 때마다 먼지가 피어올랐다.

"이곳은 사부님이 처음에 이곳 무당산에 입산 수련할 때 우연히 발견하였다고 들은 적이 있습니다. 이곳에서 어떤 기인이 수도를 하던 흔적이 있었으며 그 흔적은 무당파의 무공을 만드는 데 기초가 되었다고 하시더군요."

오괴는 석벽에 남아 있는 그림들을 가리켰다.

"이것이 추풍신권의 원본이군."

목풍아는 석벽을 더듬으며 그림을 확인하였다. 그러나 석벽의 그림이 상당수 훼손되어 있어 추룡보와 천수관음장에 얽힌 진의를 풀 길이 없었다. 그때였다.

"으허허허. 이 석굴을 만든 사람이 마교의 교주였다면 장삼풍은 마교의 무공에서 무당파의 무공을 창시한 것인가?"

"말도 안 되는 소리. 사부님을 욕되게 한다면 가만두지 않겠다."

"으허허허. 내 말이 사실이면 어쩔 건데? 태극권이 마교의 무공에서 만들어진 무공이라면 말이야."

"흥. 그 말이 사실일 리 없잖아, 미친놈아."

"내 말은 사실이라니까."

"미친놈, 헛소리하지 마."

목풍아가 버럭 소리를 질렀다.

"시끄러워."

두 사람이 입을 다물고 서로를 노려보며 으르렁거렸다. 목풍아는 석벽을 바라보았다. 갑자기 떠오르는 것이 하나 있었다.

무극(無極)이 태극(太極)이다. 태극이 동(動)하여 양(陽)을 생하고 동(動)이 극(極)하면 정(靜)하나니, 정하여 음(陰)이 생겨난다.

정(靜)이 극이 되면 다시 동(動)하니, 한 번 동하고 한 번 정함이 서로 그 뿌리가 되어 음으로 갈리고 양으로 갈리니 양의(兩儀)가 맞서게 된다. 양이 변하고 음이 합하여 수(水), 화(火), 목(木), 금(金), 토(土)를 생하니 오기(五氣)가 순차로 펴지어 사시(四時)가 돌아가게 되었다.

오행(五行)은 하나의 음양(陰陽)이요, 음양은 하나의 태극(太極)이요, 태극은 본래 무극(無極)이다. 오행의 생함이 각각 그 성(性)을 하나씩 가지니, 무극의 진(眞)과 이오(二五)의 정(精)이 묘합(妙合)하여 응결(凝結)된다.

건도(乾道)는 남(男)이 되고 곤도(坤道)는 여(女)가 되어 두 기가 서로 감(感)하여 만물을 화생(化生)한다. 만물이 생하고 생하여 변화는 다함이 없다.

태극권(太極拳)을 들으니 태극도설(太極圖說)의 구절이 갑자기 생각나는 것은 무슨 이유일까? 생각하니 석실 안의 그림과 장삼풍이 말년에 태극권을 만든 것과 깊은 연관이 있는 것 같았다.

'장삼풍이 추풍신권을 통해 나에게 무엇을 말하고자 하는 것일까? 그리고 육상산(陸翔山)은 이곳에서 무엇을 이야기하고자 석벽의 그림을 남긴 것인가?

알아갈수록 끝없는 미궁 속으로 빠져 들어가는 것 같았다. 문제가 어려워질수록 목풍아는 흥미가 솟는다. 문제를 풀었을 때 찾아오는 희열을 아는 까닭이다.

'마교의 무공이 음(陰)이라 하면 무당파의 무공은 양(陽)인 것이다. 음이 극에 달아 양에 이르렀다면 마교의 무공으로 말미암아 무당파의 무공이 나왔다는 말이 되는 것이다. 독돈의 말은 지당하다. 천수관음장은 동(動)적인 무공이다. 강력한 파괴력은 독돈까지 허를 내두를 정도이다. 그렇지만 너무 강하기 때문에 많은 문제점을 안고 있는 것이다. 내가 장삼풍이라면 어떻게 하였을까? 그는 동적인 문제점을 정적으로 변환시켰을 것이다. 동을 정으로 바꾼 무공. 무당태극권이다. 무당태극권에서 추풍신권의 비밀을 알아낼 수 있지 않을까?

목풍아는 표정을 부드럽게 하여 말했다.

"내 머리로는 도저히 알 수가 없어. 석벽의 그림도 훼손되어 진의를 알 수 없으니 그냥 돌아가자구."

목풍아는 계단을 올라가 오룡사를 나왔다.

오룡사 계단 밑에서 사대호법이 석상처럼 기다리고 있었다. 계단을 내려온 목풍아는 오괴에게 말했다.

"오괴, 나에게 무당태극권의 진면목을 보여줄 수 있겠나?"

"그거야 어렵지 않죠."

오괴는 천천히 넓은 절벽으로 다가가 부드럽게 손을 펼치며 자세를 잡았다.

부는 바람에 긴 수염이 하늘거렸다.

이내 오괴의 다리와 팔이 부드럽게 움직이기 시작하였다. 연체동물마냥 온몸에 힘을 뺀 듯 부드러운 자세이지만 힘이 꿈틀거리듯 흘러나오는 것 같았다.

부드러운 춤사위 같은 동작이 계속되고 있었다. 학이 춤을 추는 듯 고고한 오괴의 무당태극권을 바라보며 목풍아는 몇 년 전 구룡방에서 오괴에게 들었던 태극권에 대한 이야기를 떠올렸다.

태극권은 제, 리, 붕, 안, 주, 채, 렬, 고의 기법으로 태극도설을 기초로 음양의 기묘한 변화를 권술의 요체로 삼았다.

움직이지 않고 준비된 손이 음이며, 움직이기 시작한 손이 양이 되며, 양이 끝이 나면 음이 시작되어 태극의 순환이 철저하게 적용되었다. 한 손이 하늘을 향하면 다른 손은 땅을 바라보는데 그 역시 음양이었다. 두 발의 움직임은 팔 괘의 움직임을 따르고 두 손의 움직임은 태극의 움직임처럼 둥글게 돌아들고 있었다.

천천히 움직이던 두 손이 한순간 빠르게 내뻗으며 강력한 장풍을 일으키다가 다시금 깃털처럼 가볍게 움직임이 이어져 갔다. 정적인 동작이 극에 이르면 다시금 강하고 동적인 움직임이 따르며 느린 호흡이 갑자기 맹렬한 호흡으로 바뀌었다.

음과 양이 순환하는 태극의 형상 그대로였다. 그때였다.

"본 문의 무공을 사용하는 자, 누구냐?"

백색의 신형이 벼랑 위로 튀어 올라왔다. 그 신형은 무작정 오괴에게 달려들었다. 눈 깜짝할 사이에 두 개의 신형이 맞부딪쳤다.

꽝—

한차례 장력이 부딪친 후 은회색 장삼을 입은 사내는 쌍장을 세차게 휘두르며 검푸른빛 관복을 입은 오괴를 공격하였다. 성격상 매섭게 공격을 할 것 같은 오괴는 어찌 된 일인지 은회색 장삼을 입은 사내의 공격을 받아줄 뿐이다.

두 사람은 움직이지 않고 상대방의 공격을 받거나 흘릴 뿐이다. 목풍아는 두 사람이 추수(推手)를 겨루고 있음을 알 수 있었다. 손끝을 사용하여 경락이나 신경을 제압하는 금법(擒法)과 뼈마디를 비틀던가 근육을 제압하는 나법(拿法), 발 후리기인 질법(跌法), 쳐서 나가떨어지게 하는 척타(擲打) 등을 종합한 겨루기인 것이다.

두 발을 별로 움직이지 않고 두 손을 펼쳤다가 오므리며, 주먹을 사용하였다가는 독수리처럼 낚아채며 두 사람은 한동안 어울렸다. 두 사람의 싸우는 모습이 너무도 유연하고 부드러워 격렬한 전투를 벌이는 것 같은 생각이 들지 않았다. 상대방 역시 무당파 무공을 익힌 자가 틀림없었다. 오괴를 상대로 잘 버텨내는 것을 보면 그러하였다.

목풍아가 멍하게 보고 있으니 독돈이 조용히 말했다.

"대장, 무당파 장문인 장세평인데요? 일이 이렇게 되었으니 어쩝니까?"

"어쩐지?"

목풍아가 시선을 떼지 않고 보고 있으려니 오괴의 호통 소리가 들려왔다.

"훙. 모름지기 붕리제안(掤摛擠按)은 참된 이치를 알아야 하는 법. 상하가 상수(相隨)되면 적은 나아가기 어렵고, 적이 큰 힘으로 나를 치고자 해도 작은 힘을 끌어내어 천 근이라도 튕겨낼 수 있어야 한다. 꾀

어낸 공(空)에 떨어뜨리고 발(發)하면 반드시 적중한다. 첨련점수(沾連粘隨)는 떨어지지 않고 거슬리지 않는다는 것이다.”

그와 동시에 은회색 장삼을 입은 장세평이 허공으로 날아 바닥에 가볍게 내려앉았다.

“너는 누구냐?”

장세평의 말이 끝나기도 전에 오괴가 달려들었다.

“흥. 무당 장문인의 실력이 이 정도밖에 안 되는가?”

오괴가 장세평의 가슴을 잡으려 하였다. 장세평이 좌장을 들어 상대방의 손목을 휘돌리듯 둥글게 돌려 오괴의 공격을 흘려보내었다. 오괴는 밀려져 나간 손을 둥글게 회전하며 중심을 잡았다.

“제법이군.”

이번에는 두 손으로 장세평의 가슴을 잡으려 하였다. 장세평이 쌍장을 들어 오괴의 두 손을 막으며 둥글게 상대방의 중심을 흐트러뜨리려 하였다.

“합!”

갑자기 오괴가 두 손을 밀며 기합을 질렀다.

벼락 소리 같은 기합 소리와 함께 장세평이 큰 힘에 주르륵 밀려 나갔다.

“일개일합(一開一合). 방어를 하면서 진기를 단전에 저축하고 공격할 때 단숨에 폭파시킨다.”

오괴는 다시금 장세평에게 달려들었다.

독돈이 자세히 바라보다가 빙그레 웃으며 말했다.

“으허허허. 이제 보니 오괴가 무당 장문인에게 가르침을 주고 있군요.”

"오괴가 장문인을 가르치고 있다구?"

"아무래도 오괴가 장 진인의 직계 제자이니 무당파 무공에 대해서는 장문인보다 더 많이 알고 있겠지요. 그는 무당파를 위해 장 진인을 대신해서 장문인에게 직접 무공을 전수하고 있는 겁니다."

"잘되었군."

자신이 오괴를 만나고 또 오룡사의 석굴에서 대단환을 먹게 된 것은 어쩌면 장삼풍이 무당파의 미래를 위해 준비해 둔 것이 아닌가 하는 생각이 들었다.

계속되던 박투가 오십여 합이 넘어갈 무렵 벼랑 위로 날렵한 신형들이 뛰어 올라왔다. 무당파 제자들이었다.

벼랑 끝에 도열한 무당 제자들은 칼을 뽑아 든 채 두 사람이 싸우는 모습을 바라보며 두 눈이 휘둥그레졌다.

장문인과 싸우고 있는 관리가 무당파 무공을 사용하고 있었다. 그것도 장문인보다 월등한 실력으로 몰아붙이는 것 같았다.

"어떻게 된 거지?"

제자들이 서로의 얼굴을 바라보면서도 두 사람의 비무에서 시선을 떼지 못하였다. 그것은 두 번 다시 볼 수 없는 무당파 무공의 극치였기 때문이다. 무당파 장문인 장세평과 오괴가 보여주는 것은 부드러움 속에 강함이 스며들어 간 무당파 무공의 극치였다.

두 사람의 인체가 부드러운 곡선 속에서 마치 선율을 타는 신선들이 춤을 추는 것 같았기 때문이다.

태극권을 펼치던 오괴가 갑자기 강하게 장력을 펼치기 시작하였다.

진천철장(震天鐵掌)이었다. 이것은 장삼풍이 입문 초기에 숙달한 권법으로 이 장법을 아는 사람은 장삼풍의 직계 제자들밖에는 없다고 할 수 있었다.

이에 장세평은 회풍장(回風掌)으로 오괴를 상대하였다. 강한 철장에 대응하는 장법은 회풍장뿐이라는 것을 구룡방에서 오괴에게 들은 바 있었지만 실제 보는 것은 처음이었다.

진천철장이 양이라면 회풍장은 음이라 할 수 있었다. 무당파의 무공은 철저하게 음양의 균형을 맞추어 공방이 펼쳐지고 있었다. 십여 초식을 펼치던 장법이 갑자기 구궁적양수(九宮赤陽手)로 변환하였다. 양강의 기공으로 보법이 구궁의 법칙에 따라 움직이는 무공이었다.

이에 장세평은 칠성수(七星手)로 변환하여 오괴에게 맞서고 있었다.

대를 물려 내려오면서 무당파 무공 역시 변화를 가져왔다. 쓸모없는 무공은 사장되고 더욱 나아진 무공으로 변화된 것이다. 그러나 어느 것 하나 타당한 이치 아닌 것이 있겠는가?

태극권이 정점이 되면서 부드러움을 숭상하는 무공이 대세를 차지함으로 무당파가 만들어질 당시의 강한 무공이 설 자리를 잃어 차차 없어졌다.

오괴는 사장되고 있는 강한 무공을 펼쳐 장세평으로 하여금 무당파 무공의 근원부터 가르침을 주려 하는 것이 틀림없었다. 장세평은 자신이 배운 무공으로 힘껏 오괴를 상대하고 있었지만 상상 이상의 양강한 무공에 말 한마디 못하고 몰리고 있는 것이었다.

지켜보는 사람에게는 두 사람이 팽팽하게 맞서고 있는 것같이 보였지만 실상은 그렇지 않았다. 오괴는 장세평에게 가르침을 전하려 강약을 조절하며 장세평의 투지를 불러일으키고 있었다.

한 치의 물러섬도 없는 두 사람의 싸움에 지켜보던 사람들은 넋을 빼앗길 정도였다.

오괴가 보여주는 무공 중 몇 가지는 무당파 내에서도 사장된 무공이라 제자들은 두 사람의 싸움을 바라보며 크게 가르침을 얻고 있었다.

멍한 얼굴로 두 사람의 박투를 바라보던 양원각과 장보옥은 갑자기 서로의 얼굴을 바라보았다.

"흑괴노선?"

어디선가 눈에 익은 듯한 얼굴이었다. 그가 언젠가 이곳에서 자신들에게 무당태극권을 가르쳐 주었던 흑괴노선이었다는 것을 깨달았다.

꽝—

장력과 장력이 마주치며 두 사람의 신형이 갈라서는 순간 오괴가 가까운 곳에 있는 사대호법의 도검 하나를 빼 들었다.

장세평 역시 제자들이 건네준 검을 받았다.

"이젠 검술을 한번 볼까?"

오괴의 신형이 장세평을 향해 달려들었다.

무수한 검신이 꽃 모양으로 환영을 일으키며 장세평을 압박하였다. 장세평의 검이 둥글게 원을 그리며 오괴의 검신을 맞아들였다.

둥글게 불꽃이 일어나며 검을 든 두 사람이 치열하게 싸우기 시작하였다.

"현허도법?"

오괴가 펼친 것은 현허도법이었다. 역시 무당파 초기 제자들이 널리 배웠던 도법이었다. 지금은 검법이 대세를 이루고 있는 무당파에서 도법은 쉽게 볼 수 있는 무공이 아니었다. 패도적이고 위협적인 도법이었다.

오괴는 검을 도(刀)처럼 휘둘러 장세평을 압박하였다. 마치 진천철장을 펼치는 것처럼 무서운 기세였다.

제비처럼 물러서던 장세평의 검이 세 개로 나누어지며 공세를 취하기 시작하였다.

삼재검법(三才劍法)이었다. 흔들거리는 연검처럼 상하좌우로 펼쳐지는 이 검법은 태극검법이 만들어지기 전 장삼풍이 만들었던 검법이다.

"훙."

갑자기 오괴는 검을 치켜들어 강하게 내려쳤다.

챙─

불꽃이 튀며 장세평의 검신이 반으로 갈라져 바닥으로 떨어졌다. 무거운 검기가 검에 실린 탓에 쇠로 만든 검을 잘라 버린 것이다.

"현허도법?"

장세평이 발끝을 차고 뒷걸음질치는 순간 첫째 제자인 고원상이 튀어나왔다.

독돈이 백연의 검을 뽑아 고원상을 향해 던졌다.

엇─

화살처럼 백연에게서 날아온 검을 장세평이 가볍게 잡았다.

"장문인, 당신 거요."

장세평은 고원상을 가볍게 밀어내며 말했다.

"네가 낄 자리가 아니다."

진기를 끌어올린 후 오괴를 향해 달려들었다.

챙─ 챙─ 챙─

어둠 속에서 불꽃이 일어났다.

현허도법과 현허도법의 대결이었다. 장세평은 현 무당 장문인으로 그 역시 도법을 모르는 사람은 아니었다.

진기를 끌어 모아 오괴를 향해 압박하니 오괴가 칼을 막으면서 웃었다.

"제법이군. 금방 따라가는 것을 보면 장문인다워."

갑자기 칼을 둥글게 휘감으며 태극검법을 펼치기 시작하였다. 강한 공격이 갑자기 부드러운 공격으로 전환되었다. 장세평 역시 태극검법으로 오괴를 상대하기 시작하였다.

"눈에는 눈, 이에는 이."

자허 진인 장세평은 당금 무림에 무당태극검의 달인으로 알려진 사나이였다. 피하고 싶은 마음이 없었으므로 태극검으로 오괴를 상대하였다.

목풍아는 두 사람의 무공을 통해 깨우치는 것이 많았다. 음과 양, 강과 약. 무당파 무공은 처음에는 강함을 위주로 하였으나 차차 부드러움으로 변화되었다.

그것은 주돈이의 태극도설처럼, 인간의 삶과도 한 치의 다름이 없었다. 사람이 어릴 때 부드럽다가 젊어서 강건해지고 다시 나이가 들어 부드러워지는 이치처럼…….

아니, 우주 삼라만상의 이치가 이와 같은 것이 아니겠는가. 그렇다면 장삼풍 진인은 무공에서 인생과 삼라만상의 이치를 찾으려 했던 것이 아니었을까? 육상산 역시 무공에서 천지 조화의 이치를 찾으려고 했던 것이 아니었을까? 무학, 그 깊고도 오묘한 세계에서 두 사람은 정파를 떠나 도(道)를 구하던 도인이 아니었을까?

강함을 숭상한 두 사람 사이에 무학이란 천지와 자연을 알아가는 이상향의 교감을 위한 한 가지 방편이 아니었을까?

오괴와 장세평은 한 덩어리처럼 어울려 있었다. 검푸른 관복을 입은 오괴와 은빛 장삼을 입은 장세평은 말 그대로 태극이었다. 봄, 여름,

가을, 겨울, 사시의 순행에 거스름 없이 흘러가는 자연 그것이었다. 일절의 무리함도 없었다. 물 흐르듯 흘러가는 순리 그 자체였다.

인생과 자연, 천지의 모든 것을 담으려 하는 것이 무학이라 하면 그역시 깊이 배우고 연구할 가치가 있는 것이다.

무학의 길에서 정파와 사파가 무슨 차별이 있을 것인가? 그 안에 인생과 자연의 가르침이 담겨 있는 것인데 편을 가르는 것이 무슨 소용이 있을까?

그런 점에서 보면 천하를 다스리는 것 역시 매한가지 아닐까? 자연이 모든 사물을 포용하며 순리대로 나아가듯이 정치 역시 천하 백성들을 편 가르지 않고 행복을 위해 나아가는 것이 아닐까.

수십여 합을 맹렬하게 싸우던 두 사람이 검을 마주한 채 움직이지않았다. 차가운 바람이 두 사람 사이를 스쳐 지나갔다. 절벽 아래로 펼쳐진 구름이 달빛에 비쳐 은하를 만들고 있었다.

오괴가 무겁게 입을 열었다.

"장세평, 무당 장문인답구나."

장세평이 오괴의 메마른 얼굴을 유심히 바라보았다.

"그, 그대는?"

"세월이 많이 흘렀다. 그대는 나를 기억하겠는가?"

얼굴은 달라졌지만 살포시 미소를 짓는 부드러운 눈매가 눈에 익었다.

"호, 홍 사숙?"

오괴가 고개를 끄덕끄덕하였다.

"사, 사숙께서 어떻게?"

장세평이 오룡사 앞에서 우두커니 서 있는 목풍아를 흘깃 바라보았다.

"도대체 어떻게 된 겁니까? 사숙."

"이야기를 하자면 길다네."

오괴는 검을 거두었다.

장세평 역시 검을 거두었다.

"제자들을 물려줄 수 있겠나? 이야기가 길구먼."

장세평은 포권을 하여 예를 취한 후 제자들을 산 아래로 내려가게 하였다.

장문인의 엄명에 무당 제자들이 산 아래로 내려간 후 장세평은 오괴와 함께 목풍아에게 다가갔다.

목풍아와 장세평, 오괴와 독돈이 오룡사 앞 넓은 바위에 둘러앉았으며 그 뒤편에서 사대호법과 일도가 파수를 보았다.

오괴는 그동안 벌어졌던 일들을 장세평에게 이야기하였다. 삼십여 년 전 사부님의 명을 받고 마교와 투항하던 일과 석달개를 세상에 보내지 않기 위해 동굴 속에서 삼십여 년이 넘게 보내야 했던 일, 목풍아를 만나 세상을 바꾸기 위해 이름을 바꾸고 나왔던 일, 그리고 천하를 바꾸던 일, 목풍아를 위해 대단환을 가지러 오룡사로 숨어들었던 일, 오룡사의 석굴에서 발견한 무공 기서가 목풍아를 위해 장삼풍이 남긴 것임을 이야기하였을 때 장세평은 일련의 이야기들을 기이하게 생각하였다.

"나는 이 모든 일이 돌아가신 사부님께서 안배하신 일이라 믿고 있네. 내가 살아남아 자네에게 본 문의 무공을 보여줄 수 있었던 것도 그러하고, 대장으로 하여금 무당산이 도교의 성지로 추앙되는 작업이 벌어지는 것과 그로 하여금 천하가 안정되어 천하 백성들이 편하게 할 수 있는 것이 그러하네. 사파의 마두와 정파의 내가 대장을 모시고 이런 일을 벌이게 된 것도 그러하고 말이야."

독돈이 웃으며 말했다.

"으허허허. 공교롭게도 오룡사의 석굴은 마교의 삼대교주였던 육상산이 거처하였던 곳이지. 이곳에서 정파와 사파, 그리고 황실을 주체로 하는 관이 모일 수 있었던 것은 예사 인연이 아니라고 보네."

"마치, 아주 먼 옛날부터 그렇게 예견되어진 것처럼 말이지요."

목풍아가 말했다.

세 사람의 시선이 목풍아에게 향하였다.

"비무를 겨루시는 동안 돌아가신 장삼풍 진인께서 저에게 기서를 남긴 뜻이 무엇인가 생각하였습니다. 좋지 않은 머리라 짐작할 따름입니다만 무학의 길에서 정사는 차별이 없다는 것이었습니다. 인생과 자연의 가르침을 배우는 것, 그것이 바로 무학의 길이 아닐까 생각하였습니다."

장세풍이 말했다.

"하지만 엄연히 세상에는 정과 사가 나누어져 있습니다."

"하지만 태극권과 무당권술에는 음양을 적절하게 안배하고 있습니다. 태극의 이치는 무극에서 태극으로 다시 오행에서 수많은 사물로 나누어지지만 그 궁극은 무극으로 돌아가는 법입니다. 태초에 나누어지지 않는 무극의 절대점. 장삼풍 진인과 육상산은 그 궁극의 경지를 추구하려 하셨고, 두 분 모두 마침내 그 경지를 얻었던 것이죠. 그 궁극의 끝에 무엇이 있었을까요?"

"……."

"……."

"허무함만은 아니었을 것입니다. 저는 오늘 장삼풍 진인의 뜻을 짐작하였습니다. 천하 백성들을 유익하게 하는 것, 그것이 장삼풍 진인의 뜻이라는 것을 이제야 알았습니다. 이 목풍아로 하여금 천하 백성들을 유익하게 하라는 뜻이었습니다. 오늘 이 자리는 오랜 옛날부터 정해진 자리였습니다."

장세평이 고개를 끄덕이며 말했다.

"만약 저희 세 사람이 만나게 된 것이 인연이라면 조사님께서 남긴 무공의 비밀도 풀 수 있을 것 같군요. 딸아이로부터 대인의 무공이 범상치 않았다는 이야기를 들었습니다만 그것이 조사님께서 남긴 무공이었다니 참으로 뜻밖이었습니다. 이왕 이야기를 들었으니 조사님이 그대에게 전수하신 무공을 볼 수 있겠습니까?"

"그거야 어렵지 않습니다."

목풍아는 자리에서 일어나 너른 평지로 나가갔다. 그리고 추룡보를 밟기 시작하였다. 늘상 연습하던 대로 목풍아는 번개처럼 사방을 오가며 번개같이 추룡보를 밟았다.

보법을 바라보던 장세평이 말했다.

"특이한 보법이군요. 얼핏 보기에 제운종과 흡사하지만 방향을 바꾸는 법은 약간 다르군요."

오괴가 말했다.

"추룡보의 심법 자체가 무당파의 심법과 달라, 또한 동작을 보면 칠성검진의 진법이 섞인 것 같다고 생각하였다."

독돈이 말했다.

"중요한 것은 공격의 방법이야. 대장은 추룡보는 완전히 습득하였지만 공격법은 익히지 못하고 있단 말이야."

"저렇게 뛰어다니는 보법에서 공격을 펼치는 것은 쉽지 않은 일일 텐데요?"

"그래서 궁리를 해보았으면 하는 거요. 이 문제를 푸는 것도 장삼풍 진인이 우리에게 남긴 문제가 아니겠소? 그렇지 않소? 으허허허."

오괴와 장세평이 고개를 끄덕이며 빙그레 웃었다.

그날부터 세 사람은 매일매일 연공실에 모여 추룡보에 맞는 장법을 생각하였다. 천수관음장을 연구한 후 세 사람은 목풍아의 동작을 나누어 적합한 장법을 생각해 보았다.

뛰어다니면서 펼칠 수 있는 장법, 허공으로 훌쩍 뛰면서 펼칠 수 있는 장법, 나가면서 펼칠 수 있는 장법과 물러서면서 펼칠 수 있는 장법, 네 개 방향으로 이동하면서 펼칠 수 있는 장법을 세분화하여 연구하기 시작하였다.

하나의 목적을 위해 정파와 사파의 고수들이 머리를 맞대고 연구를 시작한 것이다.

무학에 대한 이해가 높은 세 사람이 머리를 맞댄 탓이었을까? 그렇게 여섯 달이 지날 무렵 서서히 하나의 무공이 만들어지기 시작하였다. 완벽한 하나의 무공이라고는 말할 수 없었다. 한 사람의 생각이 아니라 세 고수의 머리 속에서 나온 무공이었기 때문이다.

추풍신법의 장법은 천수관음장에서 시작하였다. 그것은 모든 장법을 폭넓게 포함한 장법이었고 독돈과 목풍아의 입김이 크게 작용하였다. 때문에 세 사람은 천수관음장에서 세분화되었을지 모르는 무당파와 백련교의 장법을 취하여 각각의 상황에 맞추기 시작하였다. 추룡보를 밟으며 장법을 펼칠 수 있는 권법. 추풍신권이었다.

목풍아가 세 사람에게 추풍신권을 배운 것은 그해 가을이었다. 그동안 목풍아는 군인들을 동원하여 무당산 주위에 예닐곱 개의 마을을 만들고 유랑민들을 끌어 모으면서 차근차근 성전의 공사를 준비하면서 도교와 성리 철학, 무당파 무공의 관계를 깊이 연구하였다.

그 때문인지 목풍아가 추풍신권을 배우는 진도가 무척이나 빨랐다. 매일 매일 추룡보를 연마한 까닭에 장법의 변화만 반복하면 되었으므로 추풍신권을 자신의 것으로 만드는 것은 크게 어려운 것이 아니었다.

목풍아는 매일 매일 추풍신권을 연마하면서 무당파와 백련교 무공을 깊이 이해할 수 있는 것을 기쁘게 생각하였다.

무학, 그 오묘한 세계에 대하여 깊은 이해를 얻을수록 자신이 배웠던 문학과는 또 다른 맛을 느끼게 된 것이다.

그것은 육상산과 장삼풍을 시작으로 타고난 목풍아의 머리와 세 명의 절세고수의 가르침, 그리고 추룡보라는 불세출의 보법 때문에 가능한 일이었다.

제 9 장
호랑이 장모

호랑이 장모

 $\boldsymbol{가}$을 무렵부터 무당파에 도관을 짓는 공사를 차차 시작하여 건물과 다리를 놓을 터를 잡고 봄이 오자 무당산의 여러 곳에 기초 공사가 시작되었다.

이 무렵 남경의 천자에게서 황명이 떨어졌다.

무당산의 공사를 다른 사람에게 맡기고 남경으로 돌아오라는 내용이었다.

이미 수룡방과 백련교의 정보망을 통해 남경에 변화가 일어나고 있음을 짐작하고 있던 터였다.

황태자의 선출. 이미 작년부터 목풍아는 사람을 보내어 주고치가 황태자가 되기 위해 어떻게 해야 하는지 일일이 충고를 한 바가 있었다.

이제 그 시간이 찾아온 것이다. 황태자를 뽑는다는 것은 영락제의 정치가 안정권에 올랐다는 것을 의미하는 것이다. 무당파의 성역화로

인한 민심의 이완을 잡은 것이 컸다고 할 수 있었다.

황태자의 선출은 차기 명나라의 국운을 좌우하는 큰 사건이므로 쉽게 볼 수 있는 것이 아니었다.

목풍아에게는 황자인 주고치를 반드시 황태자에 올려야만 하는 의무가 있기 때문에 이 문제에서만은 신경을 쓰지 않으면 안 되었다.

그런데 한 가지 걸리는 것이 있었다. 작년 봄, 무림맹을 결성하려던 음모를 꾸몄던 무리들이 너무 조용하다는 것이었다.

무당산으로 들어온 내내 목풍아는 사람을 풀어 제갈세가를 감시하게 하였다. 그러나 별다른 혐의점을 찾지 못하고 있었다. 너무 조용하다는 것, 보이지 않는 적이 치밀하게 준비를 하고 있는 것만 같은 느낌이 마음에 걸리는 것이었다.

객관의 탁자에 앉아 생각에 잠겨 있을 때 방문 밖에서 백연의 목소리가 들려왔다.

"대장, 장문인께서 찾아오셨습니다."

목풍아는 방문을 열고 바깥으로 나가 장문인을 맞이하였다.

"무슨 일로 이렇게 야심한 밤에 찾아오셨습니까?"

"내일 떠나신다면서요?"

"예."

소홍이 차를 가지고 들어와 두 사람에게 따라주었다.

장문인이 소홍을 흘깃 바라보다가 그녀가 인사를 하고 나가는 것을 보고 어색하게 웃으며 말했다.

"작년에 대인과 사숙님을 처음 만났던 때가 생각나는군요. 오룡사 앞에서 대인께서 저희가 이렇게 만나게 된 것을 인연이라고 하신 것 말입니다."

“아! 예.”

갑자기 이런 이야기를 꺼내는 이유가 무엇인가? 무당파의 장문인이 깊은 밤에 찾아왔다면 개인적인 이야기나 급한 일을 가지고 온 것일 것이다. 목풍아는 차를 마시다가 장문인을 바라보며 빙그레 웃었다.

“거북하게 생각 마시고 말씀을 하십시오. 제가 도울 수 있는 것이라면 뭐든 도와드리겠습니다.”

장문인이 차를 마시곤 어색하게 웃으며 말했다.

“저에게는 딸이 하나 있습니다. 부인이 아이가 없다가 늘그막에 딸 하나를 낳았습지요.”

“보옥이 말이지요.”

“네.”

장문인은 목풍아를 바라보았다.

“외람된 말씀이지만 제 딸을 어떻게 생각하시는지요?”

장보옥에 대한 이야기가 틀림없었다.

“착하고 예쁜 소저이지요.”

“그래서 말씀인데 아직 대인께서도 장가를 가지 않으셨다고 하니 제 딸을 맡아주실 수는 없나 해서 이렇게 야심한 밤에 실례를 무릅쓰고 찾아왔습니다. 사실 어제부터 보옥이가 식음을 전폐하고 울고만 있습니다. 대인께서 남경으로 가신다는 이야기를 듣고 말입니다. 무당파의 장문인 이전에 부모 된 입장으로 딸아이가 상처받게 되는 것이 안타까워 이렇게 찾아왔습니다.”

목풍아는 작년 여름부터 소홍과 장보옥을 대동하고 무당산의 경치 좋은 곳을 돌아다니면서 지도를 그리며 어울려 다녔다. 아마도 그동안 정이 든 것이 틀림없었다.

“장문인, 제가 보옥에게 장가를 들면 보옥이 슬퍼하지 않을까요?”

“허허. 그렇게만 되면 얼마나 좋겠습니까?”

“내일 떠나는 마당에 당장 혼례를 올릴 수도 없는 일이고, 또 혼례라는 것은 인간의 큰 의례 중의 하나이니 신중하게 생각해야 할 줄로 압니다.”

“그렇다면 대인께서 마음이 있다는 말씀입니까?”

“글쎄요. 마음을 정하기 전에 보옥을 한번 만나보았으면 좋겠습니다. 보옥의 마음도 알아보아야 할 테니까요.”

장문인은 만면에 미소를 띠며 고개를 끄덕였다.

이내 장문인은 목풍아와 함께 장문인의 처소로 돌아왔다.

목풍아가 왔다는 말에 장보옥이 화사한 옷을 입고 다소곳하게 기다리고 있었으며 그 옆에 민씨 부인이 걱정스런 얼굴로 서 있었다.

목풍아는 민씨 부인에게 인사를 한 후 자리를 비켜주길 청하였다. 장문인 내외가 바깥으로 나간 후 목풍아는 탁자에 앉았다.

“보옥아, 너는 내가 좋으냐?”

장보옥이 고개를 떨구며 말했다.

“네.”

“나는 사실 여자가 무척 많다.”

“소홍에게 들어서 알고 있어요.”

“그런데도 내가 좋단 말이냐?”

장보옥이 말없이 고개를 끄덕였다.

목풍아는 길게 한숨을 내쉬었다.

“너는 무당파 장문인의 딸이다. 나는 사실 부담이 되는구나.”

장보옥이 고개를 떨구며 울음을 터뜨렸다. 사람의 마음이란 알 수가 없어서 좋은 길을 뻔하게 놔두고 일부러 험한 길을 가게 한다. 이것이 조물주의 시험인지 마음속에 있는 악마의 시험인지는 알 길이 없으나 여자의 눈물을 보니 마음이 약해졌다.

여자에게 실연을 당한 적이 있는 목풍아이기에 사랑 때문에 슬퍼하는 여인의 눈물을 보니 한없이 약해지는 것이다.

장보옥이 고개를 들어 말했다.

"대인, 저는 이미 대인의 그것을 보았습니다. 아녀자가 남자의 중요한 곳을 보았는데 다른 남자에게 시집갈 수가 있나요? 작년 봄 동굴 속에서 대인께서 인연에 대해 말씀하셨죠? 저는 대인께서 무당산으로 오셨을 때 이미 마음의 준비를 하고 있었어요."

"너, 너는 너무 엄하게 자랐구나. 여자가 남자의 것을 보았다고 시집을 온다면 세상 남자들이 장가가기는 너무 쉬울 것 아니냐? 그렇게 생각하지 말고 너 좋은 남자에게 시집가거라."

"대인, 저는 대인이 좋단 말이에요. 소홍이처럼 혼자라면 거리낌없이 대인의 사랑을 받을 수 있었을 텐데…… 저는 이런 제 자신이 미워요."

장보옥이 다시금 흐느끼기 시작하였다.

난감하였다. 자신의 일로 장문인 부부에게 누가 될 수는 없는 일이다. 목풍아는 가만히 자신의 여자들을 헤아렸다. 주소천, 주소희, 강민, 화옥, 하소선, 수선, 곽다혜, 설연, 소홍까지 모두 아홉 명이다. 눈앞이 깜깜하였다. 장보옥까지 더하면 모두 열 명이니 황제보다도 많으면 많았지 적지 않은 인원인 것이다.

'빌어먹을…… 에라, 모르겠다. 아홉이나 열이나 많은 건 한가지 아닌가? 아! 나는 왜 이렇게 착한 거야? 여자 일만은 왜 이렇게 착하단 말

이냐. 아! 모두 내가 잘난 탓이야. 너무너무 잘난 탓이야. 이 빌어먹을 잘난 놈. 목풍아야~'

목풍아는 장보옥의 어깨를 쓰다듬었다.

"좋아. 울지 마라. 보옥아, 네 생각이 정히 그렇다면 내가 너를 데려가겠다."

"네? 그게 정말이세요?"

보옥은 촉촉한 눈망울을 들었다.

"단, 너는 기다려야 한다."

"……."

"너는 소홍과 달리 무당파 장문인의 딸이란 말이다. 내가 매파를 청하고 정식으로 혼인을 올려야 무당파 장문인의 체면을 세워줄 수 있는 거란 말이다. 그때까지 이곳에서 얌전히 기다리고 있어야 한다. 알겠느냐?"

"하지만 얼마나 기다려야 하는지 알 수 없잖아요."

"남경에서 급한 일이 끝나면 너를 데려갈 거야. 설마 내가 거짓말을 할 사람처럼 보이는 게냐?"

"후훗."

"왜 웃는 게지?"

"대인께서는 고자가 되지 않았으면서 고자가 되었다고 거짓말을 했잖아요."

"그건, 그때 정말 고자가 되는 줄 알았다니까. 정말이라구. 확인시켜 줄까?"

목풍아가 허둥지둥 허리띠를 풀자 장보옥이 두 손으로 얼굴을 가리며 비명을 질렀다.

“아악―”

방문이 털컥 열리며 장문인과 민씨 부인이 뛰어 들어왔다.

“이, 이게 뭣 하는 짓이오? 점잖으신 분이……”

목풍아는 허리띠를 쥐고 있다가 손을 저었다.

“아, 아닙니다. 저는 그저~”

그 틈에 바지가 주르르 내려갔다.

“이런 저질.”

민씨 부인이 호통을 지르며 뺨을 내질렀다.

철썩―

눈앞이 번쩍거렸다.

“그, 그게 아, 아닌데…….”

코피가 주르르 흘렀다. 이내 흰자위가 드러나며 목풍아의 신형이 고목처럼 쓰러졌다.

번쩍 눈을 떠보니 민씨 부인의 얼굴이 눈앞에 있었다.

“헉.”

목풍아가 손을 들어 재빨리 얼굴을 막으며 몸을 움츠렸다. 어느덧 자신의 몸이 침대에 뉘어져 있었다. 기절한 모양이었다.

민씨의 뒤편에 있던 장보옥이 얼른 다가와 차가운 수건으로 목풍아의 볼을 감싸주었다.

“대인, 괜찮으세요?”

목풍아는 고개를 끄덕끄덕하였다. 아직도 볼이 얼얼하였다. 코가 답답하여 손으로 잡아보니 두 콧구멍을 말린 쑥으로 막아놓았다. 쌍코피가 터진 것이리라. 일장에 목풍아를 기절시킨 것으로 보아 장문인의 부인 민씨의 무공이 보통이 아님을 짐작할 수 있었다.

민씨 부인이 빙그레 웃으며 다가와 말했다.

"대인, 제가 오해를 하였지 뭡니까? 대인이 장난치는 것도 모르고……."

살이 쪄서 약간 통통한 체구에 웃고 있는 모습이 장보옥을 닮았다.

육십을 갓 넘겼다고 들었는데 실제 모습은 사십대 초반으로밖에 보이지 않았다. 깊은 산에서 살며 무공을 연마한 때문일 것이다.

"호호호. 고자가 아니라서 정말 다행이에요."

민씨 부인이 장보옥을 쿡쿡 찌르며 좋아라 웃었다.

'이건 뭔가? 다 보았다는 말인가?'

목풍아는 쥐구멍에라도 들어가고 싶을 만큼 난처하였다.

"호호호. 보옥이를 통해서 들었답니다. 대인께서 마음을 먹었다 하니 지금부터 저를 장모라고 부르세요."

"예?"

"나는 강호인이라 세상의 예법을 따지지 않으니 그렇게 하라구. 알겠지? 사위?"

민씨는 눈을 부릅뜨고 목풍아의 두 뺨을 세차게 꼬집었다.

"아아야야~"

비명 같지도 않은 비명과 함께 눈물이 찔끔 흘러나왔다.

"알았지, 사위? 대답이 없어?"

"예? 예."

펑 도는 눈물을 애써 참으며 대답하였다.

방 가운데 있는 탁자에 앉아 있던 장세평이 얼굴을 찌푸리며 말했다.

“부, 부인, 체면을 생각하시오. 사람 잡겠소.”

민씨 부인이 고개를 휙 돌리며 말했다.

“당신도 앞으로 목풍아를 사위라고 부르도록 해욧. 강호인이면 강호인답게 행동할 것이지 예법은 무슨 얼어 죽을 예법? 알았어욧?”

찬바람이 씽씽 부는 듯한 말투였다.

“그, 그렇지만……”

“내 말대로 하세요.”

“그, 그러지요.”

헛기침을 하던 장세평은 목풍아 보기 민망하였던지 천장을 바라보며 부채질을 하였다.

일파의 장문인이지만 민씨 부인에게 휘둘리는 모습이 가련할 정도였다.

민씨가 다시 고개를 돌려 부드러운 목소리로 말했다.

“내일 아침에 황성으로 간다고 하던데 아직 날이 밝으려면 멀었으니 이곳에서 푹 쉬다가 가도록 해. 알겠지, 사위?”

민씨 부인은 빙그레 웃으며 목풍아의 뺨을 꼬집었다. 사나이 체면에 비명을 지를 수 없어서 굳게 참고 있으려니 눈물만 핑 돌 뿐이다.

“에구, 눈물이 나오네. 내가 너무 심하게 꼬집었나? 아이구, 우리 예쁜 사위. 가까이서 보니 더 예쁘네.”

빙그레 웃으며 엉덩이를 다독거렸다.

목풍아는 두려웠다.

일 년 가까이 무당산에 머물며 민씨 부인을 두세 번 보았을 뿐이었지만 이렇게 엽기적이라고는 생각지 못했던 바다. 그저 차분하고 다소곳한 여인이라 생각하였는데 그런 생각이 완전히 산산조각이 나버리고 말았다.

“보옥아, 이리 오너라.”

민씨는 빠른 손놀림으로 보옥의 손목을 잡아 목풍아의 침대 앞에 앉혀놓았다.

“내일 떠난다 하니 오늘 수발을 잘 들어라. 알겠느냐?”

“엄마, 도대체 왜 그러는 거야?”

“내가 뭘 어쨌다고 그러니? 죽자 사자 하던 건 너 아니니?”

“쳇. 아무리 그래도 너무하잖아.”

“호호호. 살아보거라. 사는 것이 뭐 별다른 게 있는 줄 아니? 너는 내 말대로만 하거라.”

민씨는 싱글벙글 웃으며 목풍아에게 말했다.

“내가 확인할 거야? 책임질 생각이면 오늘밤 확실히 책임지라구. 알았지? 자, 우리 사위 팔보차 한잔 하고 힘내야지.”

민씨가 들고 오던 찻잔이 와지끈 소리를 내며 깨어졌다.

‘헉.’

목풍아는 침을 꿀꺽 삼켰다. 만약 확실하게 책임지지 않으면 본때를 보여주겠다는 의미가 분명하였다. 저 연약해 보이는 손이 두꺼운 찻잔을 깰 정도라면 내공 수련이 깊은 것이 틀림없었다.

“이런, 이런 잔이 왜 이렇게 쉽게 깨어지는 거지? 불길한 일이라도 생길 모양이려나?”

목풍아는 다시금 침을 꿀꺽 삼켰다. 슬금슬금 침대에서 내려와 인사를 하며 말했다.

“별일이야 있겠습니까? 어서 들어가 주무십시오. 저는 피곤해서 자야겠습니다.”

“에구, 우리 사위 말귀도 잘 알아듣지.”

민씨는 두 뺨을 꼬집은 후에 장세평과 함께 문밖을 나갔다.

“보라구. 우리 사위는 똑똑해서 알아서 잘할 거라고 했잖아.”

“당신, 저, 정말…….”

“시끄러워욧. 남자가 일을 그따위로 처리해서 어쩌자는 거예욧.”

“나는 그저…….”

“시끄럽다니까욧.”

호통을 치는 민씨의 소리와 변명하는 장세평의 말소리가 멀어졌다.

목풍아는 침대 위에 있는 거울을 꺼내 자신의 얼굴을 바라보았다. 오른쪽 뺨이 퉁퉁 부어 있고 두 뺨이 붉었다.

흥―

콧구멍을 막은 말린 쑥이 바닥으로 떨어졌다.

“쳇.”

목풍아는 옷을 벗고 침대 안으로 기어들어 갔다.

장보옥이 고개를 숙인 채 침대 앞에서 서 있었다.

“어머님, 무섭죠? 평생 자식을 소망하셨지만 당신을 닮은 아들을 낳지 못한 것이 한이 되어 대인께 그러시는 것 같아요.”

목풍아는 고개를 끄덕거렸다. 승평현에 살고 있는 부모님이 문득 생각났다. 자식 소식을 기다리고 있을 부모님을 생각하니 처량한 마음이 들었다.

정적들과 반대 세력이 사라지고 이 땅이 안정되면 금의환향하리라 마음먹었던 목풍아는 다시 한 번 마음을 다잡았다.

“뭐 해? 어서 들어와. 오늘 일내지 않으면 나는 장모님한테 살아남지 못한다구. 날 살리려면 어서 들어오라구.”

장보옥이 수줍게 웃다가 침대 안으로 들어갔다.

다음날 아침 목풍아는 무당산에서 가장 화려한 밥상을 받았다. 산돼지며 노루, 토끼 고기 등 온갖 보지도 못한 고기며 반찬을 마련해 놓고 장문인 부부는 목풍아를 대접하였다.

밤사이 장보옥의 얼굴은 윤기가 돌았다.

목풍아에게 반찬을 챙겨주던 민씨가 웃으며 말했다.

"우리 사위, 보옥이를 잘해준 모양이지?"

갈 때까지 갔는데 거칠 것이 있겠는가. 이미 민씨의 성품을 분석한 목풍아였다.

"와하하하. 제가 완전히 보내 버렸습지요. 일곱 번 정도 기절을 했나 모르겠습니다. 와하하하."

"아이구, 우리 사위, 장하다. 정말 힘도 좋은 사위네."

"와하하하. 저야 힘 빼면 시체 아니겠습니까? 장모님이 마련한 음식을 보니 어제 힘을 뺀 보람이 있습니다. 와하하하."

목풍아가 엉덩이를 쭉 빼니 민씨 부인이 토닥거려 주었다.

"알고 보니 우리 사위가 정말 대장부네."

"와하하하. 장모님이 사위를 알아주시는군요. 와하하하."

목풍아는 민씨가 챙겨주는 밥과 반찬을 우걱우걱 먹었다. 한밥상에서 함께 밥을 먹는 장세평과 보옥이 민망할 지경이다.

장세평은 점잖기만 하던 사위가 천하 한량처럼 행동하는 것이 불만이나 민씨 같은 호랑이 마누라와 척척 죽이 맞아떨어지는 것을 한편으로 대단하게 생각하였다. 그도 그럴 것이 목풍아는 민씨를 장모로 생각하지 않고 어머니처럼 생각하기 때문이었다. 민씨가 자식으로 생각

하듯 목풍아가 민씨를 어머니로 생각하니 둘 사이에 걸리는 것이 없었
다.

식사가 끝이 나고 차를 마신 후에 민씨가 말했다.

"이번 기회에 아예 함께 가지 그러나? 여자는 남자와 떨어져 살면
안 돼."

"그것이 장모님의 뜻입니까?"

"아내가 남편과 떨어져 산다는 것은 좋은 일은 아니지."

"지금은 시기가 좋지 못합니다. 이번에 남경으로 가는 것은 황실에
후계자 문제 때문입니다. 후계자 문제가 결정지어지면 관계가 정리될
것이니 그때 돌아와 보옥을 데려가겠습니다."

민씨가 말했다.

"소홍이라는 계집은 어떡할 건가?"

목풍아는 민씨를 바라보았다. 하루 반나절을 만나보았을 뿐이지만
민씨는 얕잡아 볼 사람이 아니다. 대장부보다 통이 크고 추진력이 강
한 사람임을 목풍아는 느꼈다.

"이번 기회에 따님을 하나 더 가져 보시는 것은 어떠십니까?"

"호호호. 소홍을 양녀로 삼으라는 말인가?"

"예. 부모도 일가친척도 없는 불쌍한 아이라 제가 데리고 다닐 수밖
에 없습니다. 하지만 후계자가 정해지지 않은 이때에 데려갈 수는 없
는 일이 아니겠습니까?"

"자네는 나를 너무 쉽게 보는 것이 아닌가? 소홍은 보옥이에게 정적
이야. 내가 소홍을 가만 놔둘 것 같나?"

"하하하. 장모님답지 않은 말씀을 하시는군요. 장모님이 소홍을
괴롭힌다면 제가 보옥을 가만 놔두겠습니까? 세상에 여자들은 많습

니다.”

“호호호. 자네는 정말 명쾌하군.”

민씨는 장세평을 흘겨보곤 목풍아에게 말했다.

“좋아. 내가 소홍을 수양딸로 삼아 보옥이와 함께 지내도록 하지.”

“감사합니다, 장모님. 이 은혜 잊지 않겠습니다.”

목풍아는 밥을 먹다 말고 꾸벅 인사를 하였다.

민씨가 주먹을 쥐며 빙그레 웃었다.

“바람 피우다 걸리면 나한테 죽을 줄 알아.”

“아하하하. 장모님도…….”

멋쩍은 웃음으로 대신하였다.

식사가 끝이 난 후 목풍아는 거처하는 곳으로 돌아왔다. 때 아닌 질투의 화신을 만났다. 주소천 같으면 자신이 어떻게 할 수도 있지만 민씨는 감당하기가 쉽지 않을 것 같았다. 일은 저질러 놓았으니 이 역시 수습을 생각하면 눈앞이 깜깜하였다.

‘여자 문제에 관한 한 나는 스스로 무덤을 파고 있는 것이 틀림없어.’

자책을 하며 돌아오니 오괴와 독돈이 갈 준비를 끝마쳐 놓고 기다리고 있었다.

목풍아는 소홍에게 자초지종을 이야기하고 함께 온 장문인에게 소홍을 인계하였다.

이내 목풍아는 수하들과 함께 무당산을 내려왔다. 절벽 위에서 소홍과 장보옥이 눈물을 흘리며 손을 흔들고 있었다.

아름다운 두 여인을 떠나오려 하니 가슴이 아팠지만 할 수 없는 일이었다.

　두 소녀를 뒤로하고 무당산을 내려오니 중턱에서부터 황사가 몰아치고 있었다. 누런 모래바람을 맞으며 균현에 도착하니 벌써 정오가 되어 있다.

　옥허루에서 식사를 하고 차를 마시고 있을 때 오괴가 말했다.

　"대장, 아직 시간이 있는 것으로 아는데 갑자기 서두르신 이유가 무엇입니까?"

　"남경으로 가기 전에 할 일이 있어서……."

　"무슨 일입니까?"

　"아무래도 너무 조용해. 그것이 심상찮단 말이야."

　"으허허허. 조용하면 좋은 거지, 심상찮은 것은 또 뭡니까?"

　"너무 순조롭게 잘되어가니까 기분이 나쁘단 말이야. 그렇게 치밀하게 준비한 제갈세가 놈들이 은자 강탈 사건에 실패했다고 물러서 있을 리가 없어. 제갈문(諸葛文)이 오랫동안 보이지 않는 것도 이상하구……. 사실 제갈문이야말로 실질적인 제갈가의 모사가 아니겠어? 작년에 의성현에서 무림인사들이 모여 있을 때 제갈문이 아니라 그 아들인 제갈지가 나타난 것을 보라구."

　오괴가 말했다.

　"그렇다면 우각산 절벽 위에서 깃발을 흔들며 병력을 지휘한 인물이 제갈문일 수도 있겠군요."

　"그래, 바로 그거야. 우각산 사건 이후로 제갈세가가 너무 조용한 것이 걸려. 제갈문이 보이지 않는 것도 그렇고……."

　"대장이 생각하시는 바가 있습니까?"

　"나 같으면 명교를 들쑤셔 무림계를 통합하지 못하였다면 다른 큰 세력과 손을 잡을 거야."

"어떤 세력 말입니까?"

"세외세력."

"세외세력이요?"

목풍아는 고개를 끄덕거렸다.

"겨울이 되면 강 위에 얼음이 얼게 마련이지. 언뜻 보면 강이 얼어붙은 것 같지만 그 아래에 있는 물은 쉼없이 흐르는 거라구. 그놈들은 머리가 좋은 놈들이야. 눈에 보이도록 행동할 놈들이 아니지. 내 짐작이 맞다면 명나라 안에서 저항 세력을 만들지 못하게 되자 세외의 세력들과 손을 잡기 위해 수를 쓸 것이 틀림없어. 명나라와 싸움이 될 만한 큰 세력. 그걸 알아내야 된다구."

"그걸 어떻게 알아냅니까? 우리의 정보망으로 알아낼 수 없었던 것을 말입니다."

"틈은 있게 마련이야. 좋아. 우리가 갈 곳은 제갈세가가 있는 융중산이다. 융중산에 가서 음모의 단서를 찾는다."

목풍아는 뿌옇게 황사 낀 하늘을 바라보며 씨익 웃었다.

"빌어먹을 놈들, 내가 그렇게 당하고도 가만있을 것 같으냐? 잘근잘근 밟아주마. 기다려라."

『목풍아』 6권에 계속…

■ 영락제 연간에 무당산에 만들어진 도관의 명칭.

팔궁(八宮) : 태현자소궁(太玄紫霄宮), 현천옥허궁(玄天玉虛宮), 홍성오룡궁(興聖五龍宮), 대성남암궁(大聖南巖宮), 복림우대궁(卜臨于大宮), 태화궁(太和宮), 우진궁(遇眞宮), 정동궁(淨東宮).

이관(二觀) : 팔선관(八仙觀), 진무관(眞武觀).

삼십육암당(三十六庵堂) : 진부암(秦府庵), 옥봉암(玉峰庵), 준제암(准提庵), 맹진암(孟津庵), 주부암(周府庵), 오진암(悟眞庵), 신부암(申府庵), 보부암(普府庵), 목부암(沐府庵), 만수암(万壽庵), 회진암(會眞庵), 양부암(襄府庵), 자양암(紫陽庵), 자재암(自在庵), 충허암(沖虛庵), 노부암(路府庵), 서부암(瑞府庵), 숭부암(崇府庵), 명진암(明眞庵), 흡로암(吸露庵), 복부암(福府庵), 자연암(自然庵), 접대암(接待庵), 연수부암(延壽府庵), 월암(月庵), 백운암(白雲庵), 운굴암(雲窟庵), 회림암(檜林庵), 불이암(不二庵), 석고암(石鼓庵), 시방당(十方堂), 노군당(老君堂), 정동궁황경당(淨東宮皇經堂), 옥허궁황경당(玉虛宮皇經堂), 남암궁발당(南岩宮鉢堂), 태화궁황경당(太和宮皇經堂).

삼십구교(三十九橋) : 영은교(迎恩橋), 심진교(尋眞橋), 교교교(絞絞橋), 중교(中橋), 중화동교(中和東橋), 중화서교(中和西橋), 중화중교(中和中橋), 춘화교(春和橋), 원화서교(元和西橋), 원화중교(元和中橋), 원화동교(元和東橋), 집선교(集仙橋), 선도교(仙都橋), 유선교(游仙橋), 선원교(仙源橋), 서천문교(西天門橋), 서산교(西山橋), 북산교(北山橋橋), 동산교(東山), 등선교(登仙橋), 동래교(東萊橋), 풍화교(豊和橋), 호구교(蒿口橋), 보복교(普福橋), 은선교(隱仙橋), 취선교(聚仙橋), 마침동교(魔針東橋), 우적교(禹迹橋), 통회교(通會橋), 천진교(天津橋), 흑호교(黑虎橋), 복진교(復眞橋), 천을교(天乙橋), 보운교(步雲橋), 적성교(摘星橋), 회선교(會仙橋), 사교(斜橋).

칠십이암묘(七十二岩廟) : 자소암묘(紫霄岩廟), 은선암묘(隱仙岩廟), 선려암묘(仙侶岩廟), 와룡암묘(臥龍岩廟), 윤희암묘(尹喜岩廟), 옥허암묘(玉虛岩廟), 오룡암묘(五龍岩廟), 옥청암묘(玉靑岩廟), 황후암묘(皇后岩廟), 천마암묘(天馬岩廟), 삼공암묘(三公岩廟), 장운암묘(藏雲岩廟), 은사암묘(隱士岩廟), 백선암묘(柏仙岩廟), 침선암묘(沈仙岩廟), 뇌암묘(雷岩廟), 풍암묘(風岩廟), 적수암묘(滴水岩廟), 집운암묘(集雲岩廟), 사천지암묘(謝天地岩廟), 장춘암묘(長春岩廟), 상흑호암묘(上黑虎岩廟), 백룡암묘(白龍岩廟), 승진암묘(升眞岩廟), 벽봉암묘(碧峰岩廟), 선룡암묘(仙龍岩廟), 호이암묘(虎耳岩廟), 청양암묘(靑羊岩廟), 불자암묘(佛子岩廟), 태자암묘(太子岩廟), 칠성암묘(七星岩廟), 삼두암묘(參斗岩廟), 백화암묘(百花岩廟), 진선암묘(眞仙岩廟), 옥청암묘(玉淸岩廟), 삼청암묘(三淸岩廟), 태청암묘(太淸岩廟), 삼금암묘(三金岩廟), 운모암묘(雲母岩廟), 주사암묘(朱砂岩廟), 북두암묘(北斗岩廟), 벽사암묘(碧紗岩廟), 남암묘(南岩廟), 북암묘(北岩廟), 동암묘(東岩廟), 서암묘

(西岩廟), 화양암묘(華陽岩廟), 사화암묘(沙華岩廟), 태상암묘(太上岩廟), 운무암묘(雲霧岩廟), 하흑호암묘(下黑虎岩廟), 복마암묘(伏魔岩廟), 정응암묘(定應岩廟), 구도암묘(九渡岩廟), 자개암묘(紫盖岩廟), 양운암묘(陽雲岩廟), 보주암묘(寶珠岩廟), 천선암묘(天仙岩廟), 천일암묘(天一岩廟), 백운암묘(白雲岩廟), 낙백암묘(落魄岩廟), 삼성암묘(三星岩廟), 복성암묘(福星岩廟), 녹성암묘(祿星岩廟), 수성암묘(壽星岩廟), 비단암묘(非斷岩廟).

청 어 람 신 무 협 판 타 지 소 설

2005년 고무판(WWW.GOMUFAN.COM)
「장르문학 대상」최고의 영예, 대상(大賞) 수상작!

좌검우도전(左劍右刀傳) / 이령 지음

한칼에 세상이 갈라지고, 한걸음에 무림이 격동친다!

『좌검우도전』 (左劍右刀傳)

강한 자(强漢者)가 뿜어내는 거대한 힘과 강인한 매력에 빠져든다!

"너는 반드시 힘을 가져야 한다. 네 의지로… 세상을 뒤엎어 버려라."

"강자를 약자로 만들고, 명예를 뭉칠하고, 돈을 빼앗아라.
협의도(俠義道)가, 마도(魔道)가 얼마나 더러운 것인지 알려주어라."

"오냐, 아무것에도 얽매이지 말고 네 마음대로 세상을 휘저어라.
너의 이름은 수강호(讐江湖)가 아니더냐? 강호를 향해 마음껏 복수하거라!
유오독존(唯吾獨尊)! 그것이 나의 소원이다."